陶文瑜 著

苏州记

中国书籍出版社
China Book Press

图书在版编目（CIP）数据

苏州记 / 陶文瑜著 . — 北京 : 中国书籍出版社 , 2019.1
ISBN 978-7-5068-7074-0

Ⅰ . ①苏… Ⅱ . ①陶… Ⅲ . ①散文集 – 中国 – 当代
Ⅳ . ① I267

中国版本图书馆 CIP 数据核字（2018）第 249139 号

苏州记

陶文瑜　著

图书策划　牛　超　崔付建
责任编辑　武　斌
责任印制　孙马飞　马　芝
出版发行　中国书籍出版社
地　　址　北京市丰台区三路居路 97 号（邮编：100073）
电　　话　（010）52257143（总编室）（010）52257140（发行部）
电子邮箱　eo@chinabp.com.cn
经　　销　全国新华书店
印　　刷　三河市华东印刷有限公司
开　　本　650 毫米 ×940 毫米　1/16
字　　数　245 千字
印　　张　21.75
版　　次　2019 年 1 月第 1 版
印　　次　2022 年 1 月第 2 次印刷
书　　号　ISBN 978-7-5068-7074-0
定　　价　65.00 元

目录

苏州记

老　宅

太湖记

古镇记

苏州记

远　古

也可以说这一枚燧石石器是一万年前的苏州人掉在路上的行李。他们优哉游哉地散步，或者行色匆匆地赶路，有时候万里行程仅仅一步之遥，而这样的一步之遥，竟已是斗转星移沧海桑田。

比如蝴蝶的标本，那五彩缤纷的灿烂，似乎已经和飞翔无关了，而再一次让我们久久感动的，却是不朽的生命。

三山岛是生在太湖中的一个小岛，春天以后，梅花开了又落。除了梅花，还有荷花，除了梅子莲子，还有枇杷、橘子、杨梅、栗子、银杏，还有碧螺春。

漫步在青枝绿叶间，我们不能够分辨出来这些树谁是谁，只知道他们是确确实实地在岛上生长着。所谓靠山吃山，靠水吃水，太湖边上的人家种花栽果捕鱼捉虾，日子绘声绘色、有滋有味，然而，他们是一番怎样的开始呢？

1985 年，就是在这一片土地上，考古工作者翻出来几千件土石

器，许多石核和石片，还带着使用过和痕迹。这些全是旧石器时代的家当，旧石器时代就是一家搬走的人家，而哺乳动物化石和旧石器的发现，似乎是我们的先民埋在地下的种子，这一颗破土而出的种子，就是我们追根穷源的线索。

很多学者认为，三山岛出土的旧石器，应该是苏州文化的源头了。这些石制品中，各种式样的刮削器占全部石器的一半以上，其次是尖状器，刮削器和小型尖状器是用来切割剥剔兽肉兽皮的。凹刃刮削器的形状很适合于加工木质或骨质的鱼钩鱼叉。因此在三山先民的渔猎经济中似乎渔业比狩猎更重要。这和太湖地区的自然环境正相适应。

而最早吴地先民定居的地方，还有张家港南沙乡发现的东山遗址。这里山地的丛林，涧边的溪流，都是先民渔猎和采集的所在。东山遗址明确地反映了我们的先民从以狩猎采集为主到以农业为主、渔猎和采集为辅的定居生活的发展过程。

好几年前，也是在张家港，一次民歌演唱会上，有位叫山歌黄鹂的老人，和他的伙伴，有过急追却是铿锵的合唱，两个字一句，反复着就这么几句，断竹、续竹、飞土、逐肉。断竹、续竹、飞土、逐肉。待大家明白过来，便一下子怔住了。

中学历史课本上说，“断竹、续竹、飞土、逐鹿”是《诗经》中的句子，《诗经》是我们历史上最初的诗歌。

逐肉和逐鹿，其实是一样的意思。

我们的先人，围坐在篝火边上，一边将刚伐来的树枝竹竿断断削削，一边唱着断竹、续竹、飞土、逐肉。断竹、续竹、飞土、逐肉。然后站立起来，大模大样地向林子走去向河边走去向山上走去。待他们回来的时候，篝火正是将熄而未熄。他们将刚捕打来的

野味从肩上卸下来。这时候篝火再一次蓬勃开放，并且香气四溢，我们的先人，更加意气风发地引吭高歌：断竹、续竹、飞土、逐肉。断竹、续竹、飞土、逐肉。

辽阔的大地和大地上用树叶遮掩着身体的广大人民，他们抬头仰望天空，天上是斗转星移，他们低头摆弄土地，地上是一年四季。

现在，沿着岁月的河流，我们寻找生命的最初。

如果说一万年前三山岛上先民生活的痕迹，是我们的开始，那么新石器时代的出现，是人类社会发展的一次质的飞跃。

是在一幅古老的地图上，我们看到的是白底板上布满着的一个一个灰黑色的椭圆形，这应该是分布在水面上的一块块土地了。

如果风雅一点，可以把老地图上的椭圆比喻成一张张荷叶，“莲叶田田”，古诗不就是将田地与荷叶结合在一起联想的吗。

或者质朴一些，就把它比作屐痕了，穿着草鞋落在湿泥地上的脚印，也是这样歪歪斜斜一串一串的样子。

因为屐痕，我们依稀看到了在这一片土地上走过的古人。

唯亭草鞋山、通安万家前村、昆山绰墩、吴江梅堰、常熟罗墩，这一些都是生在苏州曾经有过的新石器时代遗址。

就在草鞋山遗址，文化堆积厚达十一米。完整保存了三个连续发展的文化层。底层是马家浜文化，距今约七千年至五千五百年。中间是崧泽文化，距今约五千八百年至五千一百年，最上面是良渚文化，距今约四千五百年至三千九百年。重叠的文化层让我们感受到了先民代代相传和生生不息的信息。

生命中的一些经历和创造，是照亮了这方水土的流光溢彩，时间又轻描淡写把它抹去。而因为这一些遗址，这一些出土文物，曾经的从前依稀可辨。

1992 至 1995 年中日联合考古队在苏州唯亭草鞋山遗址发掘了马家浜文化时期的稻田遗址，马家浜文化先民是我国最早栽培水稻的先民之一，这时候他们栽培水稻的技术已很成熟了。在发掘的 1400 平方米面积中发现了多组由小块水田群和以水口、水沟与水井、水塘相连接构成的水田灌溉系统。鳞次栉比的水田呈椭圆形或长方圆角形浅坑串联排列，每块面积 3 至 5 平方米，个别小的 1 平方米，大的十几平方米。马家浜文化先民虽然不是栽培水稻的发明者，但草鞋山遗址发掘出来的这片 6000 年前的水稻田，无疑是我国发现的最古老的人工开垦的农田遗迹。

在农业文明得到发展的时候，我们的古人，也学会了把天文、气象、物候和农事作为一个整体来考察，并且按照自然规律和农作物生长发育规律来安排农事。

他们已经能够自觉地把生产活动纳入到整个自然界的运动中去了。

这时候我们的先民对司空见惯的鸟类迁徙产生了浓厚的兴趣。鸟被他们认为是善知天时的动物，这些飞翔的精灵懂得在春来时交尾繁殖，夏天了脱去羽毛，秋风起时再长出新羽，到冬天时羽翼已经丰盈。这是鸟类善于适应四时阴阳之变。而且鸟的鸣唱还能预示天时的变化。燕子鸣叫，万物复苏；布谷鸣唱，该收麦了。鸟的声音是天地阴阳调和之音。

眼前这一颗几千年前的稻谷，如果种进泥土里，依旧会有一个收获的秋天吧。最初的耕种风雨中步履维艰，在日月里一唱三叹。

眼前这一片几千年前的葛布，就是我们的古人走向文明的一个斩钉截铁义无反顾的开始，当我们的古人脱下身上的树叶，穿起最初的纺织，季节里的容颜，仿佛不老的传说。

千万年前的苏州是什么样子，我们不能知道，我们只能知道，千万多年前，我们的先人，曾经在这里生活和劳动，在这里的山下，在这里的水边，他们随意地唱着自己编的歌曲，一些鸟儿，悠闲地从他们头顶飞过。

我们不能知道，我们的先人从何而来，他们是千里迢迢赶来还是风尘仆仆路过，我们只知道，当他们和这一片山水相遇的时候，就毫不犹豫地留了下来，他们在这里开荒种田，捕鱼捉虾，然后生儿育女，这一片山水，是我们的先人最初的家园。

我们也不能十分清晰地勾画出千万多年以来春夏秋冬的交替和风花雪月的演变，我们还是只能从苏州的出土文物中，领略岁月浩渺和沧海桑田。

瑗式璧和镯形琮是 1977 年在苏州吴县张陵山出土的玉器，距今 5300 年，这是良渚文化最早的玉琮和玉璧。埋在地下几千年的瑗式璧和镯形琮，褪去一些曾经的鲜艳，然而玉质依旧润泽晶莹。

瑗式璧简洁而质朴，寥寥几笔却是大大方方的删繁就简。镯形琮圆孔壁上的台阶痕，说明对钻而成，外壁阴线琢刻的兽面纹，线条粗犷遒劲，质朴雄奇。

几乎在最初的开始，我们的古人就一下子体验到了艺术的美好和真谛。

成书于战国时期的《周礼》一书中《春官 · 大宗伯》有“苍璧礼天”和“黄琮礼地”的说法。清代苏州著名书法家吴大澂等一批学者，也以为玉琮和玉璧是祭祀天地的礼器。玉琮和玉璧不是生产工具，也不是艺术装饰，而是信仰和权力的象征。日、月、星、辰所运行的最高远的地方就是天，天能生风、云、雷、电。春、夏、

秋、冬所轮回的最坚实地方就是地。地能生山、水、草、木。天地对人间祸福吉凶发出的征兆或警告。而信仰和权力在向民众敬授天时地利的同时，也就操纵着大家的命运。

瑗式璧和镯形琮再一次让我们想起了苏州乡村一些祠堂，在祠堂行礼如仪的，几乎都是上了年纪的老人，也许只有老人们才记得小时候祭祀的做法和习惯，也许只有老人们对曾经的过去经久不忘，耿耿于怀。

天地所合，阴阳所会，四时所交，风雨所和，对天地和祖先的崇奉，是大家在现实生活中紧密团结的需要，是一种不能泯灭的情感的需要。一些固守乡村和宗族理念的人们，内心持之以恒地存在着对一个家族和一方水土历史延续性的期待，持之以恒地存在着对一个家族和一方水土未来希望的梦想。

还是良渚文化，吴县澄湖出土的刻纹陶罐。

这一只刻纹陶罐为黑皮陶珍品，尤其可贵的是罐腹外壁的四个刻划符号。文字是人类文明的重要标志之一，有关专家依照分析商周文字的方法，对刻纹陶罐上的符号进行了解析。陶罐上的四个符号可试读成“巫钺五偶”，也就是神巫所用的五对钺。如果这样的解读成立，中国的文字，应该就是比甲骨文还要早1000年的陶罐上的符号了。

我们立在这些出土文物前面，我们的先民在我们心里像风一样飘然而至，然后又像云一样展翅而去。来来去去间，他们振振有词或者击节而歌，他们掷地有声或者一唱三叹，这样远远近近、长长短短的吟咏，令我们也无比激动起来了。

新石器时代后期，发生了持续多年的洪水。

上古的苏州是长三角向大海延伸的沙嘴，故而是低洼地区，洪

水汹涌澎湃地滚滚而来。这时候太湖已经形成，西部的流水一浪高过一浪涌来，而通向大海的渠道又被堵住，使得苏州一片汪洋。《吴郡图经续记》中说，当时的横山一带就是灾民躲避和栖居的地方。而这时候挺身而出的，就是大禹。

大禹是一个和洪水奋斗了一辈子、悲壮而寂寞的英雄。大禹东奔西跑，他是一个活在路上的人，因此哪里有水，那里就有他的家了。

大禹之前，还有一个人，因治水而功名赫赫，也因治水而身败名裂。他是禹的父亲鲧。

鲧也是四处奔波，竭尽全力，他采用堵的方法，解了燃眉之急却留下了后患无穷。鲧的悲哀在于，当舜下达了将他杀死的命令之后，“天下皆以舜之诛为是。”一个为了老百姓的事情兢兢业业工作的人，老百姓却说他真的该杀，这是落在大禹心里的最大难过。因此当大禹站出来担负起治水的重担，是一种非凡的勇敢。

大禹治水，司马迁的说法是“居外十三年，过家门而不敢入。”这一个“敢”字，真叫人无限感慨。

这样的情形发生了三次，头一回大禹经过自己家门口，听到屋子里传出来初生婴儿的啼哭声音，大禹知道，妻子生了。第二回站在门前的儿子挥着小手，喊着“爸爸”，大禹只是深情地看了一眼儿子，然后掉头而去。第三次儿子奔向治水的队伍，拉住大禹的手，要他回家，大禹停下脚步，抚摸着儿子的头说道，儿子啊，回去告诉你妈妈，治水的事很忙，爸爸不回去了。

洪水是一匹脱缰的野马，大禹是骑在马上的英雄。禹翻身下马的时候，“三江即入，震泽底定”。太湖风平浪静落地生根。

从太湖开出三条河流，通向大海。这是大禹治水的方法。

现在，建在风口浪尖上的禹王庙听潮来潮去，看日出日落，太湖上的禹王庙是风平浪静和风调雨顺的岁月里，泊在太湖中的一艘大船。

葛洪在《抱朴子》中记载，大禹将治水的计划和方法记下来。存在了西山林屋洞里，吴王阖闾的时候，苏州的老百姓发现了这个秘密，因为无从看起，就拿了大禹的记载，去向孔子请教。这应该是神话传说。

也许因为神在古代受到无比的尊敬，神话才四处流传并且经久不衰。

勾 吴

2500 年太漫长了，漫长如滴水成河，2500 年也太短暂了，短暂似白驹过隙。

苏州泰伯庙始建于宋朝，差不多就是从这个时候开始，靠在泰伯庙的一户吴姓人家就肩负起了泰伯庙主奉祀的工作。族谱上记载，吴姓人家现在的主人，竟是泰伯第一百一十一代子孙。守护这一片天地，是至高无上的光荣和义不容辞的责任。

农历正月初八，传说是泰伯的生日，泰伯是吴姓家族的先人，也是苏州人共同的始祖。这一天泰伯庙里香烟缭绕，这样的纪念代代相传。

“太伯、仲雍二人乃奔荆蛮，文身断发，示不可用，以避季历。季历果立，是为王季，而昌为文王。太伯之奔荆蛮，自号勾吴。荆蛮义之，从而归之千余家，立为吴太伯。”

这是司马迁《史记》中的一段描画。太伯奔吴的前因后果是

周太王古公亶父有三个儿子，长子泰伯，次子仲雍，三子季历。兄弟之间和睦友爱天伦之乐。季历的儿子名昌，从小聪慧过人才华出众，周太王说“我世当有兴者，其在昌乎！”言下之意昌才是自己的传人。泰伯明白了父亲这样的心思，说服二弟仲雍，离乡奔走三千多里路，来到了江南。

泰伯的到来，自然会引起当地部落的疑惑和畏惧。最初的时候他还没有留意，是仲雍的暗示和提醒，使他突然醒悟，于是二人入乡随俗“断发文身，裸以为饰”。

当时生活在江南的土著居民称之是“荆蛮”，断发文身是他们的装束打扮。就是割断额前和鬓边的头发，在额头和身上刺上了花纹。泰伯这样的行为，非但一下子融入了当地的部落，还受到了大家的拥护和爱戴，成为吴人的领袖。

最初的泰伯几乎是煞费苦心地要淡化自己周人的身份和血统，从而融入这方水土。之后几百年，他的后人，好几代吴王，持之以恒地努力，希望得到中原文化的认可和接受。这样持之以恒的努力，一直到了公元前482年夏天，夫差和周王室的卿士单平公、晋定公、鲁哀公及一些小国诸侯在黄池举行盟会，这是夫差谋求周王室承认其霸主地位的一个正式场合，夫差与晋定公抢着都要坐首位，结果夫差用武力迫使晋定公让他在盟会上先歃血，成了霸主。

夫差刚伸出歃血的手指，信使来报后园着火，越国军队已经攻克吴都。为了封锁消息，夫差杀了信使，继续盟会的歃血仪式。

从最初为了融入荆蛮的断发文身，到后来为了回归中原的歃血为盟。诗人说仿佛走了很远很远，其实又回到了原来出发的地方。

今天，对于我们来说，勾吴是蓦然回首欲说还休的守候和寻觅，勾吴是百转千回千呼万唤的牵挂和理由。是我们周而复始年复一年的沉思和参悟。

泰伯建立勾吴，荆蛮人受了周礼的教化，开始变得知书达礼了，使社会分工能力和生产水平有了进步，也使当地部落提升为志邦式的国家状态，“数年之间，民人殷富。”这是《吴越春秋》中的评说。

多年以后，武王伐纣建立周王朝，派人到遥远的南方去寻找太伯仲雍的后代，这时吴人的首领已经传到了仲雍的重孙周章，于是周武王就封周章为吴国国君，仲雍和周章死后都葬在了虞山。远方是再也回不去的故乡，而青山绿水间，是他们安息的永远的家园了。

1995 年 4 月 4 日，春天不久的苏州。

考古工作者在经历了三年的挖掘和准备之后，对真山大墓内 30—40 厘米厚的积土开始清理，墓室西部中央棺床渐渐展露在大家面前了。

真山位于苏州许墅关西北，主峰 76.9 米，从很高的地方看下去，真山仿佛展翅飞翔的鸟儿。他从遥远的古代飞来，落在 1995 年春天的枝头。

棺椁的木胎都已经朽烂无存，但是通过揭取涂在棺椁上的漆皮可以确定真山大墓的葬具为七棺二椁。漆皮清晰可见兽鸟图案和花纹，这是君王才可以享用的图案装饰，七棺二椁也是墓葬至高无上的待遇。

真山大墓出土了 12573 件遗物。其中 11280 件是玉石饰品，8 件一组的玉覆面，玉瑗、玉戈、玉钩，187 件玉牌饰，1 万多件玛瑙、水晶、绿松石、孔雀石制成的珠、管饰品，有 11 件原始瓷和陶器，以及数千枚海贝和 122 件绿松石仿贝。

玉覆面指的是死者入葬之时，用一面内红外黑的丝织品，依照五官所在的位置缝缀相应的玉饰，然后覆盖在死者脸面上。真山大墓出土的玉覆面共有八件，双眉为二件完全相同的虎形饰，那是将一块玉料雕琢两面，然后再从中剖开而成了现在的样子。虎形是卧状欲扑的样子，俯首、拱背、屈足、卷尾、首尾各有一穿。应该是吴国国力以及精神面貌上升时期的代表性艺术品了。

这是一座可以与同时代其他诸侯王陵相媲美的大墓，发掘者们认为真山大墓的墓主应该就是寿梦。

司马迁在《史记》中说道："寿梦立而吴始益大，称王。"

所谓"始益大"意味着吴国在经历了长期的封闭状态后开始向外扩张领土，而"称王"意味着寿梦建立了集权制的国家机器。

太伯仲雍奔吴以后的600年间，吴人与中原华夏之间并没有太多的来往，所以在华夏族记载的历史书上几乎见不到吴人的身影，我们只知道文献中记录了19代吴人首领的名字，却不知道他们都有哪些事迹。一直到春秋中期寿梦继位时，一向默默无闻的吴人才突然在历史舞台上崛起了。并且引起了中原华夏的注意。

寿梦继承吴国王位之后的第一件事情，就是前往中原朝见周天子。归来的途中经过鲁国，鲁成公让乐工按照礼制分别演奏了《商颂》《周颂》《大雅》《小雅》，编钟编磬一齐奏响，铿锵有力，余音绕梁，又让舞者合着音乐的节拍歌咏舞蹈，肃穆的气氛和壮丽的场面让寿梦叹为观止。

多年之后，寿梦第四个儿子季扎出使鲁国，鲁襄公请他观赏鲁国的礼乐歌舞。当年招待梦寿，只是演奏了四首曲子，如泣如诉的礼乐使梦寿听得如痴如醉，他情不自禁地感叹道："我身在蛮夷之地，像荆蛮一样以椎髻为俗，那里见过这样的场面？这才叫作礼啊！”而招待季扎的时候，鲁国演奏了《诗经》中二十二首曲目，每一首歌曲和表演以及每一段舞蹈告一段落的间隙，季扎都能做出恰如其分的点评。

在司马迁眼里，能够理解和领悟《诗经》的天底下只有二个人，一个是千古圣人孔子，另一个就是吴国的季扎。这一年季扎在鲁国的演奏会上侃侃而谈的时候，孔子还是八岁的孩子。

出使鲁国时季扎途经徐国，徐国国君见到他的佩剑，十分羡慕，但是又不好意思向他索要。季扎感觉到了徐国国君的心思，但是根据当时的礼仪，使者出访不能没有佩剑，所以就存下了在回来的时候将佩剑赠送给徐国国君的心思，可是等到再次经过徐国时，徐国国君已经病逝了。于是季扎就特地到徐国国君的墓上祭奠吊唁，然后解下自己的佩剑挂在墓前的树枝上。“季扎挂剑”的故事一直流传到了现在。

苏州最古老的园林沧浪亭中有一座始建于清道光丁亥年的“五百名贤祠”。生在苏州的第一位名贤就是季扎。今天，再一次说起季扎时，我们不由得怦然心动。所谓名贤，应该也是天底下的普通人，然而普通人的东奔西走不过是日常生活，而名贤的南来北往，就是历史。我们在名贤的言行举止中提炼出来的一种学养和品德，是一份规范和概括，我们对之加以关照的时候，是对这一份规范和概括的遵守和印证。

寿梦生有四个儿子，分别是诸樊、余祭、余昧和最小的儿子季扎。寿梦临终前就执意要把王位传给季扎，但是季扎坚决推辞不受，于是寿梦就只能把王位传给诸樊，并嘱咐他通过兄终弟及的方式最后把王位传给季札。最后余昧想遵从父兄遗命把王位传给季扎，但是季扎又一次坚决拒绝继任吴王，这样只能立余昧的儿子僚当了吴王。于是春秋时期的勾吴，有了生与死的较量，情与义的抉择，是与非的彷徨。有了血与肉的搏杀，紧张激烈的观念比拼，扣人心弦的灵魂碰撞。

公子光是诸樊的长子，也是寿梦的嫡长孙，现在僚取代了长子长孙的位置，公子光的内心，蕴藏着深深的不满和宏大的抱负。

这样的不满和抱负，不露声色，如埋在地底下的一粒种子，暗暗长出根来。而最能够感觉到他的生长的，就是伍子胥了。伍子胥的家族在楚国世代为官，而且为人正直，敢于进谏。但是伍子胥偏偏遇上了奸臣和昏君，奸臣危言耸听，说是伍氏才能出众，如果现在不斩草除根的话，必将后患无穷。昏君刚愎自用，谋害了伍子胥的父亲和兄长。伍子胥忍辱偷生，踏上逃亡的路途。从楚国南下到吴国，一定要经过楚国军队把守的边境关口——昭关，就在山穷水尽的清早，河边洗漱的伍子胥，发现头发一夜变白了，依仗着一头白发，伍子胥躲过了楚国的追杀。

这个时候的吴国，还是吴王僚的天下，初来乍到的伍子胥很快审时度势地明白了，有所作为或者有更大发展的应该是公子光。他向公子光举荐了刺客专诸。

公子光知道王僚特别喜欢吃炙鱼，于是就派专诸到太湖边向善于烹鱼的渔民学了三个月炙鱼的手艺。然后邀请吴王僚到他家去喝酒，酒过三巡，公子光借口自己脚疼退席。这时扮作厨师的专诸捧着大盘上菜献鱼，他把鱼盘放到王僚的食案上，王僚刚想举筷挟鱼，专诸就势从鱼肚子里抽出一把短剑直刺王僚。专诸用的这把剑叫鱼肠剑，是当时有名的一把宝剑，锋利无比，专诸又孔武有力，一下子就刺穿了王僚的三层铠甲，把王僚刺死在座位上。

现在苏州城里有一条名为专诸巷的小巷，从阊门城墙下，通向金门城门口，据说当年的专诸就安葬在这里。

专诸作为刺客缓缓倒在戈矛之下的时候，公子光如愿以偿地成为一代君主，他就是春秋五霸之一的吴王阖闾。

史书上记载，吴王阖闾是一个有远大志向的君王。他不贪美味佳肴、不听靡靡之音、不图佳色丽人、不沾安闲享受，勤于政务，体恤百姓，礼贤下士，网罗人才，深得民众的拥护。

阖闾任命伍子胥为“行人”，就是礼贤下士网罗人才最经典的事例。“行人”是春秋战国时期的一个重要职责。相当于现在的外交部部长。

“吾国僻远，顾在东南之地，险阻润湿，又有江海之害；君无守御，民无所依；仓库不设，田畴不垦。为之奈何？”

这是上任伊始的阖闾与伍子胥的一段对话。阖闾说：吴国生在偏远落后的地方，国家没有很好的战备防御，老百姓日子艰难，国库几近空虚，农田颗粒无收，我应该从何做起呢？

“凡欲安君治民，兴霸成王，从近制远者，必先立城郭，设守备，实仓廪，治兵库。斯则其术也。”

如果要让国君安宁，老百姓安居乐业，国家独霸一方，必须要首先修筑城市设施，做好防御工事，充实仓库，整顿军事，这个是最好的办法了。吴王几乎不假思索地把这些事情委托给伍子胥去实行。伍子胥除了完成一系列改革事务时，还开始规划修建了“阖闾大城”和众多的粮仓，为吴国的称雄图霸奠定了基础。

《吴越春秋》中记载“子胥乃使相土尝水，象天法地，造筑大城，周回四十七里，陆门八，以象天八风；水门八，以法地八聪。”

公元前514年，是苏州建城纪念日，2500年以来，几乎所有的苏州人，都明确地认为，当年伍子胥建造的“阖闾大城”，就是现

在的苏州。

以苏州老城区对照,《吴越春秋》上的描画,可以肯定地感到,“阖闾大城”和现在我们居住的苏州是这方水土的前因后果,《史记》《吴越春秋》以及《越绝书》也有相应的记录,2500年以来一代一代的苏州人口口相传,

2000年,苏州考古人员通过考古调查,在灵岩山附近发现绵延数千米的长条形和长方形土墩,可以确定无疑地说,这是一处古代大型遗址。在深入试掘解剖之后,以土墩结构和埋在地下陶片的时代可加以推测,这里应该是春秋晚期城墙。

城墙周边是水门遗址,城墙和水门遗址周围,是早期石板道路、河道遗迹,这一些为古城的道路、水路系统提供了解析的线索。木渎春秋城址是吴文化考古的重大突破。

无论是有史以来的老城区“阖闾大城”,或者是粉墨登场的木渎春秋城址,不同区域的同一方水土之上,留下了苏州的先人绘声绘色的日子,我们在完美的青铜或者破碎的陶罐上,依稀看到了他们的美好和忧伤。

吴　越

我们说苏州的故事，很多回都是津津乐道地从春秋战国开始的，话头一说起，耳熟能详的古人，由远而近，近在路口或者窗下，风一吹，那些前尘往事就是踏花归来。

1972 年 4 月山东临沂银雀山，正在发掘西汉墓葬，一开始大家的注意力全部在刚出土的随葬品上，这时候挖出的一堆浸着污水的泥土中，漂出半截深褐色的竹片，一位细致的考古工作者将竹片拣了起来，在清水里洗了洗，上面写着文字竟是："吴王问孙子……"这些竹简，不就是传说中的《孙子兵法》吗？

吴王是阖闾，孙子就是伍子胥曾经一天之内七次向阖闾推荐的孙武，吴王问孙子，这一个相谈甚欢的时候，阖闾已经从最初的迟疑，到十分坚定地意识到眼前之人，就是真正能够协助他共谋大业，一举定乾坤的将才。

其实在"吴王问孙子"这样的一问一答之前，阖闾还想出一个很别致的招式，他要试探孙武领兵打仗的才能。阖闾的意思是能不能就让宫女体验一次军事训练，孙武一口答应。并从宫中召集了180名宫女，由吴王的两位爱妃担任队长。宫女们身披犀甲，手握宝剑和盾牌，他们从来就没见过这样的阵势，以为是另一种歌舞升平寻欢作乐的游戏，所以在孙武喊出口令时笑作一团，宫女们时刻惦记着她们的身份和本职工作，她们的本职工作是争宠、撒娇、乖巧和说笑。

孙武反复讲解了要领，并要两个队长以身作则。但他再一次喊出口令，宫女们依旧满不在乎，孙武严厉地说道：我的口令非同儿戏，军令如山不能玩笑。两个队长带头不听指挥，理当斩首！说完，便叫武士将阖闾的两个爱妃杀了。

这时候，宫女们吓作一团，当孙武再喊口令时，她们步调齐整，没有多少周折，就有了训练有素的军人模样。

吴王因为假戏真做失去爱妃而惋惜，也因此信服了孙武的用兵之道。

有了伍子胥和孙武，经过励精图治，吴国的实力是大大增强了，吴王阖闾跃跃欲试地走上了春秋争霸的舞台。

就在这个时候，季扎在周游列国四十六年之后，回到吴国来了，吴国君臣感到山雨欲来，老百姓也在观望季扎的态度。

“苟先君无废祀，民人无废主，社稷有奉，乃吾君也。吾敢谁怨乎？哀死事生，以待天命。非我生乱，立者从之，先人之道也。”

这段话是季扎说的，大致的意思是公子光也是吴先君寿梦的后代，他做国君也不会废绝对祖先的祭祀，政权并没有易姓，我们应该做的是哀悼死者，侍奉好新的君主。季扎说完这些话，去到吴王僚的墓上，报告了完成外交任务的经过，然后放声痛哭，好一会

儿，才缓缓立起身来，去到公子光的朝廷听候新君的招呼。

风起云涌的日子里，有些人占山为王了，有些人立地成佛了。

如果说伍子胥和孙武对于吴王来说是如虎添翼，生产工具和兵器的领先就是锦上添花了。

春秋战国年代，国力强弱取决于农业，而农业的发达又取决于生产工具。当时吴国的生产工具通过改进，形成了犁、镰、锄、刀等一套系列。

现在太湖三山岛的村民还收藏着一把吴国当时的镰刀。

镰刀的锋利主要是打磨出来的，吴国割稻子的是锯齿镰刀，在使用过程中，竟能够越使用越明亮锋利。这一个样式的镰刀，一直沿用到了现在。使人惊叹的是锯齿镰刀的刀口手柄之间的夹角是115°，锯齿和刀背的夹角也是115°，115°是现代生产工具人体适合度和工作效率依旧要遵守的力学法则。

说到兵器，吴国当时以干将莫邪夫妇为代表的铸剑专家，已经掌握了铜、锡、铅三元合金的配方技术，使铸造的宝剑质地坚硬，锋利无比，而且经过硫化处理后，美观又不容易生锈。

西周的时候，我们国家实行的是政族合一、家国同构的宗法制，一个国家仿佛是一户人家，周天子就是诸侯们的家长。到了春秋时代，这户人家日渐衰落，家长日薄西山摇摇欲坠，诸侯们就有了想法。不说是取而代之，至少应该占据一个老大的位置吧。老大就是伯，“霸者，伯也”，春秋时代的争霸，也就是诸侯争着要当这个老大。齐桓公、晋文公，楚庄王这些曾经显赫一时的霸主。到了春秋晚期，有点强弩之末相继衰落了。而吴王阖闾，经过一系列的整治，显得国富民安，兵强马壮。

“远交近攻”是春秋时代各个诸侯国之间的约定成俗，当时大

国争霸之中，晋国与楚国是不共戴天的仇敌，晋国和吴国缔结友好，而楚国则和越国联成盟友，因此楚国和越国，是阖闾明确的对头。从寿梦到阖闾的六十年之间，吴楚大大小小的战争不下二十几次，这一些战争中，吴国胜多败少。

“西破强楚，入郢；北威齐、晋，显名诸侯，孙子与有力焉！”这是《史记》中的描述，大致的意思是吴国从西面击破楚国，进入郢都和威胁北面的齐国、晋国，扬名于诸侯，孙武和他精湛的兵马功不可没。

司马迁说的，就是春秋末期著名的柏举之战。

值得一提的是，和楚国交战，无论进攻还是防御，必须要建造一支有力的水军，吴王专门和伍子胥商量讨论水军建设，现在，在伍子胥的《水战兵法》中，记载着吴国的战船有大翼、中翼、小翼、楼船、突冒、戈船等。在和楚国的战争中，水战占得了很大的先机，吴国的水军，也被看作是中国海军的源起。

公元前 506 年，吴王亲自挂帅，伍子胥、孙武为将军，率领三万将士，乘船沿淮水到蔡地登陆，然后弃舟陆行，长途奔袭，一下子深入楚国腹地，与楚军在汉水隔水对峙。

面对吴国军队的挑战，楚国军队迅速回防。

吴王阖闾联合蔡、唐两国军队总共五万人马，楚国却是二十万大军，吴国千里行军舟马劳顿，楚国拥有汉水天然屏障。吴国远离后方，后方补给困难，楚国在家门作战，后勤有充分保障。两军交锋，楚国似乎占尽了天时、地利、人和。然而因为内部将士的矛盾，楚国贸然渡河进攻。这时的吴军假装败退，诱敌深入，然后挑选出 500 名大力士和 3000 名善于长跑的士兵，作为先头部队，对楚军发动偷袭和突然的进攻，屡战屡胜，楚国的将士溃不成军节节

败逃，吴军气势高昂紧追不舍，取得了决定性的胜利。

几代吴王战胜强楚的梦想就在这一刻实现了，踌躇满志的阖闾几乎觉得自己功成名就。他以主人的姿态前呼后拥地走进楚王的宫殿，在朝堂之上享受文官武将的朝见，晚上就去了楚王的寝宫，并招来楚王的妻子陪他同枕共眠。吴国的将领也上行下效占据了逃亡的楚国大臣的家，以掠夺和强奸来侮辱楚国的君臣。而怀着深仇大恨的伍子胥，掘开了楚平王的坟墓，挖出他的尸体，抽打了三百鞭。

正当吴国的将士在楚国怀着邪恶作威作福的时候，越王允常乘吴国主力远征在外、从背后偷袭吴国，轻而易举地打败了留守在吴国守军，阖闾听到后院起火，匆匆从楚国撤退。

没有多久，允常死后，勾践继承了越王的位置。阖闾觉得以牙还牙的时候到了，趁着越国国丧之机举兵讨伐。越国的军队在勾践率领下于槜李摆开了阵势。但是几回交战，面对严格训练的吴军，勾践讨不到一丝便宜，于是想出来一个办法，派了一批囚犯，走到吴军阵前用剑架在自己的脖子上，齐声高呼："两国交战，我们违犯了军令，不配再做军人，甘心刑罚，愿一死谢罪。"说完就割颈自刎。看着越国军人一个个在自己面前倒下去，吴国的士兵一下子不知所措地惊呆了。勾践乘机指挥越军发动进攻，吴军仓促应对，溃不成军。吴王阖闾受伤后只能掉转马头逃跑。到离槜李七里的陉地就奄奄一息了。临终前的阖闾把他儿子把夫差叫到身边，断断续续地说道："决不可以忘了杀父之仇！"夫差坚决地回答："一定不敢忘！"

"一定不敢忘！"是新登基的夫差接下来几年的座右铭，站在庭院里的卫士，见到进出宫廷时的夫差就大声发问："夫差，你忘

记越王的杀父之仇吗？”夫差就立定身体，毕恭毕敬地答首 :“不，不敢忘！”三年以后吴国再次伐越，结果勾践投降，成了夫差的阶下囚。

勾践是接受了大夫文种的建议，向夫差求降。只是伍子胥一再劝阻，“十年生聚，十年教训”，伍子胥的意思是，夫差用十年时间休养生息，再用十年时间总结教训，20 年之后，吴国将尝到养虎为患的滋味啊。夫差觉得这话很不中听，什么养虎为患，勾践不过是一只病猫而已。在意气风发的日子里危言耸听，简直有点不怀好意了，于是夫差只淡淡的说了声，我已经决定了，穷寇不追。勾践如愿以偿地当上了吴王的侍臣和马夫。

这是一个低下的位置，低下得离贩夫走卒只是一步之遥，低下得离王亲国戚却是千里迢迢，而不低下的，是勾践忍辱负重的抱负以及东山再起的心思。

三年之后，夫差决定赦免勾践回国，伍子胥又一次苦苦相劝，要夫差不要被勾践的表象迷惑，不要放虎归山。夫差拍案而起对伍子胥说道 :我早就说过，勾践是病猫，你为什么一再夸大其词？勾践对我忠诚体贴，你要有他半点样子，也算是不负先王托付了。

夫差只想表达对伍子胥的不满，已经没有一丁点顾虑越国的心思，而他一心一意谋求的，是到中原去争当霸主。

到中原去得到中原文化的认可和接受，然后大展宏图，这是好几代吴王一门心思的努力，到中原去是吴王披荆斩棘的金箍棒，还是忍辱负重的紧箍咒？是支撑着几代吴王一路走来的拄杖，还是束缚着他们步履维艰的绳索？这样的疑惑，留在现在我们的心头挥之不去。

公元前 484 年吴国与齐国在艾陵决战，吴国大胜，齐国无可奈何地承认了吴国的强权。凯旋的夫差设宴庆贺，朝野上下祝贺一片，越王勾践也派人前来歌功颂德，而这时唯独不见伍子胥，夫差就命人去传唤，伍子胥对来人说道：过去我们先王一直有辅佐的贤臣，用来帮助决断疑难，权衡得失，所以没有陷入大难。如今夫差独断专行，抛弃老臣，只说我的命令不得违背，这样的不违背，恰恰是对天意的违背。这样的不违背，必将后患无穷。夫差如果伐齐不顺利，反而会内心有所觉悟，吴国还可以世代延续。现在表面上的胜利，反而说明吴国的国运已经很短了。我不忍心看到夫差被越国人所生擒，所以请求先死！

没听完伍子胥这番话，夫差已经暴跳如雷了，抽出佩剑扔在地上说道，你要先死，就成全了你。

伍子胥凄惨一笑，说是我死了之后，把我的眼睛挖出来挂在东门城墙上，我要看越国是怎么灭了吴国的。

夫差真是受不了他临死之际的火上浇油，挥挥手说道，把他的人头扔到河里去，本王就是要什么也不让他看到。

《吴越春秋》说，吴王将伍子胥投到江中以后，伍子胥就化为神仙："随流扬波，依潮来往，荡激崩岸。"老百姓就在江上划船打捞，之后每年端午，老百姓就丢下手头的工作，在水上划着船，纪念伍子胥，这应该是最初的龙舟竞渡了。

去除了伍子胥这个眼中钉，吴王夫差要做的第一项工作就是开通了一条沟通长江和淮河的邗沟。在当时是出于北上的争霸运送兵力物资的需要，但是邗沟对于后世农业生产的意义是非同寻常的，之后这段邗沟也成为隋朝时期南北大运河的一个组成部分。接下来就是黄池会盟了。这是夫差谋求周王室承认其霸主地位的一个正式场合，结果他如愿以偿地成了霸主。

吴王夫差在轰轰烈烈华而不实漏洞百出地谋取霸业的时候，越王勾践正在卧薪尝胆处心积虑地等待着审时度势的反戈一击。

古代两国相交，往往一方有这样的利用，另一方就有那样的缺陷，一方有这样的顺水推舟，另一方就有那样的半推半就。

公元前 473 年，在越军一再发动进攻下，吴都失守了。夫差仓促带领着残兵败将退守灵岩山上，而越王勾践的三千兵马将灵岩山团团围住。

吴王夫差发觉自己上当的时候，已经来不及迷途知返了，因为这时候伍子胥已经不在了。吴王在大江边"临江作塘"，设奠祭祀伍子胥，希望死去的伍子胥看到从前的情义上，保佑吴国化险为夷，但有些错误犯了以后是可以改正的，也可以重新来过的，有些错误却是无法改正的呀。

追悔莫及的夫差，嘱咐士兵在他死后用一块大巾覆盖自己的脸，夫差说，如果人死后无知，也就算了；如果人死后有知，那么我还有什么脸面去见伍子胥啊。

1977 年河北平山县发掘的中山王墓中出土了一件战国时代的青铜鼎，鼎上刻有 469 字的长篇铭文，其中有这样一句："昔者吴人并越，越人修教备恁五年，复吴克并之至于今。尔毋大而耗，毋富而骄，毋众而嚣。邻邦难信，仇人在旁。"这是中山王告诫后人夫差的千古遗恨，要引以为鉴。

今天，我们又一次说起吴越春秋，是落叶归根的朝花夕拾，还是天各一方的梦里花开呢?

龙　舟

一

一年好比是一趟单程公共汽车，时令和年节就是一个一个停靠的站台。各地方的公共汽车是同一个时间出发，同一个时间到达，因为地域的关系，北方穿着皮衣还有点缩手缩脚，到了南方的海滨浴场，就只有打赤膊的份了，天气有冷热，衣服有多少，日子却是同一天，没有说这里在过元宵，那里刚好是中秋。还因为风俗习惯的关系，有些地方的公共汽车只停靠几个主要站台，春节、清明、端午、中秋，差不多就这几个吧，有些地方的公共汽车几乎是逢站就停，没走多远就是一个站台，刚出一个站台，又到了另一个新的站台了。比如苏州，生在苏州要有个思想准备，就是精神抖擞地迎接一个又一个时令和年节。

苏州记

真是不好意思，说出来苏州像一个过节爱好者，或者是一个过节专业户，说到底呢，还是这方水土历史悠久物产丰富吧。因为历史悠久，留下了更多的风气习俗，照着流传下来的脚本过节，是纪念先人，是不忘根本。生在现代的苏州人，是接力赛中的一棒，接力赛是二千五百多年前开始的，第一棒是泰伯，伍子胥也在这片赛场上跑过，现代人跑得好，非但脸上有光，还能很圆满地传下去，一直到源远流长。物产丰富是这方水土素质好，是大自然的恩宠再加上大家辛勤的劳动，然后一时有一时的特产，一季有一季的收获，所以过节是对这方水土的感恩，也是对自己的鼓励。

现在时代发展了，一些洋节也挤到日子里来，情人节啊，圣诞节啊，这是公共汽车增设的临时停靠站，不会影响原来固定站台的停靠，也不会冲淡大家对传统年节的感情，不少人过情人节或者圣诞节，几乎就是图个热闹的逢场作戏，心里在乎的，还是流传下来的逢年过节。

其实我是想说端午节的，这样一绕却把自己绕进去了，似乎是在年初一开始的从头说起，这样离我的本意就远了，我心里想的是将其他的逢年过节一笔带过或者忽略不计，单单来刻划一下端午这个话题的，我这样做的原因有两条，一是端午节一项重要活动，就是划龙舟，好久之前，我就听说苏州的划龙舟与伍子胥有关。另外苏州人过端午各式各样的风俗习惯有好多，有的我也只是听说，有的我曾经亲身经历过，有的现在已经见得少了，有的现在还是这样讲究呢。我一直想将这一些理出个头绪来，整理归纳一下，越是上了点年纪，这个念头就越是强烈，因为原来过端午全是老人张罗的，后来由父母负责，现在父母老的老了，走的走了，一晃我就成了握着接力棒的现役运动员了，俗话说吃什么饭当什么心，我是做文字的出身啊。

二

有关历史文化的文字，也容易写也难写，说容易你就像一个开着东风卡车的搬家队，古人的书是一幢老宅，现在的书是一所新居，你就是将老宅里东西，擦一下灰尘，然后搬进新居就行了。但这样做大家还不如去看古书呢？至多将古书翻译成白话文再出版一下好了，所以就难了，因为谁也没有活过几千年呀，除了书本，有关从前的线索，上哪儿去寻找呀。

照这样说类似的文字就不能写了吗？不是的，首先主观上要知难而进，不能怕苦畏难。客观上也要做个有心人，比如说写到苏州端午的划龙舟，坐在电脑前面，将从前的文字，在自己脑子里变成画面，再把画面描绘出来，这是一种办法。到胥江的河边上或者觅渡桥去实地走一下，也是一种办法。古人们都走远了，但山水还在，眼前的流水，就是他们留下的线索，沿着流水顺藤摸瓜，你能看到从前的自己在水面的龙舟上划桨，或者在岸上的人群中呐喊。

说起来我这个年纪的人还是比较丰富的，几十年光景，陪着大家经历了太多的是非曲直千变万化，我看到和经历的东西，有一些前人想到了都以为自己在做梦呢，还有一些是前人想都没有想过的。但偏偏苏州的龙舟，以前却是没有见到过，千百年前我没赶上，现在，有关方面开始恢复苏州的龙舟竞渡，千百年后我可不能错过了。

按说苏州是水乡泽国，划龙舟是很科班的项目，但这是一个集体项目，是兴师动众，凑成一条船还不行，还要找到对手，按照目

前的建制，起码是区或者街道出面组织，才能搭起来像模像样的场面。

还有人说，苏州人比较温和，不太争强好胜，他们把龙舟改良了，改成画舫了，争先恐后变成优哉游哉了。这个说法我是不太赞成的，苏州人的特点其实比较要面子，要面子说到底就是争强好胜，苏州有点像水上的潮头，表面看上去不是急急忙忙朝前面赶，其实却是名列前茅地汹涌澎湃着呢，所谓流水不争先，说的就是这个道理。再一点苏州是水乡，水到了低头不见抬头见的地步，大家自然会生出好多水上的花样来打发，龙舟是一样，画舫是另一样，一天到晚划龙舟，那是用蛮劲的事情，就像田径，如果三天两头开全运会奥运会，怎么受得了，龙舟是运动会上的田径比赛，画舫是平日里花前月下的休闲，这两样一个都不能少。

体育项目中，马拉松有一个动人的故事，所以现在的比赛，是比出一个名次，也是一次纪念，光比赛更多的是体育竞技，有了纪念更多的就是文化了。

划龙舟也是这样，有一些动人的故事，有一份美好的寄托，就是有一个纪念吧，有些地方纪念的是三闾大夫屈原，苏州纪念的是伍子胥，这样的纪念，是一方水土的冬暖夏凉，是一代一代心里，不朽的生长。

三

我还想说两句有关纪念的话题，初一看纪念是对先人的缅怀，是对自己的激励，仔细想想一个地方纪念越多，素质就越好，底气就越足。有了这么多的以古为镜，就能做到荣辱不惊了，在日常生活和工作中，插进去这么多的纪念，非但日子丰富，过起来也是不慌不忙了。比如生在苏州，我一直觉得自己是大户人家出生的，不是虚荣，也不是爱富嫌贫的心理，跟钱没多大关系，或者说跟钱的多少没关系，跟钱的技术含量有关吧，有些人的钱，是做小生意挣的，有些人的钱是做大买卖挣的，苏州人的钱，好像都是从琴棋书画风花雪月中来的。当然这仅仅是我的一个感觉。说到底不管是挣钱和花钱，或者干什么别的事情，苏州人都有一种风度，别人似乎学不来的，苏州人似乎不学就会的，为什么呢？就是因为苏州有了这么多的纪念。

划龙舟比较书面的说法是龙舟竞渡，龙舟竞渡是端午的重要节目，各个地方都是在端午前后举行的吧。有关屈原的说法是屈原投江之后，乡亲们划着船奋力去抢救，后来将船打扮成龙头龙尾，一划起来仿佛蛟龙出水，吓退那些啄食屈原尸骨的鱼虾。但是龙舟竞渡在早于屈原的很多年前就有了，春秋时候的青铜器和战国楚墓的帛画中，都有龙舟竞渡的刻画，《穆天子传》和《楚辞 · 九歌》中，也有龙舟竞渡的描写。《楚辞 · 九歌》的作者就是屈原自己呀，你总不能说屈原生前就知道自己将来要投河的，然后天下百姓为了纪念他会发明一项龙舟竞渡的活动的，这也太电视剧了。现在大家一口咬定说龙舟竞渡就是因为纪念屈原而诞生的，很大程度上，还是天下百姓的善良和真诚。

之前就有龙舟竞渡这一个习俗，屈原投江之后，大家就将两者比较合情合理地结合在一起了。同样的道理，苏州人的龙舟竞渡纪念的是伍子胥，而伍子胥之前，应该就有类似的项目存在，伍子胥之后呢，苏州的龙舟竞渡就有了旗帜鲜明的主题，就从春秋战国算起，这一项活动，已经延续了好几千年了，这样的坚持，是对英雄的缅怀和赞赏，也是一种很了不起的品德。现在苏州端午节要申报国家级文化遗产，其中就包含了对于这种品德的肯定。

苏州人对伍子胥这样满怀深情，一个原因是伍子胥和屈原一样，都是忠君爱国却受到陷害最后以身殉国的仁人志士。另一个原因还因为伍子胥对苏州的特殊贡献。当年伍子胥从楚国投奔到吴国来，吴国还是僻处东南的一个不起眼的小国，伍子胥对吴王说，你想称霸一方一定要先建立城池，然后完善守备，再有充足的库存，这样才能发展壮大。吴王听了他的话说，就照你的意思去办吧。伍子胥“相土尝水，象天法地”，并在公元前 514 年建造起了阖闾大城，也就是最初的苏州。

四

在苏州伍子胥相当于一位长辈，一位经常走动的亲戚，或者就是住在隔壁的邻居。是一堆人在一起，能说到一起的话题，而且老说也说不完，也还有兴致。

伍子胥是春秋战国时楚国大臣吴奢的儿子，春秋战国时期的秩序很乱，大家割据一方，国家多了国王也多，国王多了难免出些个鱼目混珠的领导，迫害忠良的事情就时有发生了。伍子胥的父亲和兄长，就是这样被楚王杀害的，楚王当然也不想放过伍子胥，所以布卡设岗紧追不舍。伍子胥几乎是九死一生了，一路东躲西藏来到昭关这个地方，心里烧着复仇的火焰，眼前又是这样的生死攸关，这一怒一急，伍子胥乌黑的头发胡子，竟然在一个夜里全变白了。所以看守哨卡的楚国士兵，很例行公事的问了两句，就把伍子胥放过去了，也因此埋下了日后伍子胥东山再起杀回老家的后果。

这些当年的楚国人也太形式主义了，他们要抓的是伍子胥，又不是伍子胥的头发胡子。所以做领导怕的就是决策错误，决策一错就劳民伤财了，做基层工作呢，怕的就是事不关己敷衍了事，往往就像俗话说的那样，针尖大的窟窿，会透过斗大的风啊。

伍子胥来到吴国之后，辅助吴王进行了一系列的变革，这样的变革也是卓有成效的，几年之后，当时东南地区的一个小国，已经是兵强马壮雄霸一方，几乎有点超级大国的意思了。

已经功成名就的吴王，伍子胥再对他说什么，他一点也听不进去了，反而认为伍子胥是小题大做，是存心要和他过不去，这样一来二去，再加上越国的特务间谍煽风点火，吴王竟然下了一道圣旨，要伍子胥自杀。待伍子胥死后，吴王还是一副余怒未消的样子，命人将伍子胥的尸体“盛以鸱夷之器，投之于江中。”

有关伍子胥生前的故事，言简意赅地表达，就是这么多。其实说了这些前因后果，就是要引出“盛以鸱夷之器，投之于江中。”这么一句话，因为这句话和端午的龙舟竞渡有关，伍子胥的尸体投到江中之后，老百姓就在江上划船打捞，之后每年端午，老百姓就丢下手头的工作，在水上划着船纪念伍子胥，这应该是最初的龙舟竞渡了。

五

有关伍子胥和端午时候的龙舟竞渡，还有一些其他说法，基本上是大同小异吧，大同全是因为伍子胥，全是为了表达敬仰和纪念，小异是出发点和契机不一样。

要了解前人的主张，首先必须要在熙熙攘攘的书籍中，把相

关的段落找出来，要将各式各样的观点，各式各样的说法汇集在一起，就是将各朝各代的古人召集起来开个会，那些书上的段落，算是他们的发言了。

一些几百年前的古人的说法，和几千年前的古人的说法基本一致，也可能就是从那个几千年前的段落中来的，这样他们应该是同一阵营。有些也是几千年前有头有脸的人物，说出来也是有凭有据，这样的话，两个古人好像在会场上当面吵得不可开交了，我们要做的，不是息事宁人的调解，而是以理服人的研究和分析，这样才能让古人满意，让以后的人对我们严谨踏实的学风肃然起敬。

话说伍子胥屈死之后，吴王还有点不解气地将伍子胥的头割下来，挂在胥门口的城楼上，这时候攻打吴国的越国军队正好经过这里，他们猛一抬头，看到城楼上伍子胥孤零零的人头是巨大无比，而且目光炯炯有神，头发胡须也是一根一根松叶一般地竖在那儿，怒火中烧又威风凛凛，这些越国的军队吓得丢盔弃甲四处逃窜，按照文言文的说法是："飞石扬沙，疾于弓弩，越军败坏，松陵却退，兵士僵毙，人众分解，莫能求止。"

但是越军马上站稳了阵脚，而且卷土重来，为什么呢？因为越军中有范蠡和文种在，他们两人连忙赶到胥门口，拜会伍子胥，希望能够借道通过，具体对伍子胥说了什么，历史上没有记载，大致的意思应该是，我们虽然各为其主，也都是成名的英雄，说到底我们这些英雄都有一个共同的目的，就是天下昌明，国泰民安，我们这些英雄还有一个共同的特点，就是顺应历史潮流，你说是不是？

话到这个份上，伍子胥目光垂下来了，须发也不张开了，他毕竟还是被范蠡和文种说服了。

历史往往会有不断的重复和惊人的相似，没过了多久，文种遭遇到了和伍子胥一样的命运，《勾践伐吴外传》中说道："伍子胥从海上穿山胁而持种去，与之俱浮于海。故前潮水潘候者，伍子胥也，后重水者大夫种也。"

这时候伍子胥已经是担任分管水域的神仙了，作为具体分管的领导干部，他亲自去迎接文种，这也是英雄和英雄的惺惺相惜吧。

老百姓内心本来就与伍子胥很亲近，又听说他成了水上的神仙，祭礼和纪念就更是名正言顺了，苏州水上的龙舟，开始与伍子胥息息相关了。

当然这些有关伍子胥的传说，比较民间故事。民间故事是一些事出有因查无实据的文字吧，民间故事的表达，有两点很明显的特点，一是在思想和意志上，恩怨分明主题鲜明，二是在表现形式上虚处入手生动婉转。

六

一开始吴国对于伍子胥，应该是有知遇之恩的，当然后来伍子胥还是死在吴王手上了。越王勾践呢，一开始对伍子胥也是很头痛的，他心里甚至认为，自己最大的敌人倒不是吴王夫差，而是夫差身边的伍子胥。所以他很多的工作，不是为了东山再起的厉兵秣马，而是怎么样让伍子胥，成为夫差的敌人，勾践是要借夫差的手，来对付伍子胥。

古代两国相交，往往一方有这样的利用，另一方就有那样的缺陷，一方有这样的顺水推舟，另一方就有那样的半推半就。按说天上是掉不下馅饼来的，天上掉下馅饼来了，其中一定有什么猫腻。偏偏捡着馅饼的人不这么想，捡着馅饼的人认为，天上就是会掉下

馅饼来的，比如吴王夫差，一来二去的没多久，自己的国家，就成了越国的领土，自己也做了勾践的俘虏。

吴王夫差在大江边“临江作塘”，设奠祭祀伍子胥。《吴越春秋》说，吴王将伍子胥的尸体投到江中以后，伍子胥就化为神仙：“随流扬波，依潮来往，荡激崩岸。”老百姓本来就固执地认为，伍子胥已经化作水上的神仙，现在吴王设奠祭祀，就更加坚定了这个想法。

越王勾践呢，一开始有点挑拨离间，希望吴王去对付伍子胥，一旦吴王把伍子胥杀害了，他就面孔一板说，这样刚烈忠贞的大臣都杀了，吴王真是太昏庸了，不讨伐他讨伐谁呀。范成大在《吴郡志》中说，越军进入吴国东南的江口之后，“立坛杀白马，祭子胥，杯动酒尽，固立庙于此江上。”这样的祭祀，老百姓也是看在眼里，对于伍子胥的信念是牢不可破，对于伍子胥的纪念也是一年一年地天长日久，具体的做法，就是五月端午的龙舟竞渡。

龙舟竞渡的船，一般都是隔年留下的，船不能放在水上，要搬放到屋子里，到了端午前的十来天，将船从屋子搬出来，翻倒着放在河边，然后给龙舟上漆。上漆的日子，一般是个阴湿天气，这样上好的漆，色泽鲜明厚实，而且不易脱落。

东吴大族

也可以说在苏州，历史也许是古戏台上的一句唱词，而名人不过是巷子里的一个邻居，传统和风味，现代和时尚，故居和会所，老宅和旧楼，水里的画舫，岸上的人家。苏州是怎样的前世今生和梦中家园啊。

属城咸有士，吴邑最为多。八族未足侈，四姓实名家。

这是陆机《吴趋行》中的句子，四姓实名家，指的是江东大族顾、陆、朱、张。《世说新语》中记载："顾忠""陆厚""张文""朱武"，忠烈、仁厚、尚文、重武，这是古代文献中关于四户人家更具体的描写。也可以说东吴大族的故事，基本上就是这四家的家史或者族谱了。

东吴大族的故事，可以从孙策说起，孙策临终前，谁都以为他会把自己的位置传给以"骁悍果烈"著称的三弟孙翊，然而最后的继承人却是孙权，孙权上台之后，立即开始修复了与东吴大族不很

友好，甚至有点针锋相对的关系。而这时候的东吴大族也意识到孙吴立国江东，为自己提供了一个极其难得的崛起和成长机会，双方倾心合作，结果就是孙吴国家走向了强大。

“性度弘朗，仁而多断，好侠养士”这是孙策对孙权的评价，我们再回过头去体会孙策的选择，似乎明白了他的独具慧眼和用心良苦了。

东吴大族的故事，也可以从顾雍说起，当孙权煞费心机地绕过老臣张昭，而选择顾雍担任丞相，作为他的左膀右臂，历史的舞台上，东吴大族开始粉墨登场了。

顾雍的老师是东汉时期通经史，善辞赋而且精于书法的蔡邕，当初蔡邕远逃吴中避祸并且在吴中生活了十二年之久，就是在这个期间，顾雍跟随他学琴习书。顾雍心思清静，用功专一。蔡邕很喜欢这个学生，对他说：“卿今后必有所成，今日便以吾名与卿。”顾雍名“雍”，与“邕”同音，蔡邕的意思是你今后前途无量，我要将自己的名字送给你，可不能辜负了老师的期望啊。

顾厚，指的是顾雍开创的宽容厚重的门风。顾雍担任丞相的这些年，正是孙权政权相对稳定发展的阶段，顾雍致力于协调皇权和世族之间错综复杂的关系，按照各自的才能来选拔文官武将，并且深入民间，体察民情。

“顾君不言，言必有中”，这是孙权对顾雍的评价。

朝廷之上后宫之中，顾雍一向不主动开口，也从不在背后说三道四。然而他说出话来，就是举足轻重。一个动荡的时代里，一个伴君如伴虎的环境里，顾雍竟担任了十九年丞相的职务，直至去世，可谓功德圆满了。

接替顾雍丞相职务的是陆逊。《三国志》的《吕蒙传》中，记

载了孙权和陆逊的一次谈话，孙权一一评点周瑜、鲁肃、吕蒙三人的功过得失之后说道，周瑜是“邈焉难断，君今继之”这个意思是说周瑜这个人实在是了不起，了不起到不可能有人继承他的，不过将军你今天继承他了。把陆逊看作第二个周瑜，实在是满怀厚望。

建安二十四年也就是公元 219 年，吕蒙破江陵而生擒关羽，这一战役的先锋就是陆逊。

三年之后的黄武元年，刘备为了替关羽复仇，不听诸葛亮的劝告，倾全国之力大举进攻东吴。这时候孙吴军事的第一号人物吕蒙已经去世，身为荆州地区高级统帅的陆逊，洞悉刘备大军急于速战速决的意图，采取了避敌锐气、诱敌深入战略方针。经过半年相持，深入吴国腹地的蜀军由于战线过长，补给困难，又值盛夏暑热，将士疲惫不堪。陆逊趁机发动全面攻击，刘备大军全线崩溃，这就是历史上著名的“夷陵之战”。

战后，陆逊被封为荆州牧、辅国将军。黄武八年 (229 年)，陆逊拜为上大将军，成为吴国最高军事长官。赤乌七年 (244 年)，兼任丞相，成为吴国最高行政长官。陆逊这个江东名士真正做到了出将入相，这是陆逊一生的顶峰，也意味着江东大族的势力，达到了巅峰时期。

不过陆逊担任丞相一年之后，因为南鲁党争，拥护太子，受到孙权的责备，忧郁气愤而死。

王夫之在《读通鉴论》中评点说 :“雍既秉国，陆逊益济之以仁，自汉以来数十年无屠掠之惨，抑无苛繁之政，生养休息，唯江东也。”

因为顾雍和陆逊的贤能和仁慈，才使得这一时期的江东百姓免受战争之苦，免受苛捐杂税之累，从而社会得到发展，百姓得以休

养生息。

顾雍和陆逊是东吴大族的代表人物。而当时的“朱武”“张文”也是刻划那个时代浓笔重墨。

“朱武”说的是朱氏家族组成的军事集团显赫一时。朱治曾追随孙坚征伐，建下累累战功。朱据因为又懂军事又懂学术，深得孙权的赏识。而倍受孙权信任的朱恒曾经一时兴起，要贵为一国之君的孙权翘起下巴，让他捋捋“龙须”，孙权竟欣然同意，赐于他一份特殊待遇。

“张文”指的是东吴时期的张氏家族以儒学经术安身立命，然而因为好清议空谈和对别人说三道四，常招来是非。应该说东吴张家的兴盛是东晋末以及宋、齐梁三代的后话了。

在孙吴政权和东吴大族的共同努力下，孙吴国家国势蒸蒸日上，吴地的经济和社会也迅速发展，迎来了吴地发展史上的蓬勃发展。

走进东吴大族这片风景，总会让人不由自主地想起一个古人或者一段往事，一个古人又自然而然地牵出一个故事，一段往事又顺藤摸瓜地引出一位名人。而东吴的魅力在于经历了这么多的人和事之后风姿绰约。

通过屯田大办军垦农场和兴建官办农庄，扩展耕地面积，增加粮食产量。

“蕉葛升越，弱于罗纨。”这是左国《吴都赋》中的记载，意思是说吴国的葛布和越布，品质优良，比罗缎还要柔软。

“江都诸郡有铁者，或置冶令或丞。皆吴时置。”这是《三国会要》中的记载，意思是说当时吴国的冶金业也十分发达。冶金业代表着工业和军事水平，魏国将领曹休在与吴国对阵的时候，见到吴

军的兵甲武器，未曾开打已经露出了胆怯。

“弘舸连舳，巨槛接舻，飞云盖海，制非常模。遝叠华楼而岛跱，时仿佛于方壶。”这也是《吴都赋》中的记载，说的是当时的造船业在继承传统的基础上，进一步发展发达，独步天下。

东吴大族“顾忠”“陆厚”“张文”“朱武”，造就了一个春色满园的世界。

1927 年 10 月，李根源到穹窿山买地葬母，查询历史典故时，发现了这样的记载“汉吴侯顾贵、吴丞相雍、梁建安令烜，三墓并在白马岭小王山”，李根源多次寻访，在小王山南麓找到了三贤坟。1928 年，顾氏三贤墓得到了吴县保墓会的保护和修缮，李根源作为保墓会会长，还亲自登记、寻访并拍照，记录下顾氏三贤墓的详尽方位。并在《松海》一文中明确写道：“此墓距吾母兆域才五十丈，逾岭即是，且有墓碣可认。”之后的考证是今天位于穹窿山景区、小王山方向的顾氏墓园，与三贤墓地形址特点以及同时期的古墓葬考古特征不相符合。不过可以确定的是，顾雍墓就在小王山。

这是东吴大族的代表人物留给我们最后的线索。我们在走过小王山或者来到现在拙政园西部的陆逊故居遗址，再一次感受和体会当年东吴大族花雨满天地踏雪而来，或者是尽得风流地乘风归去。

顾雍、顾邵、顾谭、顾承、顾荣、陆逊、陆抗、陆绩、陆凯、陆云、陆机、朱桓、朱异、朱据、张温、张祇、张白这一些东吴大族的代表人物，带着百转千回的故事来到东吴山水天地之间。他们不仅厚重律己，也严格要求并影响着子孙。从而演绎了名门望族的绵长蕃庶，东吴大族也是苏州百姓千百年来津津乐道的话题。

自三国东吴，经两晋，至南朝刘宋元嘉末，由于社会安定、北方大量农民南移，使得吴地的经济和社会一直保持着高速发展，尤

其是以苏州为中心的太湖流域已经成为鱼米之乡，南方经济在局部区域已经赶上、甚至超过了北方中原地区，这不仅使得“苏湖熟，天下足”的格局初步呈现，也为隋唐以后我国经济重心的南移奠定了坚实基础。

正是在这样的背景下，东吴大族既世传儒学，又拥有强大的经济实力，因而历朝历代，人才辈出。

陆机是陆逊孙子，古书上对他的描写是身高七尺，声如洪钟而且文章绝世无双，东吴灭亡之后，陆机就召赴洛阳，和他弟弟陆云一起，开始了在晋朝的仕宦生涯。晋八王之乱后，成都王司马颖、河间王司马颙讨伐长沙王司马乂，陆机被任为前锋都督，因受到牵制，手下将领又不听军令，导致河桥一战，兵败被杀，并夷三族，这一年陆机才四十三岁。

传说陆机有一条名叫黄耳的爱犬，因为长时间得不到家里的消息，陆机就写好一封家书，系在黄耳的脖子上，黄耳沿向南的道路而去，最后找到了在东吴的陆家，带着回信再回到了洛阳。

陆机名垂青史的是他的文章和书法，当时晋朝官员张华曾经对他说：“别人写文章，经常担心才华少，而你担心才华太多。”陆云也曾经在给他的信中提到：“见到兄长的文章，就想把自己的笔砚烧掉。”

陆机最著名的文章是《文赋》，《文赋》是以骈赋的形式撰写的关于文学创作的论文。是我国文学史上“第一”篇完整地、系统地全面论述创作的文学理论作品。

东吴大族的后人和他们的先辈们一样，有举不胜举的忠孝节义，也有欲说还休的悲欢离合。

和陆机一起生长在晋朝的另一位东吴大族的后人就是张翰，

《晋书·张翰传》记载："张翰在洛，因见秋风起，乃思吴中苑菜莼羹、鲈鱼脍，曰：'人生贵适忘，何能羁宦数千里以要名爵乎？'遂命驾而归。"在洛阳任职的张翰看到秋风吹起，思念起故乡吴郡的菰菜、莼羹、鲈鱼脍，就说道："人生最难得的是能够满足自己的想法，怎么能够为了名位而跑到千里之外来当官呢？"

当时张翰是被征召到洛阳担任齐王司马冏的大司马东曹掾。一方面他觉察出司马冏是骄横而无德无能之辈，另一方面对故乡的思念不能释怀。

"秋风起兮佳景时，吴江水兮鲈正肥，三千里兮家未归，恨难得兮仰天悲。"

这是张翰描写"莼鲈之思"的诗歌。而后来的人一直以"莼鲈之思"作为淡泊功名，思念家乡的代名词了。

秀骨清像指的是宗教人物画所表现出来的眉清目秀、棱角分明的艺术特点。历史上用秀骨清像来形容南朝画家陆探微的绘画风格。陆探微是南朝宋明帝时宫廷画家，也是中国最早的画圣。在中国画史上，他把东汉张芝的草书体运用到绘画上，据传他是以书法入画的第一人。

唐朝张彦远在《历代名画记》中，记载了陆探微的七十余件作品，从圣贤图绘、佛像人物至飞禽走兽，陆探微都有涉及且无一不精。而秀骨清像，也是中国美术史上对六朝美学风骨的概括。

有一年苏州洪水汹涌，顾野王亲临定带桥东的河岸祭告，洪水再一次扑面而来，顾野王竟跃入水中，以一身殉潮，求苍生安宁。

因此，当地的老百姓觉得，光福寺阳光的影子，似乎有一点顾野王姿势。

担任郁林太守的陆绩任满归来，两袖清风，没有什么行李，就

在船上放了一块巨石压舱，这一方被后人称作“廉石”的郁林石，现在还存在苏州碑刻博物馆里。

我们已经无法将千百年岁月中东吴大族的人物和故事一一道来了，如果岁月是流水，东吴是水上的一个码头。

这一个码头连系了多少朝代，这一些朝代，发生了多少故事，这一些故事，牵扯了多少人物，这一些人物在这一方山水间留下或深或浅的踪迹。

东吴大族是一种标志，标志一个宗族从前以来的荣耀和流光碎影中的源远流长。东吴大族也是一种象征，象征了一个宗族的一脉相承和众志成城。

保圣寺

一

有关保圣寺，追根穷源，要从公元 503 年说起。

公元 503 年，萧衍做了皇帝，他本来就是笃信佛教，掌握了权力以后，他想，这一回我要好好地做一做佛教的推广，普及和提高的工作了。

上朝的时候，大臣说，启禀万岁，如果全国上下造了不少寺庙，和尚人口也会多出来许多，臣以为，恐有不妥。

萧衍说，有什么不妥的，比如一个小偷，进了寺庙，世上少了一个偷鸡摸狗的贼人，人间多了一个吃斋念佛的和尚，通过宣传佛教，好人从善如流，坏人弃恶扬善，这不是一件大好事吗?

大臣还想说什么，皇帝说，阿弥陀佛，退朝。

于是全国上下，大兴土木，建寺造庙，所谓“南朝四百八十寺”，就是这一件事情的文言说法。而保圣寺，就是这四百八十寺中的一座。

一晃三百多年过去，已经是唐朝了，当时的武宗皇帝爱好道教，对佛教不感兴趣。

武宗皇帝说，哪来这么多和尚，都散了，该干什么干什么去。

这一个指示传达到下面，保圣寺庙废僧散。到了武宗的儿子当上了皇帝，又有了将佛教振兴起来的想法，于是重建保圣寺，并且将一些失业的僧人召了回来，寺庙渐渐兴旺。然后唐朝末兵荒马乱，殃及无辜，保圣寺也不能幸免。

直到北宋，1013 年再次重建，历经数年，不断扩大，最为辉煌的时候，保圣寺大小殿宇有五千多间，占取了半个甪直镇的地盘，吃斋念经的僧人有千余人，一般来来往往的行人路上遇到，不是说，你好，或者吃过饭了吧，而是肃立一边彬彬有礼地咏一声，阿弥陀佛，另一个要回答也是善哉善哉。

后来元朝又衰，明朝重兴，清朝再毁，民国初年的保圣寺，已经几近废墟。这样的起起落落盛盛衰衰，由不得人不一声长叹，唉——。

对于人世间而言，再没有比佛更好性情的了，佛的最显著特点是修养好和脾气好。迎佛迎到家，你要我来我招之即来，送佛送到西，你让我走我飘然而去，充分显示了好聚好散的心态。

佛说，有什么呀，菩提本非树，明镜也无台，色即是空，空即是色。

二

插在青花瓷瓶中的最后一瓣莲花落去了，青花瓷瓶还在。

保圣寺里的经幢，是当年的佛门，留在后世红尘的“谒语”。现在，我们只能从这样的“片言只语”中，追溯烟消云散的暮鼓晨钟。

这一尊青石经幢，曾经在佛门中的称讳是“尊胜陀罗尼经咒石幢”。经幢的出生年月是唐朝，唐太宗甲戌七月十五日。这一天本应该是佛教中超度亡灵的日子，负责雕刻经幢的工匠，怀着神圣的心情，赶在这一天完工，经幢落成，向菩萨献礼，也表达了内心的崇敬。

刻在经幢上的陀罗尼经咒，被唐朝以后的日光月色斜风细雨读过了一遍又一遍，到现在，不少的字迹已经难以辨识，而我们还能细细体会的，是唐朝的心意和他们别具一格的雕刻技术了。

经幢是由多块石柱堆建而成，每一块石柱上面都有盘盖，盘盖大于经柱，承上启下并且负担着保护和装饰的作用。

现在，让我们慢慢抬起头来，欣赏一下经幢的每一个细节。

这一座七层经幢的底层是云水纹的覆盆形石础。第一层，青龙图案，龙一向是护法的“天龙八部”之一。第二层，四大金刚，盘盖是覆莲形花纹，上面刻画着石栏杆图案。第三层，陀罗尼经咒石刻，盘盖是八角形石盖，每一个角上都有兽头护卫。第四层，如意图案，盘盖是仰莲形花纹。第五层是莲花宝座上端坐的佛像，盘盖是屋顶形石盖。第六层，菩萨像和仙鹤，盘盖是华盖形石盖。第七层，金刚力士，顶盖是飞天形象，这是一种叫作“边楼罗”的人面长鼻金翅鸟，也是护法的“天龙八部”之一。顶端蟠桃形，上面刻有曼陀罗花的图案。

“竿柱高出，以种种彩帛庄严之，建于佛前，藉表麾导群生制服魔众之意”，当我们坐在保圣寺的茶室里，就一杯香茗，默默咏读了这一段文字以后，自然不难明白经幢的含意和曾经有过的辉煌。

杯子里茶渐渐淡了，窗子外的天也渐渐晚了，岁月苦长，人生苦短，佛门中的迷惑，红尘里的失落，思考和企盼使沐浴在夕阳余晖里的青石经幢，庄严肃穆。

三

拈花一笑是漫长路上的一次顿悟，是平常人生的一次飞跃，是艺术生命的一次升华。

吴道子和杨惠之是唐朝的两位民间画家，当时的民间画家经常替各地的寺庙画壁画，画有一定教育意义的宗教画。看起来是一种程式化的劳动，其实他们的作品是很有创造性和艺术性的，比如敦煌壁画，就是这一类的作品。

吴道子在长安洛阳一带落下脚来，并且画了三百多幅壁画。他在宽广的墙壁上勾勒出几尺长的线条，大家都感觉到有风的声音传出来，线条在风中翻舞，大家说“吴带当风”，他也由此传出声名，声名传进皇宫里，皇宫里说，将这个人招入宫里来做宫廷画家吧。

吴道子进了皇宫以后，风头更劲，他的灵动和自由奔放，征服了大家，他也落下了“画圣”的称号。

在听到吴道子获得“画圣”称号的那一时刻，杨惠之放下了手中的画笔，他说，我再也不画画了。

别人说，为什么，你画得这样好，简直就是画圣第二了。

杨惠之说，第二有什么意思，第二对于我一点意思也没有。

杨惠之说完转身而去。待大家再一次将他请回到寺庙时，他已经不是来绘画的了。自此，杨惠之开始了他的彩塑生涯。

彩塑，就是用泥土来塑造，塑造出菩萨的样子，再添上色彩，所以它是一项把雕塑和绘画结合在一起的工作。

杨惠之手底下的菩萨，衣纹的线条轻柔飘逸，仿佛微风过处拂的涟漪，这一些线条温和连绵，恰似“春蚕吐丝”。大家见了以后说，吴道子是“画圣”，杨惠之就是“塑圣”。

“吴带当风”和“春蚕吐丝”使当时的唐朝人心情爽朗，他们说，“道子画，惠之塑，夺得僧繇神笔路”。

根据《吴郡甫里志》的记载，保圣寺殿内“供释迦牟尼佛像，旁列罗汉十八尊，为圣手杨惠之所摹。神光闪耀，形貌如生，真得塑中三味者。江南北诸郡莫能及。”

日本人大村西崖看过雕塑以后，赞叹不已，并作了如下描绘：

“观其作法，柱间砖壁添附若干小柱心木，支材则纵横斜直，任意伸出。下部构高低大小种种不同之木架式，承以叠砖而附以捏泥。崇卑之土坡，突兀之山崖，卷舒之云气，由是而起，或植天然树木，配以根株，或缠龙身于梁上。手术之纯熟，可谓已届炉火纯青之候。”

“至其所塑山顶、石尖、云头，高及三尺，与昂身互相参差，致遮掩其所支之桁。自壁前观之，有如覆盖。其浮雕之处，仅石间深处与水波而已。妆銮色采，业已剥落，全体多呈灰白色，或间有

黑褐色。制作之妙，虽山水名手，亦难与之比肩。”

二十世纪二十年代末，郭沫若来到甪直，看了保圣寺的雕塑说：“惠之与道子，似乎有点像罗马文艺复兴期的米克朗杰洛和拉斐尔，而尤其惠之之于米克朗杰洛，更有点像一形一影。两人的作品都有有力的律吕之横溢，尽管受到宗教的题材束缚，而现实感却以无限的迫力向人逼来，使人不能不感受到一种崇高的美。惠之，我想他对于人体的筋络骨骼之观察乃至解剖，一定是相当周到地做过的。他的艺术的基调，是以极正确的客观实为粉本而加以典型化的夸张，故而虽夸张而终不失掉它的实感，否，反是因夸张而增加了它的实感。”

郭沫若的这个说法，是精确的。

保圣寺的雕塑是杨惠之的作品，杨惠之在保圣寺创作了这些作品以后，接下来有关保圣寺的故事，都是与这一些作品息息相关的了。

四

可以说，1918 年至 1932 年，有关保圣寺唐代塑像的“保存运动”，是一次广泛意义上的民间收藏。

顾颉刚是叶圣陶和王伯祥中学时候的同学，顾颉刚到甪直来，是来看望老同学的。老同学陪了他去保圣寺，他走进保圣寺，再看到了杨惠子的雕塑，不由激动不已。这是唐朝流传下来的光芒，在这样的光芒笼罩之下，顾颉刚的心情，如一朵盛开的莲花。

这是 1918 年的事情。这以后，顾颉刚每年都会来上一两次甪直，到保圣寺看唐朝的雕塑。

情况的变化发生在1922年，1922年顾颉刚再一次到甪直，再一次走进保圣寺，眼前的一切，使他久久地愣住了。“大殿正梁已断，每经一次大雨，则漏折处即随以扩大浸淫，及于西北角。”而这时的罗汉，有的已经酥化成泥团。

“塑壁起于殿前与金柱相并之檐柱，由东南两壁经隅角至第二之檐柱而终。东西各横四十二尺，高十二三尺，下部高约一尺五寸。前后造四尺许石坛，侧面虽有浮雕，以瘗于浅土而不易见。坛上壁画，塑有山云、石树、洞窟、海水等，其间上下各处配置罗汉像。惜乎后壁大部分与全壁之下方，剥落殆尽，土块山积。”

这是大村西崖眼里的保圣寺。

顾颉刚找到一些乡绅，又将这件事汇报给了自己的老师胡适。正在他为补救事宜寻找头绪的时候，家住甪直的严良才和周全平，送来了一些有关保圣寺及其雕塑相关的照片，顾颉刚就结合这些照片，在《努力周刊》和《小说月报》上撰写文章，顾颉刚发表在《小说月报》上文字的题目是 ：“为一千一百年前的艺术品呼救”。

“殿宇倾覆，壁像均渐圮坏，仅余东壁一堵，罗汉像四尊，又先拆存之罗汉五尊及塑壁残片若干。”这是叶恭绰有关当时保圣寺的记载。

1923年，蔡元培来苏州完婚，临行之前，胡适向他提起了保圣寺的事，由于行程仓促，蔡元培率先捐资一百银圆，作为一种倡导，又修书于甪直乡绅沈柏寒，托付他“先行维护之责”。

无意之间，为“保存运动”推波助澜的，就是那个日本人大村西崖。大村西崖是东京美术学校的教授，于1926年5月到了甪直，不是来参观游览，也不是走马观花，他前来对保圣寺和唐塑进行了专门的考察，他说，这可真是东方雕塑艺术的瑰宝呵。

大村西崖到日本以后，写了一本书，书的名字叫作《吴郡奇迹塑壁残影》。

“殿之营造颇古，察其柱脚之朽腐，即知其为五六百年前遗物。室已颓败，由承尘隙处，竟可仰觇白云动荡，佛坛后壁亦塌损几尽。坛以石筑，高四尺五寸，左右二十二尺，前后八尺，上置丈六坐身之释迦。左伽叶，右阿难，均为高约八尺之立像。阿难像心柱已折，倾倚本尊；本尊趺座亦已破坏。三尊作风虽非唐代，尚具古致。东西两壁，顾氏所谓罗汉像散置其间。”

这是 1926 年甪直保圣寺的大殿。

《吴郡奇迹塑壁残影》在日本出版后，引起了广泛的反响，日本人除了发现的惊喜以及因东方文明的灿烂辉煌而振奋，还生出了两个很奇怪的念头，念头之一是中国的很多好东西需要由日本人来发现，念头之二是中国人的东西问中国人不一定知道，知道了也说不清，要了解这些事情，问我们日本人好了，我们不仅知道，而且能说得很清楚。

这样的说法，有一点自说自话，也使得当时中国的文化人产生了真切的义愤，并且横下一心，腾出精神，一致尽心尽力于“保存运动”。

1928 年叶恭绰发起组织“唐塑保存会”，并申请拨款。1929 年蔡元培、马叙伦、顾颉刚、金家凤等人多方努力，成立了“保存甪直唐塑委员会”并集资二万三千六百银圆。同年，画家徐悲鸿、刘海粟，雕塑家江小鹣、滑田友等前来甪直考察，研究商拟保存方案。1930 年秋保存工程正式启动，1932 年，“保圣寺古物馆”落成。

所谓民间收藏，是一种很贴己的行动，是自愿真诚并且义无反顾，比如保圣寺，当唐朝的太阳落山以后，历史和文化的辉煌留在

人们心里，而且，经久不散。

五

这是关于保圣寺的导游词。

保圣寺天王殿在保圣寺内，大殿坐北朝南，面阔三间，计十一米有余，进深七幢，单位檐歇山式，屋面盖小瓦，正脊饰鸱尾吻兽，两山收山颇深，山花略小，戗角起翘处角苏南建筑所谓的“立脚飞椽”，整修建筑富有曲线之美。

天王殿的斗拱，用“四铺作插昂”造，坐斗四角刻海裳曲线，后尾不设“华拱”，而昂下尚施“华头子”。厢拱上托挑檐枋直接承椽。斗拱的分布是，平身科明间两攒，次间一攒，明间每攒当约合十五斗口。柱头科的结构系于坐斗口出一翘，承载月梁。角科尚存下昂，于坐斗后出一翘，置于昂身下，中间施以靴楔，这一些特点，与苏州，松江等地于明代建造的东岳庙正殿的斗拱相近。

天王殿的内部结构，采用前后三步梁，各梁皆所作月梁状，三步梁上施驼峰。明间梁架施中柱，角柱微具侧脚，略有升起，殿内方砖铺地，柱础为覆盆式，直径 70 厘米，刻凿“压地隐出神童牡丹花”，这是宋代旧物。柱子直径 30 厘米，与础不相匹配，柱下垫有高矮不等的长方体石质。据陈从周先生考证，这座天王殿当系明末崇祯三年，重修保圣寺时，在宋代殿址上重建。角直地势卑湿，柱脚易朽，高矮不一的石质，可能是在同治年间重修此殿时换入的。

平江图

1980年，人民路要进行地下管道改造工程，破土动工之前，建设方遵照《苏州市地下文物保护办法》的要求，委托苏州市考古研究所对工程所在地进行考古调查、勘探工作。考古人员在离地表3米多的黑灰土中，发现了大量的宋代遗迹和遗物。除了驳岸基础、沿着河岸的房基、桥基，还有窖藏的许多货币。遥远的年代依稀可辨，于是专家们对照着《平江图》，开始感受宋朝的苏州。

《平江图》就是宋代的苏州地图。

南宋绍定二年，一个明朗的早晨，郡守李寿朋召集起他的同僚，召开会议。李寿朋说了一些为官一任造福一方之类的开场白，就切入了正题，这一个正题就是，画一幅苏州地图。

李寿朋的提议，令四书五经出身的同僚们始料未及，他们从来还没有过绘制地图的意识，更没有这方面的经验，一时间大家不知说什么才好。

李寿朋笑一笑说道，大家没有意见，这件事就这么定了。

同僚们说，那，那我们应该从何处去入手呢。

李寿朋说，走，从走入手，走山山水水，走大街小巷。

李寿朋一行，开始了对城市进行着别致而细腻的观察，然后将观察到的东西，惟妙惟肖地刻录在一块大石头上，于是，《平江图》诞生了。

在《平江图》上，宋代平江城的平面轮廓和街巷布局，分布着城墙、护城河、平江府、平江军、吴县衙署和街坊、寺院、亭台楼塔、桥梁等各种建筑物，这是中国现存最大最完整的古代碑刻城市地图。

历史学家顾颉刚看着平江图碑说道，街市的排列，水道的走向，主要建筑物的分布，都一览无余。井然有序的街巷，与现在竟是大致相符。当时古城的市政，号称天下第一，城区内外，不但河水错综，可供运输洗濯之用，而且用小石子铺砌街道，即在下雨天，亦可不致湿脚，故有“雨天可穿红绣鞋”的说法。

“江南可采莲，莲叶何田田。”采莲人刚走不远，看花人才来不久。陈列在苏州文庙中的《平江图》，仿佛是开在宋朝的莲花，而我们就是站在桥头的看花人了。

千年沧桑从桥的那头走过来，春风化雨又从今天走向遥远的彼岸。或者说，沿着《平江图》，穿过这座老桥，就是我们要去的宋朝的苏州。

2012 年 7 月，桃花坞历史街区泰伯庙周边正在进行街巷整治。在一片砖瓦堆里，施工人员意外挖出了三块石材。考古专家判断说，这是宋代石桥的部件。这样的石材叫武康石，宋代在桥梁等建筑中曾经大量使用。宋朝苏州的石桥，基本上全面替代了唐代白

居易描写的："红栏三百九十桥"中的木桥，《平江图》上就刻了三百五十九座桥梁，"绿浪东西南北水，家家门外泊舟航。"诗人的笔下是一个水做的苏州。

现在，我们无法说明，是先有了这一些河，再沿着流水，建造起人家。还是先搭起来了屋子，再开通了这一些河流，宋朝的时候，是苏州人的生活，围绕着流水而过着，还是流水，因宋朝的生活而流着。

从《平江图》中我们可以看到七条河流纵贯南北，十四条河流横越东西。与源流相平行的是二十多条大街，好多人家就是建在街与河之间，前门是街，后门是河，应该是吴地人家的特色了。

依照《平江图》上的刻划，这时候的苏州，已经打破了唐代流传下来的坊市格局。所谓坊，就是市民百姓的住宅区，而市则是生意人做交易的地方，当初唐朝将坊市严格分开，坊间禁止经商，市中用法律和制度对交易的时间和地点进行严加控制。而《平江图》的街道上，已经是随处可以开设店铺了。突破了传统坊市在时空上的束缚，城市由封闭走向开放，城市的经济职能也得到了空前的增加。这一些商家店铺，自由聚集在大街小巷中的要冲市口，一样的行业相对集中，现在悬挂在苏州巷口的名字上，还留着当年按照行业性质布局的痕迹，醋库巷、石匠巷、乐鼓巷、砖巷、绣线巷、幛子巷、金银巷，还有西米巷、鱼行桥、药市街、豆粉园，而当时的乐桥，就是宋朝苏州的经济、文化中心，酒楼、茶坊、瓦子、勾栏鳞次栉比。"三鼓以后夜市不禁"，朝廷的一纸公文将因循千年的宵禁制度也彻底取消了，于是夜市应运而生，"夜市千灯照碧云，高楼红袖客纷繁。水门向晚茶商闹，桥市彻夜酒客行。"《平江图》上，花月和跨街曾经是宋朝官办酒楼的名字。大街上买卖昼夜不停，每天早晨五更，早市者开店营业；夕阳西下，夜市又开张。直到三四更后，店铺酒楼歌馆才慢慢静下来。商业的繁荣带动了休闲娱乐业的发展。而夜市的出现，使宋代的苏州生机勃勃，也使日益增多的城市市民的文娱性文明，有了新的内容。

2012 年 9 月，镇江博物馆携带了两件已经破损的宋代服饰，委托苏州丝绸博物馆修复，出土于 1975 年的素罗合领单衫和绢合领单衫，由于时间久远，加之受到地下水侵蚀，出现了不同程度的破损。宋代苏州的织造，失而复得之后重见天日，历经周折之后旧地重游。没有多久，修复完成的丝绸面目一新，宋朝在我们眼前柔软飘逸。

《平江图》上的织锦院其实就是朝廷设置的丝织品生产销售的机构，数百台织机和数千工匠使当时的苏州成为全国丝织品生产最为发达的地区之一。唐代的“粗而厚”丝绸，到了宋代已经是“细而薄”的样子了。

除了织锦院，朝廷还在苏州设置了造作局，造作局专门制造牙、角、犀、玉、金银、竹藤、裱糊、雕刻等物，而造作局每天役使能工巧匠不下数千人。

北宋末年的“靖康之变”，人民的抗金斗争阻止了金军南进，同时大量北方人民纷纷迁徙到江南。北人南迁给江南地区带去了劳动力和先进的生产技术与不同的生产方式。也为经济中心南移奠定了基础。

大批中原士族的南下，同时将北方风味的菜肴、糕点和面食带到了苏州。“南渡以来，几二百余年则水土既惯，饮食混淆，无南北之分矣。”这是南宋吴自枚《梦粱录》中的记载。沈括在《梦溪笔谈》中曾经描述当时有名的贡品口味略甜，食有奇香，最初苏

州人的口味偏咸，现在苏州菜肴重甜这一特色，正是宋代南北文化交融的产物。同时烧、烤、爊等一些烹饪技法以及砂仁、丁香、陈皮、茴香等香料也在苏州菜肴中广泛运用。

《平江图》上，是我们回不去的从前，而我们，就是有史以来的现在了。

当我们论说宋朝的时候，《平江图》上，那一笔一划的刻划分明是天荒地老持之以恒的平常日子和百姓人家。分明是前世今生经久不衰的风土人情和衣食住行。

和《平江图》一同陈列在一起的，还有《天文图》《地理图》《帝王绍运图》。当我们走过苏州文庙碑刻博物馆时，久远而辽阔的宋朝，凝聚成了力透纸背的删繁就简和提纲挈领了。

《天文图》碑是现存的世界最古老的东方星象实测图。图上的天文数值与今天科学的研究和考证相差无几。

《地理图》碑，是反映宋代全国地理形势的石刻地图，也是我国现存最早的全国性地理图碑。山峦江河，森林海岸，方寸之间是一派祖国的河山。

《帝王绍运图》碑，是目前我国古代惟一的帝王世系石刻图。图表所列3500多年的国名帝号，简明而系统的记述了历代王朝的兴衰继替。

也可以说，当《平江图》和《天文图》《地理图》《帝王绍运图》描绘宋朝和宋朝的苏州的时候，那一方水土安居乐业风和日丽。达官贵人和凡夫走卒在宋朝的风里走走停停，他们和青山绿水一起呼吸，他们以为。要是能张开翅膀，大家就是快乐的鸟儿了。所以当这平和的生活被打破时，他们措手不及。

宋代立国之初，与民休息，无为而治。统治者一方面扶助农桑，一方面对商业也给予积极的保护和鼓励，一定程度采取经济上的放任主义，国民经济借此得以迅速恢复，开创了欣欣的小康局面。

南宋之初，新上任的平江知府在苏州大兴土木，宋、金通和，金国使者前往临安，苏州是必经之道。为了做好迎来送往的工作，平江知府在古胥门上营建了南北两馆，取名为“姑苏馆”，胥门城墙上构筑了“姑苏台”，并在“姑苏台”东面建造了园林百花洲和射圃。另外还在城内建设了西楼、齐云楼和四照亭。然而这一些风光与祥和在元军南下的顷刻之间就烟消云散了。

“北兵之祸，杀戮无人理，甚至缚童稚于高竿，射中其窍者，赌羊酒。”这是《五亩园志》中的描写。

元军将人分成四等，南人是最末一等，攻占苏州之后，肆意杀戮，十多万平民百姓无辜丧命，最后埋葬于桃坞西北。

当姑苏台和姑苏馆之类付诸一炬时，经历了亡国之痛和民族压迫的苏州人似乎如梦初醒。

“秋风兰蕙化作茅，凄凉南国气已消。只有所南心不改，泪泉和墨写《离骚》。”

倪瓒的这一首题写兰花的诗歌，说的是郑思肖的故事。

南宋亡国三百多年之后，苏州承天寺僧人因为天旱浚井，从井底淘出一块类似大铁砖式的东西，上面还写有“铁函经”三个字，打开之后发现里面是锡和蜡封起的手稿，《心史》《大义集》和《咸淳集》，写的是南宋灭亡时候的历史，作者是郑思肖。

郑思肖是福建人，长年客居在苏州，宋朝灭亡后，更名所南，表示不承认元朝。

“易代后，侨居苏州，不仕不娶，养父尽孝。能画兰竹，不画

土根，人问之，答曰：此土非吾有。”

这是《宋遗民录》中的描写，郑思肖从来不面北而坐，他擅长画兰花，所画的兰花花叶萧疏而不画根土，意寓宋土地已被掠夺。国土沦丧了，哪里才是安身的地方呢？文人的无奈和倔强体现得真实而又鲜明。他将自己的居室题额为“本穴世家”，意思就是如将“本”下的“十”字移入“穴”字中间，便成“大宋世家”，以示对宋的忠诚。当时臣服元朝的赵孟頫前来苏州拜访他，郑思肖拒绝见面，并且坚定地与之绝交。三十余年，隐居在苏州调丰巷里的郑思肖，记下了许多讴歌南宋爱国志士，痛斥奸臣佞徒，控诉了元军的暴行的文字，充分表述了自己的爱国与忠诚。

“不知今日月，但梦宋山川。”

“宁可枝头抱香死，何曾吹落北风中。”

《心史》之中，这样的句子比比皆是。

近代学者梁启超读完《心史》，深有感慨地说：“此书一日在天壤，则先生之精神与中国永无尽也”。

然而郑思肖的书画存世至今却是极其的少，苏州宋元时期的水墨，值得一提的是郑思肖的忘年之交黄公望了。黄公望是常熟人，家住子游巷，原姓陆名坚，幼年父母双亡，家道贫寒，1278 年十岁时，出继给侨居虞山小山头的浙江永嘉人黄乐为养子。有一天郑思肖去常熟游虞山会朋友，看到黄乐带着陆坚其乐融融的样子，脱口说道：“黄公望子久矣。”黄乐听到郑思肖说法，当即为陆坚改名“黄公望”。这是流传在常熟民间的佳话。黄公望在绘画史上独树一帜，被尊为“元四家”之首。他画的山水以北苑为宗，但却有自己十分鲜明的风格。《富春山居图》是黄公望八十二岁前后创作的富春江山水长卷，是中国长卷美学发展到巅峰的杰作，被后世誉为

“画中之兰亭”。

现在，常熟虞山北麓小石洞附近，有一块墓碑题有“元黄公望墓”。我们走过虞山，看一枚枚落在山石中的松果，仿佛是前人留下的片言只语，或者曾经有过的故事传奇，当我们和这一些松果邂逅，我们的思绪，悠然地在山林间飘来荡去。

无字碑

1359年四月，也是这样一个风和日丽的日子，苏州隆平府内花团锦簇推杯换盏，远道而来的元朝使臣伯颜举起手中的酒杯，提议为皆大欢喜的聚会再干一杯。曾经有过不共戴天之仇的两方，竟在举杯之间酒逢知己了，张士诚恍惚了一下，似乎如梦初醒。弦乐之声响起的时候，张士诚真切地体会到了天上人间。

没过多久。苏州富商沈万三，将歌舞升平的瞬间镂刻在石碑之上，这一方石碑就是纪功碑，也称隆平造像碑。纪功碑树立起来的时候，张士诚凝望着上面的图像和文字，竟真的以为石头上的欢乐是可以永恒并且流传的。然后历史始终在春来秋去的风平浪静中，蕴含着你争我斗的风起云涌，而纪功碑就是一位最特殊的观众，仿佛置身事外，其实身在其中，它在沐浴春风后春风得意，它在阅尽沧桑间饱经沧桑。

按照《明史》上的说法，张士诚是白驹场的盐贩，操舟运盐为

业，自然也做一些贩卖私盐的营生，和历史上许多农民起义一样，民不聊生然后官逼民反，先是豪强富户的经常欺凌侮辱，然后张士诚十八条扁担起事，也许最初的揭竿而起仅仅是为了多几张盐票，一路风风火火，攻陷泰州城的时候。张士诚已经有了一支一万多人的队伍。到了1356年占据苏州，张士诚分明已是拥有半壁江山的一方诸侯了。

从泰州揭竿而起，到苏州安营扎寨，艰难危险的经历，就是元军三番五次的征讨镇压，眼见武力不能取胜，又一次一次派出钦差诱降，张士诚一如既往地针锋相对不屈不挠，大风大浪顺流而下，为什么风平浪静的时候，却主动请降于元朝呢。

元朝末年，农民起义风起云涌，韩山童、刘福通、徐寿辉还有朱元璋。朱元璋攻克金陵的时候，张士诚占领苏州并且挥师东进，致力于攻取嘉兴和杭州。两支队伍表面上背道而驰，但是在朱朱元璋看来，张士诚就是自己的心腹之患，同样在张士诚眼里，朱元璋也是自己的后顾之忧。与其腹背受敌，不如凭借元朝之势，牵制朱元璋，张士诚采纳了三弟张士德的意见，于至正十七年八月为书请降于元朝，元顺帝几乎就是顺水推舟地接受了张士诚的请降，诏封张士诚为太尉，张士诚承诺每年通过海道向元朝政府进贡十一万石粮食。

纪功碑最初安在报恩寺山门左，1919年移入寺内，1924年建碑亭，沧海桑田，六百年前的尽得风流，成了六百年后的青山绿树。

现在，我们不能将六百年以来的寒来暑往一一娓娓道来，我们只能从一山一水的片言只语中，体会曾经有过春花秋月，就像纪功碑旁的这棵老树，我们不能说清楚这一棵老树，在每一个春天经历

的阳光雨露，我们只能从一枝一叶中，感受岁月留下的痕迹，从一枝一叶中，体会根深叶茂。

苏州的老人说起张士诚，仿佛说起自己的儿时伙伴，对于他们来说，有凭有据或者道听途说其实都不重要了，重要的是，因为张士诚，这方水土有了一些别致的故事和传奇。

张士诚最初的根据地设在高邮，建议和鼓动他挥师东进苏州的是江阴起义首领朱英，朱英说江南土地之广，钱粮之多，子女玉帛之富，是起义军一个很好的去处。1356 年张士诚自高邮至苏州，改至正十六年为天祐三年，国号大周，以承天能仁寺为王宫。王宫里的张士诚，内心是一种梦里不知身是客的情怀，有一点快乐逍遥，也有一点无奈失落。他抬头看看天上，白云在天上飘着，他低头看看地下，道路在地下长着。“苏州啊。”张士诚自言自语地脱口而出。

也是在元朝，张士诚之前没多久吧，一个外国人来到苏州，我们就是在他的叙述中，感受到了当时苏州的样子：“苏州城漂亮得惊人，方圆有三十二公里，居民生产大量的生丝制成的绸缎，不仅供给自己消费，使人人都穿上绸缎，而且还行销其他市场。他们之中，有些人已为富商大贾。这里人口众多，稠密得令人吃惊。”这一位外国人，就是马可波罗。应该是一个春天的日子里，姹紫嫣红的百花齐放，在马可波罗的眼里化作断断续续的文字，待他凝下神来，《马可波罗游记》跃然纸上了。

“士之至者，不问贤不肖，辄重赠遗，舆马居室，无不充足。”不少儒士和元朝官吏纷纷前来投靠，“凡不得志于前元者，争趋附之，美官丰禄，富贵赫然。”

寻欢作乐，纸醉金迷，这是当时的苏州，张士诚和他下属日常生活的描述，“诸公经国为务，自谓化家为国，以底小康。大起宅第，饰园池，畜声伎，购图画，唯酒色耽乐是从，民间奇石、名木必见豪夺。”

景云楼、齐云楼、香桐馆、芳惠馆这一些都是张士诚曾经在苏州的建造。现在车水马龙的锦帆路，元朝的时候，是一条内河，张士诚用锦绣丝绸做船帆，泛舟河上，锦帆路因此得名。这一些建筑都已经消逝，岁月如流，当年的景象也像水一样流走了，现在，我们穿过锦帆路，或者再去桐芳院，恍若隔世。

1964 年，苏州盘门外一所小学扩建校舍，在工地上，发现了一座高 4 米、直径 10 余米的土墩，经过考古发掘，竟是吴中老人曾经说起过的“娘娘墓”。“娘娘墓”就是张士诚母亲的墓葬。

随葬品整齐地放在娘娘的头前或身体两边，“娘娘”头发插满金银钗簪首饰，口含白玉一片，两耳垂环，两手腕各戴金镯一副，手心分别握“日”“月”金片。左手食指上，还佩戴一枚戒指。“娘娘”身穿黄色锦缎对襟大袖袍，里面穿着对襟大袖丝绵袄，袄内又衬对襟黄绸短衫三件。下束缎裙，裙内穿黄锦缎丝绵裤，丝绵裤内有单裤。脚着绛色缎鞋，内穿黄色短缎子袜。“娘娘”身下垫着厚薄不同的织锦缎丝绵被三条。第一条厚丝绵被褥上，缀铺“明道通宝”金钱二十四枚。第二条薄丝绵被上，铺“明道通宝”和“明道元宝”银钱二十四枚。

或许对于挥金如土一掷千金的张士诚来说，金银财富就是死者能够带在路上的最好行李，或许真金白银在张士诚心目中，就是生离死别的瞬间，最直接最现实的孝道。

这一件上下三层的银奁是采用纯银锤凿而成，平盖弧肩起楞，带圈足，通体是六瓣葵花形。也许就是娘娘墓，我们一下了子理会了张士诚当年的糜烂与奢华，更让我们感慨的是曾经有过的工艺，曾经有过的精巧和细腻。记忆和老式生活与我们擦肩而过，然后尘埃落定。去年天气，从前以来，就在这一尊银奁前面，我们和丢失的春花秋月邂逅。

元朝时候的苏州，缂丝、宋锦、刺绣、玉雕各式各样的工艺盛极一时，金银雕缕更是独树一帜。《南村辍耕录》中记载："浙西银工之精于手艺表表有声者，屈不多数也：朱碧山、谢君余、谢君如、唐俊卿。"唐俊卿之外，其他三位，都是吴县人。《辍耕录》、《香祖笔记》中记载："元人所造银槎最奇古，腹有文，曰：至正壬寅（1362）、吴门朱华玉甫制，华玉号碧山。"

银酒杯为树槎形，槎上一老人仰坐束发，颌下长须髯髯，身着宽袖长袍，腰束飘带，背靠槎尾，神态安逸怡然，注视远方，作乘舟凌空行游状。槎舟枯枝杈，瘿节错落，舟尾斜翘，枯峰四起。舟身四周镂刻出缠绕的云气纹。这件作品制作工艺上运用了镂刻、焊接等多种技法，结合圆雕、浮雕表现人与舟、舟与云气、人与槎树间的层次。

这是一些关于元朝的出土，或者是依旧完整的器皿，或者是已经破碎的瓷片，它们经历了怎样颠沛流离的传奇？它们经历了怎样曲折离奇的命运？它们是在最后的破碎中泪流满面，还是在劫后余生的一刻间破涕为笑？当埋入黄土的一刻，对于它们来说，是一个美丽故事的破灭？还是一段漫长等待的开始？当再一次展现在我们面前的时候，对于它们而言，是重见天日的欢乐？还是山重水复的感叹？

而现在，因为张士诚，我们再一次走近它们的时候，它们以心情平和的样子，守在博物馆中，守一个一语破的或者是千古之谜的往事。

或者就是有了这样的精雕细刻，苏州人的日子是那样的津津有味，而当时同样生在苏州的张士诚，是那样的乐不思蜀。

尽管有着精益求精的手艺，有着买进卖出的生意兴隆，但是苏州老百姓的日子并没有想象中的风和日丽。历史书上记载，张士诚统治苏州，赋税呈上涨趋势，苏州一地的田赋大幅度增加，岁额从80余万石增至100多万，此外，张士诚加派到江南人民头上的徭役也是相当沉重。

也有一种说法是当时的张士诚挖河疏港、兴修水利、奖励农桑，使农业和手工业纺织业有了很好的发展。其中疏浚常熟白茆港，不仅是重开了港口，同时减少了水患。当时有一首歌谣是这么传唱的："好条白茆塘，只是开不全。若还开得全，好与西师歇战船。"

西师指的就是朱元璋的军队。歌谣有一点不调谐，似乎是无意的随口一说，却又是无奈的不幸言中了，朱元璋连续击溃了元朝军队和其他一些武装力量，开始腾出手来，他要对付张士诚了。

张士诚不理朝政，或者说他的朝政就是半梦半醒的花雨弥天了。这时候昆山有个名叫郭翼的乡绅上书"乘时进取，则霸业可成。若遽自晏安湛乐，四方豪杰并起，明公欲闭城自守，其终能乎"。

方兴未艾意犹未尽的张士诚看到这些文字，几乎是怒不可遏，这一帧上书，是不合时宜的扫兴，也有点哪壶不开提哪壶的尴尬。

《苏州府志》中记载："胥门，西门也，在阊门南，一曰姑胥门。"现存的城门就是元至正十一年重新修建的。苏州古城门皆水陆并列，惟胥门为防太湖洪水进城，宋元以后就无水门。胥门的陆

门，至正十六年张士诚增建的瓮城，瓮城防备的，应该就是越来越声势浩大的朱元璋了。然而山雨欲来风满楼，光凭借一道瓮城，其实是无法抵御的。公元1366年十一月，朱元璋挥师东下，徐达和常遇春率领的军队，将苏州城团团围住。

张士诚到苏州没多久，就兴致勃勃地重开锦帆泾，他要效仿吴王夫差，花团簇簇泛舟水上，花船缓缓地穿过杨柳岸，张士诚甚至有了在灵岩山重修响屧廊的想法。

现在兵临城下，张士诚突然又想到了吴王，不一样的年代，不一样的故事，会不会是差不多的结束呢。

城外的襄阳火炮又一次在半空中炸响，张士诚竟觉得有点陌生有点唐突，火光把王宫照得通体透明，张士诚突然想到了落叶归根，泰州故乡或许只是千里奔波的一个码头，这时候张士诚对于故乡来说，已经是永远的过客了。

阊门曾出土元代“新建瓮城记”铭碑：“隆平府阊门，元设二关，天裕三年，本处守郡御总兵管武毅将军万户任士元，申禀中书平章政事兼同知枢密院事，一同启奉王令，复造南北两关，重加备御，出足以振千里之威风，入则以布万民之德泽，三军整肃，一郡安居，保障城池之永固，开兴社稷以攸宁。”元朝的苏州，有阊门、齐门、娄门、葑门、盘门和胥门六座城门，连系着城门间的城墙有二十多千米，之后为坚固城防设施，张士诚命在六城门加筑瓮城。

令张士诚没有料到的是，大难当头，苏州百姓义无反顾地加入了守城的队伍，这是另一道更加巩固的城墙，所谓众志成城，元朝的苏州，有一个最贴切的解释。

“盖吴君臣尝以宽得民，故围城日久，民不内变。”

这是《明书》上的记录。

朱元璋见久围不下，写下诏书，许以宽厚待遇，并允许张士诚享受地方自治权。

和诏书一同传到张士诚手上的，是守城军民的战报，苏州娄门仰家、胡家、冼家三个家族聚族死守，直到最后一人。

现在苏州三家村和十郎巷的巷名，就是关于当初的纪念。

这时候张士诚似乎更加坚定了一个想法，他把朱元璋的诏书丢在一边，缓缓立起身来，迎向门外的战火。

今夜故人来不来，教人立尽梧桐影。

张士诚墓就在斜塘旺墩村。苏州人称之为张王墓，这也是苏州唯一的一座元朝墓葬。现在我们立在墓前，元朝的故事仿佛与我们相隔遥遥。或者是怅然若失，或者是若有所得，归去来兮，田园将芜，我们的目光越拉越远。

祭奉张士诚是许多苏州人数百年来的宗教习俗，对于现在的苏州人来说，张士诚是一个遥远的过去，上一辈苏州人说，这个张士诚对苏州老百姓不错，因此张士诚就是苏州人永远的纪念了。

每一年农历七月三十，民间有祭地藏王的习俗。而在这一天晚上，苏州人就在自家门口插上星星点点的香烛，俗称“烧狗屎香”。“狗屎香”又叫“久思香”，“久思”正是张士诚小名“九四”的谐音。星星点点的香烛，为张士诚指一条回家的路。

相传，洪武初年朱元璋微服私访，在苏州听到当地老百姓称死去的张士诚为“张王”，而称已经登基称帝的自己为“老头”。原本就对当年苏州百姓支持张士诚，拼死抵抗耿耿于怀的朱元璋，更是与苏州结了仇。在他当皇帝期间，苏州被施以史上最重的税赋，几十万苏州市民被强行迁往苏北、安徽定居。

然而，纪绩碑还在。

建造纪绩碑的沈万三望着拖儿带女就要背井离乡去到苏北去的乡亲们，悄悄找来工匠，将碑上所有的文字抹掉。之后苏州人称纪绩碑也叫无字碑。

没多久朱元璋在南京兴建城墙，沈万三兴冲冲地慷慨解囊，差不多一半的南京城墙都是沈万三出资兴建的。而朱元璋对沈万三的论功行赏是一纸充军发配的公文。踏上天涯路的沈万三是幡然醒悟还是无怨无悔？倒在他乡的沈万三是视死如归还是死不瞑目？我们不知道，我们只是在说起张士诚的时候，自然而然地要从纪绩碑开始。

其实许多纪念，是没有文字的。

陆龟蒙

在江南，乡村的早晨大抵如此。

太阳还没有挂上石拱桥的桥头，天色却是明亮了，灶烟自一座座屋顶升起，公鸡的鸣叫很舒展，之间夹几声浓浓淡淡的狗叫，使乡村的日子越发明确生动。

陆龟蒙早早地起身了，他要往自己的田里去。田是才托人买的，他急着要去看一看，并且是一副跃跃欲试的样子，因为在他的心底里，已经和这块土地订下了一个默契，那就是好好地合作，然后稻谷满仓，不仅自己能吃饱，还可以把余下的粮食分给贫苦人家。

这样的想法使他心情激动，甚至走在田埂上的时候，他已经感觉到了金黄稻穗散发着的灿烂的芬芳。

但是，走到了自己的田边，陆龟蒙一下子愣住了，这是什么田呀，这是一片水洼地呀。一时间，唐朝的诗人不知道如何是好了。

二三个正在往田里去的老人走了过来，他们说，哎，你是这家东家请来的长工吧？

陆龟蒙说，没有呵，我就是这家东家，我还没有请长工呢，因为我没有钱，也不知道怎么种田。

老人说，你怎么会买下这块田的呢，这样的水洼地，谁会要呀。

陆龟蒙想着自己一介书生刚踏进乡村的生活就出了这么一个洋相，忍不住笑了，嘿嘿，嘿嘿嘿。

老人说，你还好意思笑，你还有心情笑，真是的。老人又说，不过我们听说，以前有个告老还乡的清官，他两袖清风，用一块廉石压在船上，那个人是你的祖先哎，是不是？

陆龟蒙说，是呵，他是清廉太守，他叫陆绩，其实我的祖上不少人都是当官，还当大官呢，我想到来这里种田，是不是有点没出息？

老人说，劳动创造，自给自足就是出息，你是清官的后代，我们一起来帮帮你吧。

他们要做的事情是要筑造起一条堤岸，从而防止江水倒灌进田里。

陆龟蒙看着乡亲们的真诚和热情，心里感激，也有一点不好意思，他迟疑了一下，脱下鞋袜，就要往田里去。

乡亲们急忙上前要拦住他，使不得，陆先生，使不得的，你毕竟是个读书人，况且祖上还是做官的呢。

陆龟蒙道，这有什么呀，当年的尧舜晒黑了脊背，大禹手胼足胝，他们还都是圣人呢，我一个平民百姓，不干活，怎么养家糊口？

说完，就跨出一步，走到了田里。

这一步使唐朝少了一个因自己怀才不遇而时常气愤不平的幕僚，使中国文化历史上，多了一声寄情山水，开放豁达，自由自在的清唱。

乡村的日子是清贫的，“著书粮已绝，多病药难供。”陆龟蒙写下了这样酸酸楚楚的句子，只是陆龟蒙写下这样的句子的时候，心情还是爽朗的。没有官场仕途的尔虞我诈和患得患失，甪直的山水是清的，甪直的乡亲是纯的，因而陆龟蒙的日子是无拘无束，坦坦荡荡，痛痛快快的。

空闲的时候，就在乡村里走一走，有不懂的地方就问一问。

请教一下，陆龟蒙问道，这样东西是派什么用场的？

这样东西呵，相当于你们读书人的文房四宝，是我们做农活时用的。

那么它叫什么名字，用在那儿呢？

村里人告诉他叫什么名字，用在那儿。陆龟蒙一样一样记下来，犁，耙，铲，碌碡等等，它们是怎么发明的，怎么制作的，以及使用方法。记成了一本书了，陆龟蒙就取了个名字《耒耜经》。

后来《耒耜经》成为研究我国古代农业生产的重要资料，中国历史博物馆就是根据陆龟蒙的记录，复制了曲辕犁的模型。

四周的人全都和陆龟蒙相识了，大家把他当成一位甪直的乡亲，见了面也有一些话。他们说，陆先生，我要托你给儿子写一封信，好不好？陆龟蒙说，好的好的，对了，你儿子去哪里了呢？

我儿子去筑城墙了。

陆龟蒙替老乡写了信，心里有一点感受，也写了下来。

“莫叹将军逼，将军要却敌。城高功亦高，尔命何足惜。”

这样的一些事，促使陆龟蒙对民生疾苦的关注和同情，对官僚欺压和鱼肉百姓的愤慨，除了诗歌，陆龟蒙写了不少的小品文，或用寓言，借物寄意，或以故事，借古喻今，嬉笑怒骂，冷嘲热讽，义正词严，畅快淋漓。

一千多年以后，鲁迅先生读了这些文字以后感慨系之地说道，陆龟蒙虽以隐士自居，但他写的这些小品文呵，并没有忘记天下，“正是一塌糊涂的泥塘里的光彩和锋芒”。

以上的这一些，是陆龟蒙在甪直很写实的生活，若是没有了艺术的灵魂，陆龟蒙或许是决不会选择在甪直住下来的，若是不能与这里的青山绿水清风明月心心相印，陆龟蒙也不会在这里住下一辈子的。所以陆龟蒙同时拥有很抒情的生活，是一定的了。

在唐朝，有一个叫皮日休的诗人，他过着与陆龟蒙相似的日子，性情也与陆龟蒙相投，因此他们二人交成了很知己的朋友。

有一天皮日休独自一人在家里的院子里喝酒，喝着喝着，他突然想起了陆龟蒙来，他想道，我在这里开心地喝酒，都快要喝醉了，不知龟蒙兄他现在有没有酒喝。想到这里，他就让人带上一坛老酒，往陆龟蒙那儿送去。

更多的时候，他们二人是在一起喝酒的，他们常常带上了书籍，茶灶，文房四宝和钓具，驾着一叶扁舟，在太湖里飘来荡去。

“柳下江食待好风，暂时还得狎渔翁。一生无事烟波足，唯有江边水勃公。”

这时候水流在水里，风吹着风，抒情岁月里的高山流水和梅妻鹤子让滚滚红尘中的芸芸众生怦然心动。

陆龟蒙和皮日休，是一册书里的这一页和反过来一页，后来的人也总是将他们排列在一起的，后来的人很省事的样子，称他俩为“皮陆”。

宋朝和明清远远近近的一些文化人，听说了陆龟蒙的事，就把他当成一个心仪的朋友，这个朋友值得一交，要去会一会的，赶到甪直来，这时候陆龟蒙已经不在了，他们只能在清风亭上坐坐，斗鸭池边看看，再到陆龟蒙衣冠冢前站一站，并且在心里和陆龟蒙说说话，背一些古往今来的句子，讲几段喜怒哀乐的心事。比如高启。

高启是户部右侍郎，说起来也是国家行政机关的领导干部，一个文化人经历了当时比较程式化的科举，然后是按部就班的日子，使他来到这里以后，忍不住感慨万分。

衣冠寂寞半尘丝，想见江湖独卧时。
遁迹虚烦明主诏，感怀犹赋散人诗。
钓鱼船去云迷浦，斗鸭阑空草满池。
芳藻一杯谁为奠，鼓声只到水神祠。

高启想想陆龟蒙，想想自己，再想想其他的一些古人今人，叹了一声，人生呵，然后到镇上找一家小酒馆，喝酒去。

这样的人来人往，大家习以为常，在编撰《甫里志》的时候，有关的人士归纳了言简意赅的几句话 :

垂虹夹小亭，斗鸭闻荷馨。魂去池尚在，客来思故人。

1932 年，保圣寺修复工作完成，上海有一位叫赵君豪的教授也赶来参加开馆仪式，仪式结束以后，随着大家一同去陆龟蒙祠参观，完了记录下来一段有关当时陆龟蒙祠的文字，文字说："保圣寺左近，古木清溪，风景入画。其右又有陆龟蒙祠齐集，亦名斗鸭池。架以小桥，池水已涸，祠中供陆龟蒙先生塑像，旁悬楹联，为迦陵居士顾锦所撰。联云：绿酒黄华，九日独高元亮枕。烟蓑雨立，十年长泛志龢船。龟蒙先生为一代大儒，著有《甫里集》。甫里学校，殆为纪念先生而设也。"

赵君豪创办并主持了一本《旅行杂志》，在1933年初出版的那一期上，刊登了"陆龟蒙先生祠"的照片。

通过照片对照，现在的陆龟蒙祠，不全是当时的样子了。生前生后，过去将来，风风雨雨，破破立立，景物总会产生不同的格式，而一如既往的是唐朝的陆龟蒙，和他的风貌和精神。

我们还听说了关于陆龟蒙的一则民间故事。

禁中警卫官打一手好的弹弓，禁中警卫官无所事事地在民间晃来晃去。陆龟蒙养的绿头鸭也是一副无所事事晃来晃去的样子。

绿头鸭是陆龟蒙养在那玩斗鸭游戏的，陆龟蒙闲下来的时候，将它们召在一起，像一个好性情的家长，看着自己的孩子打打闹闹。

警卫官看着绿头鸭，有一点不顺眼，其实是他本来就想在老百姓面上露一露自己高超的本领。就取出身边的弹弓，张弓搭弹，猝不及防的绿头鸭应声倒地，警卫官四下看看，收起姿势。

乡亲们急急地找到陆龟蒙，说陆先生不好了，你的绿头鸭被皇宫里面来的人弹死了。

陆龟蒙赶到现场的时候，警卫官正要离去。

陆龟蒙说，请留步，这鸭子真是你打死的吗？

警卫官看陆龟蒙有点书生兮兮的样子，以为他是要写一首诗来赞叹的，就欠一欠身体，露出来一边的弹弓。

你可闯下大祸了。陆龟蒙说，这只鸭子，我是准备献给皇上的呀。

警卫官说，一只鸭子也要献给皇上，你以为皇上是你们村里的小地主呵?

陆龟蒙说，这可不是一般的鸭子，这是一只会说话的鸭子，我都训练了好几年了。

警卫官慌了，提出来要私了，说是不如多赔一点钱，再训练一只就是了。见陆龟蒙答应下来，赶紧将身上的银子掏出来。完了就连忙要离开这个是非之地，走了两步他突然想到了什么，回过头问陆龟蒙，对了，这只鸭子会说些什么话呢?

陆龟蒙说，它会“呷呷呷”地叫自己的名字呀。

警卫官还是掉头走了，他的弹弓技术好，脑子却没有转过弯来，他想，惹是生非，真丢人。

苏东坡听说了这件事，哈哈一笑，然后赋诗一首：

千首文章三顷田，囊中未有一钱看。

却因养得能言鸭，惊破王孙金弹丸。

其实这样事情，更像是唐伯虎、祝枝山所为，但甪直人对待这件事情的态度与苏东坡差不多，就是宁信其有。

千百年来，甪直人说起陆龟蒙，大家的心里总是能泛起波澜，一种亲切和风光，一种安慰和寄托，仿佛自己的一个亲人或是很知己的朋友，就是陆龟蒙。

前世和今生，真真和假假。前世是起起落落、风风雨雨长歌当哭的全部，今生是截取了前世一点的衍伸。这一个时期和那一个时期，这一个人心里和那一个人心里，泛起的今生，别具一格，丰富多彩。

要较真，这是子虚乌有，从另一个角度理会，这才是民间记忆、精神家园里的一派明媚春色。

园　林

来到苏州的人说，这里的风景，不就是吴门画派笔下的山水吗？因为苏州园林，唐伯虎或者文徵明，其实就是一些从事规划和设计的工作人员。这一些古人，将纸上水墨中的想法，一点一点地搬到日常生活中来，所以那个年代的衣食住行，就是山清水秀的风花雪月啊。

一些传说结束了，另一些故事刚刚开始。

苏州最早的园林，可以从春秋时期吴王夫差为宠幸西施而兴建的馆娃宫说起。梳妆台、玩花池，这是现在馆娃宫留在灵岩山上支离破碎的遗迹。但馆娃宫是帝王将相的遗产，一般风流潇洒的皇帝，遇上太平盛世，好山水就可以为国泰民安锦上添花，比如乾隆和江南。遇上外忧内患，好山水就会平白无故地落下不是，比如吴王和馆娃宫。春秋时期帝王家的一滴露水顺流而下，落在明清时候平常人家的湖中，泛起一片浪花。所以通常意义下，我们说起苏州

园林，指的是明清时期的人景壶天。

不仅仅是因为明清时期政治、经济和文化繁荣昌盛，更因为当时建造园林的人有了超凡脱俗的人生感悟、文人情怀和艺术境界。

明清的园林要从宋朝说起。

“予以罪废，无所归。扁舟吴中。”

这是苏舜钦《沧浪亭记》中开头的句子，《沧浪亭记》记录了苏舜钦修复沧浪亭的前因后果，以及他在园子里的寒来暑往。

苏舜钦经过苏州府学，沿着贴水的曲径，向东而行。偶然地抬眼望望，看到的是一片天地。

这一片天地崇阜广水，草木郁然，还有一架小桥，通向更加广阔的郊野。仿佛大隐隐于市，虽在城里恍若郊外，这时候苏舜钦的心里不由微微一动。就在这个瞬间，决定了不久以后，这一片天地，将成为名冠江南的古园。

苏舜钦以四万贯钱买下这片地方，移花接木，围山造水。顷刻之间，这一带焕发出灿烂的新意。

这就是沧浪亭。

几百年之后，因为沈三白和《浮生六记》沧浪亭有了另外一番新鲜的意义。《浮生六记》从前称作“忆语”，“忆语”相当于现在的回忆录。沈三白的回忆录，将当时社会的风貌及自己的见解，写得清丽干净百转千回，并且言之有物，而其中最重要的，是沈三白和芸娘“布衣菜饭，可乐终身”的淳朴恬适的生活。

而沈三白的光彩在于心情豁达，在于随遇而安，在于忧患之中也能产生的发自内心的快乐。他精神抖擞，意气风发，以一种文人英雄姿势，在遥远的古代信马由缰。

这一些或许也是苏州园林存在我们心里的明喻暗示。

“最是红尘中一二等富贵风流之地”这是《红楼梦》中明清的时期的苏州，而清乾隆时徐扬所绘《盛世滋生图》描述的是“商贾云屯，市廛鳞列，为东南一都会”明清时候的苏州，是当时最重要的经济大城，以物阜民丰、风物清嘉，闻名天下，这一时期，苏州园林的建造也是登峰造极，明朝时候苏州的大小园子有 271 座，清朝时有 130 座。

建造东庄的吴宽，怡老园的王鏊，申氏诸园的申时行，还有就是建造拙政园的王献臣和留园的徐泰时。当这些参政议政的达官贵人，成了舞文弄墨的文人墨客，苏州这一方水土，是他们的文房四宝了。因而苏州园林的一个明显特点就是文人造园。

比如拙政园和文徵明，还有狮子林和倪云林。

最初是一个名叫天如的禅师，路过城东的时候，见到了这一片宋朝的官僚荒废的宅地，心里面不由得微微一动。回到自己落在阊门外雁荡村的幻住庵，天如禅师的心里面还是放不下那一片风景，就有一点有意无意地对着弟子们说道，为师今天见到一片宅地，有好几亩呢，那儿的风景真是幽雅古朴。弟子们便说，不在于好的风景，在于发现好风景的眼光啊。天如禅师顿了顿接着说道，这一片景致啊，那些古树和竹林，使我想起了当年学禅十八年的天目山。弟子们说，师傅一定是多少往事涌上心头，这样的情怀令我们心驰神往。天如禅师看了一眼弟子们，只好再说道，为师觉得，在那儿造成个院子，参禅学佛，倒也是一件好事。

天如禅师是一位德高望重的资深禅师，这一番对话，并不是说天如禅师有点转弯抹角，因为禅本身就是一种高境界的脑力劳动，讲究的是心照不宣和心领神会。天如禅师把话说到这个份上，弟子们要再不能懂得，实在也太书呆子了。于是大家“相率出资，买地

结屋，以居其师。”建造起来的园子，就是狮子林。

佛经中说：“佛为人中狮子，佛所坐处若床若地，皆名狮子座。”《大智度论》说，高僧住院的地方“如大树丛聚，是名为林。”所以狮子林这个名字，有点佛心，也有点禅意。将禅院坐落或者寺庙建造成园林的样子，少了一点庄严肃穆，添了几分灵性意韵。住进狮子林的天如禅师说：“人道我居城市里，我疑身在万山中。”

狮子林里，多的是千姿百态的假山，民间的传说是，这一些假山，是佛国的一头雄狮，见了狮子林，以为回到了佛国狮子群，一阵欢喜，就地一个打滚，化作了狮子林里的狮子峰，散落的狮毛，也化作小狮子们，站的站蹲的蹲，将已经成为佛门净地的狮子林挤得有点严严实实起来。

初一看见，狮子林里的假山，真有点大大小小的狮子的样子，却也不是形态逼真的那种，似是而非吧，似是而非也是禅意，若有若无，若隐若现，道可道非常道，看得懂看，看不懂算，就这么一回事。

这样的似是而非是禅意，也是艺术理想和表现的一种境地，所以倪云林是看得懂狮子林的，倪云林走向狮子林的假山，一见之下，不由怦然心动。

倪云林说自己的画是：“不过逸笔草草，不求形似，聊以自娱耳。”他画近山，寥寥几笔，他画远水，淡淡一抹，近山和远水间，是空空落落的什么也没有了。这是落实在纸上的似是而非，是似是而非的另一个表现形态。

元朝末年的倪云林，对于当时的现实社会，有一点话不投机，既然不能融入其中，就变着法儿地置身事外，他是靠着画画，构筑起自己理想世界和精神家园，但又不能在水墨丹青里解决衣食住

行，总要想着法子逃避开格格不入的现实世界，倪云林先是信奉佛教禅宗，接着又加入了全真教，然后便是一副仙风道骨的样子，在河山之间东奔西走。

倪云林是最具凡心的和尚，倪云林也是最有佛心的凡人。所以倪云林走向狮子林的假山时，很清晰地听到石头和石头的说话声。倪云林问道，不是说石不能言最可人吗？石头说，那是因为他没有遇到能说话的知己。倪云林说，你们在说什么呢？石头说，自己听，听到什么是什么？听着听着，倪云林和假山会心一笑。《狮子林图》就这样诞生了。

“石阑正中，堂屋三楹，双松高荫，旁着杂树，曲廊回合，临水一轩，老僧钩帘趺坐，后屋参差，丛竹缭绕，左侧丘壑层折，竹木　，小山平顶，结方庐，护以嘉树。”

这一幅《狮子林图》仿佛狮子林，却又不全是狮子林，不全是的是外表的面貌，仿佛的，是内在的精神。

“一树一峰入画意，几弯几曲远凡心。”这是乾隆皇帝对《狮子林图》的评价。乾隆太喜欢倪云林的这一幅画了，工作之余，取出来玩味一下，想到苏州的狮子林了，再取出来玩味一下，所以盖在《狮子林图》上的御印，也有好几方呢。

自明中叶以来，苏州园林审美风貌渐呈奢华密丽，务求精巧情趣。但意境幽雅、富有意蕴、高情逸致仍是创作的基本准则，其中较本色地体现我国传统文人园林的艺术精神的，就是艺圃。陈从周曾评其：“较多地保留了明代苏州园林的布局与风格，具有秀丽清幽、恬淡疏朗之致，从中可见吴门画派对园林艺术的影响。”

艺圃门前的一条巷子叫十间廊屋，艺圃的四周是一大片民居，艺圃仿佛是劳动人民家庭出身的小家碧玉。艺圃之前的名字叫药

圃，再之前叫醉颖，醉颖大致意思是独善其身和自得其乐。一百多年以后，醉颖变成艺圃。

买下废弃了醉颖的是文震孟。

文震孟是文徵明的后人，几百年以后的李根源和章太炎说古论今，两位老先生很删繁就简地认为，说起明清两朝的人物，武的要推韩襄毅，文的就是文震孟了。

这一个说法没有定下什么特别的标准，也不是评选，就是心里认下了。江南是清清的池塘，江南才子就是一池的荷花。文震孟能够被后人认为是其中最为光彩夺目的一枝，真是无比光荣。

文震孟四十九岁中状元，然后在京城为官。正气和清高是优秀文人最显著的秉性，却也是他们在官场上很难春风得意，经常磕磕碰碰的根本原因。因为正气清高，文震孟冒犯了大奸大恶的魏忠贤而革职还乡，后来魏忠贤倒台了，被朝廷重新启用，又因为正气清高，和同僚有一些话不投机的意思，文震孟辞官再一次回到苏州。

醉颖早在取得功名前已经买下了，修园的事也在断断续续地进行，原来修园，更多的是闲情逸致，现在修园，似乎是寻找人生的寄托了。

协助文震孟修复园子的是文震亨，文震亨是文震孟的弟弟，他除了和文震孟学养仿佛趣味相投外，对于造园修景钻研得更为全面，也更为深入，同样看淡了功名的他，在读书作画之余，将自己的一些关于生活和环境的想法记录下来，编成了一册名叫《长物志》的图书。

古人心目中的园林，就是生活和修养的地方，《长物志》说的是怎样艺术地生活和什么是生活中的艺术。这一个景致里应该放一些什么东西，什么东西应该怎样来摆设，才能自然、古朴、风雅，才能避开俗气和匠气。文震亨娓娓道来。《长物志》是日常生活事无巨细的一种安排，又是“寒不能衣”“饥不能食”的超然物外。

兄弟两个把修复好的醉颖更名为药圃，药的意思不是中草药，药是指花草树木，文氏兄弟见证着自己圃子里的花草树木渐生渐长，花草树木也见证文氏兄弟弄风吟月。一些读了《长物志》的人说，这不是字里行间的药圃吗，一些去了药圃的人又说，这不是设身处地的《长物志》吗？他们在书里书外来来去去，明朝的药圃，影来池里，花落衫中。

但我们没有看到药圃，我们在现在的艺圃里，看到明朝的背影，一晃而过。

将药圃修复成艺圃的是姜埰父子，这时候的圃有点杯盘狼藉，依旧丰姿绰绰的，是一派废墟之上的几株古柳。

姜埰是遗落在清朝的明朝人，清朝骑在马背轰然而至的时候，姜埰说，我死不事清。姜埰请来了同样是遗落在清朝的造园艺人，将生在清朝的艺圃，修成一座明朝风格的园林。而文震孟和文震亨是姜埰心仪的前人，所以他在自家的艺圃里，建造了“疏柳堂”和“疏柳亭”。

艺圃里有一条“响月廊”，月光的声响应该也是清秀和明亮的，明朝的月光，顺流而下，艺圃在说起古人的夜晚通体透明。

因此苏州园林留给我们的，决不仅仅是亭台楼阁，而更让我们心动的，或许应该是园子里曾经有过的春花秋月吧。

耦园住佳耦，这是刻画在耦园长廊里的句子。这个句子，和不远处生长在池塘里的几枝荷花，没有更多的关系，这个句子和爱情有关。“耦”是两个人一起耕种，他们在一起耕种爱情。

耦园的主人沈秉成第一次见到严永华是在好几年以前，对着眼前亭亭玉立并且才华横溢的严永华，沈秉成忍不住倾叹不已。立在他身边的夫人一瞬间不免有了一丝丝酸楚，却又仿佛很大度地说了一句，你要喜欢她，将来可以立她为继室呀。

不久以后，严永华走到了沈秉成的身边，好几年前的那一次邂逅，竟是缘定今生。

他们在耦园安家，住在耦园的沈秉成说："何当偕隐凉山麓，握月檐风好耦耕。"住在耦园的严永华说："名花如好友，皓月是前身。"然后，他们相对一笑。

更多的时候，朋友们聚会耦园，他们饮酒喝茶，吟诗作画，这一刻应该是耦园最风采的时光了。

小船悠悠地穿过一座又一座古桥，停在耦园门前的水里，走上岸来的是寓居在拙政园的江苏巡抚张之万，和一些文人墨客，他们衣袂飘飘地走进耦园。

小船系在门前的杨柳树上，而心灵却分明是自由浪漫的不系之舟。

东园载酒西园醉，这也是刻画在耦园的句子。三百多年前，苏州小巷庭院深处的一次举杯浅饮，是我们经久不散的向往和沉醉。

百余年前，从日本归来的苏曼殊在苏州小住，好多日子，他就一个人坐在"双照楼"的窗前，喝茶、看落日初月，或者想些什么。

应该就是这一张老式的八仙桌吧，它令我们想起古人和朋友，我们在心里面想起一个名字，就觉得是发了一份邀请，邀请他们到耦园的"双照楼"来坐一坐，也不谈文章，文章已摆着呢，也不谈人生，人生还走着呢，就这样围着桌子，坐一坐，坐两袖清风，坐一杯清茶。

光裕社

新落成的光裕社还是在宫巷第一个门巷口，砖雕门楼上“光前裕后”四个字是吴湖帆的手迹，门面的面貌，是光绪年间重修时的样子，有一丝旧气，还有一丝眷气，端庄大方，清秀朴实。

一楼是书场，第一次演出，是青年演员传统书目会演，老听众说，这一回书原来是谁演的，再往前是谁演的，那一回书原来是谁演的，再往前是谁演的，最初的是谁，我的祖父听过他的书的。

评弹是一条流淌着的河，而光裕社，就是这一条河流之上的一个码头或者港湾，潮起潮落，船来船往，让我们泡一壶清茶，就一楼秋风，在光裕社细细感怀琵琶和弦子编织起的岁月，

一

有关光裕社，还要从乾隆下江南说起。乾隆下了江南，在苏州

城里走走停停，吃吃喝喝，东看看西看看，无意之中撞进了一家茶馆。茶馆里坐了不少人，大家一边喝茶，一边听着台前面的一个人抑扬顿挫地讲话，说着说着又唱了起来。最初乾隆有一点疑惑，苏州人怎么在茶馆店里开会的，但他想起了京城的评书，于是马上就明白过来了，这是在说书呢。乾隆就找一个地方，坐停了听起书来。

台上的说书先生，就是光裕社的创始人王周士。这一天王周士正好是开讲《白蛇传》，说白娘子游西湖，遇到了许仙，一见钟情却不知怎么表白，那么她究竟是怎样表白的呢？下回再讲，明日请早。

乾隆正听得兴起，却是活生生地断掉了，不由得心心挂念起来，于是就让手下的人通知苏州衙门，要王周士去他那儿，把书说下去。王周士很快赶到了沧浪亭，乾隆再听书时，却没有了茶馆里的感觉。二个人对面坐着，他觉得王周士怎么像在对领导汇报工作似的，就让他不要紧张。

王周士说，我不是紧张，说书实在还是在茶馆店里更好，说书先生在上面一呼，听书的在下面一应，大家的神就来了，这要有个氛围的。

乾隆想了想说，那我们就去茶馆店吧，对了，让衙门里找一些人来，陪朕听书。

大家都汇到了茶馆里，一听说皇帝老儿也来听书，群众们都不好意思坐了，乾隆说，传朕旨意，凡是中过功名的，都往前面去坐。这一说群众又不好意思不坐了。一下子，状元秀才挤出来一大片。而从此以后，说书先生台前面的那一桌，就叫作状元桌了。

几回书听下来，乾隆还是意犹未尽，就干脆一不做二不休地把王周士带回了京城。在京城里待了一些时日，王周士反复想到了茶馆，茶馆是种植评弹的土地，在那里有呼应，在那里有精神，而现在，自己和评弹，只是故宫里的一样盆景，因此，还是要回去，回到茶馆里去。王周士将自己的想法提出来，汇报到乾隆那儿，乾隆很爽快地答应了，或许他想到的也是当时的茶馆，他想到要听评弹，还不如再下江南。

乾隆对王周士说，你的书说得好，我封你一个官，封大了其他的人有意见的，就七品吧，另外，我再给你写幅字吧。

乾隆从来不会轻易放过一个舞文弄墨的机会，这一回也不例外。墨浓笔饱，他为王周士写了四个字——光前裕后。

回到苏州的王周士做了两件事，其一，继续在茶馆说书。其二就是联系、发动当时的评弹艺人，成立“光裕公所”。

光裕公所是光裕社的前身，也是苏州最早的评弹艺人的行会组织。

二

盖叫天说，我演的全本《武松》，从“打虎”到“打店”，一个晚上全演完了。杨振雄却要说一两个月，我倒要听听，就这么点事情，他到底是怎么说的。

这一听，竟是迷上了评弹，在后来好多的场合，人家请他去讲课或者开座谈会，老先生总是从评弹说起。

老先生说，台上的先生穿着普通的长衫、旗袍，也没有什么道具，就靠男先生的袖子和扇子，女先生的手帕，就像舞台上的“砌末端”，却是比“砌末”还要灵活，因为它可以很巧妙地运用，刻

画角色的神态和情态。说书的把动作和表情统称“手面”，说书先生的“手面”，可以补充好多书里听不到的东西。

盖叫天一边在不同的场合说着评弹表演，一边继续听书，到后来，苏州在他眼里，什么都是很顺眼很出色的了。

他说，你看西园寺里的五百罗汉，很多是笑嘻嘻慈眉善目、慢条斯理的样子，不像别地方的罗汉，竖眉瞪眼，一副找人斗法的姿态。他说，你看看人家苏州人，长得就是正气，长形脸、瓜子脸、丁字脸，眉清目秀的，你再看看苏州的女孩子，没有开口先微微一笑，说起话来糯笃笃的，说得快也是有板有眼，不像别地方的女孩子，说话又快又碎，像麻雀噪雪，叽叽叽，喳喳喳的。

这一些话，虽然夸赞的是苏州广大人民群众，但我在记叙的时候，还是有一点儿不好意思的，我只想说明的是，盖叫天老先生钟爱评弹并通过评弹认识了苏州。评弹是通向古城的一条小巷，穿过这一条小巷，看到的苏州，美不胜收。

苏州人的一句口头禅是“你在说书”。说书，就是评弹，说大书呢，是评话。这门艺术“说噱弹唱”一应俱全，一个或二三个演员，反串不同的角色，精巧细致地去表现和反映生活。小姐下一层楼梯，要说上一回书，几十层楼梯便有了几十回书了。那是用着“放大镜”和“显微镜”在对着生活呢。可他又区别于几十集的港台连续剧，连续剧的悬念显得生硬而公式化了。它不会在意小姐是怎样下堂楼的，它只关心小姐下了堂楼干什么。它也不会去描绘小姐的心潮起伏，小姐的心情往往是一句台词就能传递的。“相公你总算是回来了”或者“相公你还知道要回来呀？”大家马上就明白了小姐是怎么样一个态度了。说书则非常自然而然，顺流而下，听着是享受，完了也不很牵挂，悠然自得，非常惬意。

有时候我总是这样想，评弹，是苏州的另一种园林，从这一个意义上而言，光裕社，就是有关评弹园林的一座博物馆了。

三

小镇上没有剧场，一年也难得演几出庙台戏，平时的娱乐活动就是上书场或者茶馆听评弹。一张小书台上，台上的旧桌围红底黑字“敬亭遗风”，一边的墙上是“恕不迎送”，颜体，字写不大，却能看得清楚。二边上对联写的是：“把往事今朝重提起，破工夫明日早些来”

这是数百年前的小镇和小镇上的评弹，数百年前的江湖之上，一叶一叶的扁舟在小镇和小镇之间来来往往，一些说书先生，衣袂飘飘地立在船头上。比如马如飞。

现在，船已经靠岸了，马如飞一手提着弦子，踏上了上海嘉定城厢镇的码头。书场的老板早已经迎候在那里了，把马如飞请来了，自是一种光彩。

马如飞在城厢弹唱《珍珠塔》，这一天正说到方卿中了状元取了功名，县官差人前来，请马如飞去一下。马如飞一曲唱罢，随着差人到县衙门，知县官也不寒暄，说我请你来，是要你明天离开本县。

为什么呢？马如飞问。

因为你说得好，差役们全去听书，班也不来上了，我的工作也不好开展了。知县说道。

这我不能接受的，我也是要养家糊口的呀。

知县立起身来，你不走我走，不好意思，我也实在没有别的办法了。

马如飞连忙说，不要不要，还是你留下来吧，我剪书走人。

踏上扁舟的时候，想着竟有这样的事，马如飞不觉有一点好笑，笑着笑着，心底却涌起了一丝凄凉。

江湖是江湖人的江湖，江湖人将自己的名字写在风里。

像以往一样，马如飞回到苏州以后，先要去光裕社看一看，有事就了理一下，没事就坐上一坐，他毕竟是这里的主持人——“司年”。

最初的光裕社因为兵荒马乱，已经涣散了，现在的这个组织，是同治四年马如飞、许殿华、姚士章等一手重建的。因此在马如飞眼里，光裕社是他另一个家。

马如飞是一大清早离开厢城的，赶到光裕社，已经是傍晚掌灯时分了，却见不少的评弹艺人还聚在那儿呢，见了马如飞，一些人说，好了好了，马先生来了。另一些人说，不好了不好了，马先生呵，出事体了。

出事体了，江苏巡抚丁日昌下令查禁“淫词小说”。手底下人问了一句，评弹呢？评弹怎么办？丁日昌挥挥手说道，一并禁了。就这一句话，将好多的传统书目给查禁了。

马如飞心里说，今天这日子是怎么了？但他嘴上说的却是，不要急不要急，船到桥头自然直，大家先坐下来，坐好了慢慢想办法。

说书先生开会是一件很有趣味的事情，他们发言的时候，不是说这是一件什么事情，我们应该怎样来处理这一件事情，而是说哪一本书哪一回中的哪一个人物，遇到了什么样一件事，他是怎么样处理了这件事等等。这样地绕来绕去。绕到了一个人的身上，这一个人，就是潘曾玮，潘曾玮的父兄都在京城当官，自己也曾取得过功名，只是生性散淡，一直闲居在苏州。潘曾玮欢喜听书，潘曾玮也能在丁日昌面前说上话，所以潘曾玮是评弹艺人通向巡抚的一架桥梁。

但是这一件事情潘曾玮还是有点为难的，封疆大人的旨意怎么可以朝令夕改呢？

马如飞说，丁大人主要是不了解评弹，我们要是想出办法来让他去听一回书，就好讲话了。

潘曾玮说，要他进书场或许更难办呢。

马如飞说，我倒有个办法，你看看有没有活动可以把丁大人请到你家里来呢，到时候我们来唱堂会，他不听也要听了。

办法倒是办法，但现在这个日子实在有点前不搭村后不搭店。然后他们扯开了话题，说到了年底会书的事，潘曾玮突然想了起来，是不是快年底了？

马如飞不知他要说什么，只好答道，是呀。

潘曾玮说，日子过得真快，一晃我也快五十岁了，我也该过一过五十岁的生日了。

马如飞一下子明白过来了，谢谢你，我代表光裕社的全体同道谢谢你。

这一天丁日昌果然前来祝寿的，到了堂会的时候，他一眼就看到了坐在台上的说书先生，丁日昌心里说，这种不登大雅之堂的俚词俗调有什么意思呀，我坐在这里，不过是逢场作戏罢了。

坐在台上的说书先生，自然就是马如飞，马如飞弹唱的还是《珍珠塔》，《珍珠塔》中的一回“痛斥方卿”。落魄的方卿高中状元，本来该是扬眉吐气衣锦还乡的，但他却是打扮成原来的样子来

了，表姐又是未婚妻“蕴怒含悲把贤弟称”。

坐在台下的巡抚听着听着竟听进去了。当马如飞唱到“乌鸦反哺羔羊跪，何况是孝悌传家贤子孙”时，丁日昌忍不住掉过头来对潘曾伟说道，说得娓娓道来，唱得悦耳动听，还如此宣传孝悌，谁说评弹低级趣味俚词俗调了？

潘曾伟哈哈一笑，然后回答道，不是我呀。

这一年年底，光裕社照例会书，丁日昌也去了书场，坐在状元台前，品着茉莉花茶，听大珠小珠落玉盘，丁日昌不由自主地想道，在苏州工作和生活多好啊。

四

没有跑码头或者就在苏州演出的评弹艺人，闲下来就在光裕社的茶室里喝茶，一边说说讲讲，说一说外面的见闻，谈一谈演出的心得，嘴巴常动，曲不离口，也是一种练兵。

夏莲生进来的时候说道，今天喝茶是徐云志请客。

大家马上就明白了今天是徐云志出“小道”的日子，就说了一些“还要好好努力，将来像你师傅一样，成为响档”和“要说好书先要做好人”之类的比较程式的言语，也算是一种关照了。

待结好了茶账，徐云志就算是出了“小道”满师了。其实出了“小道”才仅仅是真正评弹生涯的刚刚开始，还只可以在小码头跑跑，小茶馆去说说书，能够在光裕社挂牌，在苏州说书，还要待出了“大道”。出“大道”要先征得业师的许可，摆下酒席，宴请已经出了“大道”的社员，再向光裕社交纳一定的费用。徐云志出大道却是好多年以后了，而好多年以后，徐云志的一举成名，还是和光裕社有关。

又是一年的年底了，光裕社的社员们聚在苏州，由社里面安排，参加会书的演出。

会书是光裕社一年一度的重要活动，会书还不同于一般意义上的会演。虽然会书的收入，全部归做光裕社用于一年的吃用开销，但大家准备好的，全是最拿手的折子戏，因为会书是最能出名声的时候，也是最能招来春节里演出生意的时候，同时，会书还有一条规矩，说书先生要是不受欢迎，下面的听众客气一点的咳几声嗽，喊二声“绞毛巾”“倒面汤”，不客气的，就直截了当地轰人下台了。再不客气，最后一位演员的“送客档”送不走人，你书说完了，大家还坐在那里呢。

这一次送客的是一位说《隋唐》的说书先生，完了大家不散场，还在下面喊着，谢品泉，让谢品泉来送客。偏偏这时候谢品泉已经去了上海。而一时间还没有合适的人选。

当时光裕社的司年朱耀庭对着徐云志说道，你来送客吧。

徐云志连忙摇手，已经有送不走客人的前车之鉴了，我又不是响档，上了台凭什么本事送走人家呢。

朱耀庭说，你这人，说书倒口齿蛮清楚，这件事情怎么想不清楚了呢，你说得好，就一下子成了响档，说得不好，你本来就不是响档，也没有什么难为情的呢。

徐云志是抱着试试看的心理上台去的，徐云志一上台，下面的声音就传过来了，一边的听众说，徐云志？名字都没有怎么听到过，又是这样年纪轻轻的，怎么也可以来送客呢？另一边的听众说，年纪轻轻敢接下送客的生活，说明是有点本事的，倒要听听的。一边说，不听，一边说听听看。徐云志的弦子就在这个当口弹响了。

笃笃定定、慢慢悠悠、软糯甜润、清丽委婉，这一声徐调使当时争执不休的书场安静下来，使当时众说纷纭的听众耳目一新。

以后的几天，每一场都是徐云志送客，客人送走了，徐调也流传了。

徐云志说，这一次会书后，我的名字渐渐在同行、场东、听众中传扬开来。许多大码头书场的老板纷纷邀我去演出，我的业务骤然好起来了。

五

组织艺人为提高社会地位，保护行业和艺人的利益而努力，促进艺术竞争，促进了出人出书，同时还兴办一所小学，解决了走南闯北的评弹艺人的后顾之忧，并为艺人的公益事业，建立了义冢。

当年的光裕社，有积极的意义和成功的地方，也有消极的因素和不足之处。而在新世纪开端的今天，重新修建，则是赋予了光裕社全新的内涵和意义。

这是一次纪念。王周士、马如飞、徐云志和千百位评弹艺术界的前人先辈，岁月流逝以后，精神还在，人走远以后，故事还在。

这是一种标志。世界日新月异，评弹风采依旧，源远流长的是评弹，常说常新，常唱常新的还是评弹。

这是一份心愿，愿评弹是留存历史文化古城苏州心里的永恒的清唱。

新光裕社，建筑面积1285平方米，一楼是门厅、书场和内庭院，内庭院里，重新修造的石幢，还是从前的一些题词，我记住的一副对联是：对客演忠孝，逢场论古今。二楼为豪华演出厅、陈列厅和碑廊，碑廊里有不少全是当时政府的各级领导对评弹的议论和评介，这一些议论和评介，翻译成现在白话文，大致的意思基本上就是一句话，评弹是建设和倡导社会文明的一门艺术。三楼是会议室和办公室。四楼是排练厅，我去的时候，正好遇上了苏州评弹团的青年演员殷麒麟，殷麒麟也参加了不久前的青年传统书目会书，并获了奖。说的《珍珠塔》，殷麒麟是目前评弹界弹唱《珍珠塔》最年轻的演员了。四楼上面的阁楼是资料库，评弹团请来的一位电脑工程师正在调试新安装的设备，他的工作是要将两边柜子里齐齐斩斩的录音带，刻录成光盘。

昆　曲

一

梅花墅是插在记忆的青瓷瓶里的一枝梅花。

梅花墅的主人许自昌是著名的藏书家和刻书家，也是作曲家。郑振铎在《中国文学史》一文中说："许自昌字玄佑，吴县人。生卒年均不详，约明万历中前后在世，与陈继儒诸人交往，构梅花墅聚书连屋，又好刻书，所刻有《韩柳文集》及《太平广记》等。自昌擅作曲，有传奇《水浒记》《橘浦记》《灵犀佩》《弄珠楼》及《报主记》等。其他有《樗斋漫录》十二卷、《诗钞》四卷、《捧腹谈》十卷，并传于世。"

许自昌的祖上，是地主又做生意，积蓄了相当的财富。之后有过一阵低迷。到了许自昌父亲一辈，再度振兴并达到前所未有的辉煌。

“吴役最巨者，增郡城，修郡学，豪有力者皆逊谢不敢当，……公锐身骄剧，役竣而损势不贷，公无几微见颜色”。

当时正赶上要修城墙和开办学校，这样有声有色的政府工程，没有一定的开销，还真是不能打发，不要有钱人打着哈哈敬而远之，许自昌的父亲把活接下来，并且顺当地完成了，这样的手笔，令人刮目相看。

中国古代士、农、工、商，商被视为“贱民”。而明朝重士轻商更是有过之无不及。文化观念和社会习俗是这样的讲究阀阅门第，许自昌的父亲除了望子成龙，在内心里是深深渴求改变这样的地位，他义无反顾地将许自昌送上了科举之路。只可惜许自昌前后去了四次京城参加会试，却都是名落孙山。这时候，许自昌的父亲替许自昌在京城花钱捐了一个“拜中书舍人”。“拜中书舍人”许自昌还没走马上任，就以孝敬父母的理由，向上级提出来回家的请求。

回到甪直的许自昌继续刻书作曲，并且开始了梅花墅的建造。

“玄格好闲适，治梅花墅于宅址之南。广池曲廊，亭台阁道，石十之一，花竹十之三，水十之七，弦索歌舞称之。而又撰乐府新声，度曲以奉上客。客过甫里不访玄拓不名游，游而不与玄佑唱和不名子墨卿；玄格亦以榻不下、辖不投，不十日平原饮不名主人；主人能具主礼而不登骚坛，则主客皆伧父，不名天下士。”

这是陈继儒描画的梅花墅和生活在梅花墅中的许自昌。

数百年前的甪直，南来北往的文人墨客会聚在梅花墅，他们饮酒喝茶，吟诗作画，这一刻应该是梅花墅最风采的时光了。

小船悠悠地穿过一座又一座古桥，停在梅花墅门前的水里，走上岸来的是文徵明的后代文震孟和书画大师董其昌，和一些文人墨客，他们衣袂飘飘地走进梅花墅。

小船系在门前的杨柳树上，而心灵却分明是自由浪漫的不系之舟。

“同爽弘敞，槛外石台，广可一亩余，虚白不受纤尘，清凉不受暑气。每有四方名胜客来集此堂，歌舞递进，畅咏间作，酒香墨彩，淋漓跌宕，红绡于锦瑟之傍，鼓五挝、鸡三号，主不听客出，客亦不忍拂袖归也。”

这一些句子，描写的是梅花墅中的得闲堂，许自昌就是在这里举行家乐演出或者和朋友们击节而歌欢聚一堂。

得闲堂上演唱的就是昆曲。昆曲是几百年前人家的流行歌曲，但现在懂的人不多了，唱的人就更少，因此被联合国教科文组织评定为世界口头文化遗产。

二

昆曲发源于苏州昆山一带，流传至今已有600多年的历史，明朝嘉靖年间，魏良辅集南北曲之长，对昆山腔进行革新，被称为“立昆之宗”。然后，这一原先只是“止于吴中”的地方曲种，很快沿运河走向北京，沿长江走向全国其他地方，成为当时影响最大的剧种。

我在有关昆曲的文献资料里看到，为了演好《鸣凤记》中的严嵩，马锦竟隐姓埋名，在权相顾秉谦家中做了三年仆人，回来后扮演角色，游刃有余。

这是从前的故事。

我还在有关的文献资料里看到，商小玲在演《牡丹亭》时，真情毕露，以至哀伤过度，倒在舞台上，再也没有站起来。

这也是以前的故事。

从前的时候，喜欢昆剧的人不去梅花墅转转，是会有许多遗憾的。起码会少了点触景生情、触类旁通的感性认识。或者说喜欢梅花墅的人不去听听昆剧，其结果也是如此。造园和演戏；游园和听戏，有一种文理上的缠绵，正所谓是爽借清风明借月；动观流水静观山。

我记了这篇文字，我在不久之前去了昆剧院，向老艺人了解昆曲知识，并观看了他们的演出。

师氏把龚敬推入萧氏房中时，复杂的心情透过脸上的无奈、焦急、决绝表现出来，紧扣着观众的心弦。随后，一切都静下来，再没有任何声音。她一脸茫然地转过身去，不发一言，观众只见她翻在身后的、在水袖中不断抖动的双手，随着沉重的脚步慢慢地进入后台。舞台上，只留下一丝无声的叹息。那两分钟的静寂，仿佛把天地间的无奈，随着这无声的叹息，缓缓地流泻在舞台上。一时间，观众的心神都被这一幕迷醉了。

这是《满床笏》，一出不俗的剧目。那一天乐队编制也是复原到“四大件”：笛、笙、曲弦、提胡，连锣鼓点都换照传统重新规范。装扮方面，旦角使用明朝妇女装饰头发的“抹额”，巾生入朝戴特制朝帽。此外，霞帔、儒巾、襕衫、吏典帽、青素、豆腐干巾、幞头等，这一些在当今舞台上已很难见到的传统昆剧服饰盔帽，是第一次亮相，我正好遇上了。

只是简单的两样小道具，再有就是三娘一个人，在偌大的舞台上。这不免觉得太过于空旷了。尤其是在布景缺乏的情景下。令人一开始有点错愕，而无法将自己马上拉入古代的时空之中，总以为三娘跟自己在同一个平面上，她和我的差别不过是她是穿着古装的现代人罢了。然而，随着三娘的一声长叹几回低吟，我们的思绪不由自主地融入了她的哀怨之中了，进入她营造的角色之中了，超越时空，我们身处古代。

这是另一折昆剧《白兔记》，这一个夜晚，让我不由自主地一次次想到梅花墅。想到梅花墅里拍曲的古人。

还有一次与昆曲的相遇，是在苏州的一座园林，那儿是昆曲爱好者聚会的地方，不是太大的园子，也不十分著名，所以去的人不多。每一个星期二的下午，喜爱昆曲的朋友就来了，弦乐声中，一二个票友朗朗地唱着，众人也轻轻哼着，这时候的昆曲，如一杯清茶。

唱的是《牡丹亭》，丝丝入扣地唱着，似断还续，余音袅袅，只是我不能听懂其中的意思。

身边的朋友要给我曲谱，说是上面记着唱词呢。但我没有接，当时我想，这样的气息这样的氛围，已经足够回味。

这样的回味，牵引着我试图走近昆曲。在翻读了不少有关昆曲的书籍和资料，认为可以加强一点了解，结果内心却是更空落了。

当昆曲隐没在时间的画屏背后，春雨般洒出的冷金扇上开着的鲜花，是否更接近我们记忆里传统的面影。

一个星期以后，我又往园林去，这一天天色有一些阴沉，是一副要下雨的样子。我赶到鹤园的时候，曲会已经开始了，二三十个票友，上年岁的居多，一个说，还好，今朝没有下雨。别一个说，下雨也要来的。我认识的老先生也说，是的，下雨也要来的，总是要来的。

老先生今年93岁了，说到长寿之道，他说是也许就是因为爱了昆曲，东奔西走看演出，走南闯北赴曲会，没有演出和曲会的时候，就自己在家里唱，引吭高歌，回肠荡气，能不长寿？

那时候在苏州，喜爱昆曲的人家多，书上说是“善歌者成集众吟”，书上还说，当时是“家歌户唱寻常事，三岁孩儿识戏文”。包天笑在《西堂度曲》中也说道：“那个时候，苏州的拍曲子，非常盛行，这些世家子弟，差不多都能哼几句。因为觉得这是风雅的事，甚至知书识字的闺阁中人，也有度曲的，像徐花农他们一家，人人都能唱曲的。”

还是小孩子的老先生，听着听着就跟着学唱，唱着唱着就喜爱上了。19岁，老先生在东吴大学读书，正式请了老师教唱昆曲。所谓老师，就是当时老班子里退下来的演员，花上一块钱，拍曲、教唱、吹奏半天。然后凑了份子，约好了到人家家里去唱，叫做作同期，也算是举行曲会。大客厅里放好两张八仙桌，两边是椅子。生角坐上手，旦角坐下手，乐手坐在后面，大家轮流着唱，一曲一曲，其乐融融。

胡山源老先生书赠赵景琛的一个句子：“你家里檀板轻轻拍，我家里长笛缓缓吹，都是昆曲迷。”这一个描画，和老先生说的仿佛。

老先生还说了好多名字。孙月泉，教过他曲子。王寄立，记着好多曲谱，还有贝家。贝家大小都能度曲，贝聿铭的堂房叔叔贝晋眉，大家叫他七叔，七叔善教，也肯教人。

后来我查了资料后知道，贝晋眉，教过“传”字辈，是一代昆曲大师。

过几天我在自己单位里，正好见到了张允和先生寄来的一本画

册，是《牡丹亭》杜丽娘一角的身段。

张允和说，俞平伯是我尊敬的恩师。

一九六五年十月三十日，《人民日报》上发表了张允和的一篇文章《昆曲——江南的枫叶》，文章的开头这样写道：

> 北京是“天高云淡”的秋天，到处开遍了菊花。典型的江南城市苏州也正是“霜叶红于二月花”的时候了。从南方寄来的信里，附了一份昆曲观摩的节目单，使我不只是怀念我的第二故乡，更怀念着昆曲的群英会。

这个时候的张允和，正和俞平伯一起，排练《牡丹亭》。

演出《牡丹亭》，一直是俞平伯和大家最大的心愿，但由于清朝以来的文化专制和其他因素，留在舞台上的仅有“游园”“寻梦”等十几出，最后选定的本子，由俞平伯亲自校订，在当时，这应该是最为完整的《牡丹亭》的剧本了。

张允和说：“我从小和大姐、四妹逢场必唱‘游园惊梦’。到了曲会以后，我教十一二岁的小孩子还是演这一出。把大姐和四妹的戏教完了，小丫头没人演，我来！十一二岁的公子小姐，却配上我这样一个快五十的‘小丫头’，不丑吗？不丑，挺开心的。”

这时候水袖在我们眼前翻动，这是近百年前缤纷灿烂的昆曲，近百年前如诗如画的昆曲的日子。

三

而现在，昆曲渐行渐远。当年的梅花墅也烟消云散了。

可以断定，这些书是从一个地方流散出来的，而且都是作为废纸论斤称出的。

这批书藏的数量是很可观的，但保护得很不好，水湿虫蛀比比皆是。好像没有什么较旧的版本，但下限则在康、乾之际，更新的版本是没有的。这个结论是我偶然在上海的地摊上发现了另一批书以后得到的。那真是一堆破烂书，但却很有特色，一看就知道是同一书藏之物，水湿虫蛀的样子宛然如一。一打听，知道是昆山叶家的东西。再问是否还有什么较完整的书，回答是已经秤光了。

这样我才知道这批书并不出自甫里，而是从昆山叶家流出的。许心衣妻是昆山叶国华的孙女，“高阳葵国藏书”就是他们的藏书，而他们所藏的善本早就流散了，缪基孙编《京师图书馆善本书目》中曾经著录过不少。许氏遗书后来是由心衣寄藏在昆山外家的。

藏书家黄裳在两三年的时间里，于不同场合买到了一些许自昌家的遗书，然后记录了这一段文字。

原来姹紫嫣红开遍，似这般都付与断井颓垣。良辰美景奈何天，赏心乐事谁家院。

《牡丹亭》里唱的不是梅花墅，但去到甪直，想起梅花墅时，心里面就会冒出来这样的句子。

郑　和

和以往一样，刘家港的清晨是从最初升起的太阳开始的，太阳浮出水面，仿佛起锚。六百年前的这个时候，也是这样的阳光，照耀着即将七下西洋的船队，立在甲板上的郑和，也许有一点依依惜别，而更多的是义无反顾。

很多的太仓人赶到码头送行，他们的心里，念叨着一些祝福的话语，然后望着郑和船队的桅杆渐行渐远，从此之后，太仓就多了一个话题，有关郑和，有关七下西洋。

太仓是一个船来船往的水乡，从前的乡村人家，都有属于自己的大船小船，现在看来，这一些大船小船，就是建在水上的老房子。太仓人家的一部分就是船，而船的一部分，就是太仓人的家了。

也许，就是因为贯彻于大街小巷的小桥流水，通向不远处波澜壮阔的长江，也许就是因为刘家港一望平川的水面，是通向大海最鲜明的航向。

“漕运万艘，行商千舶，高樯大桅，集如林木”这是关于当时太仓港口的描绘。

“四方谓之天下第一码头”这也是关于当时太仓港口的描绘。

太仓选择了长江和大海，而七下西洋的郑和选择了太仓。

这一口铁釜就是古代海运的实物见证了，从前船上的缆绳，就是将竹篾放在铁釜中，用桐油浸泡，再加火烧煮，这样制造出来的缆绳，经久耐用，而且能够承受海水的长期腐蚀。

但是，留下来的传说告诉我们，郑和的船队，选用的是铁链缆绳，传说这样的铁链缆绳，就是在太仓发明和制造的，现在太仓厢城武陵街上的铁锚弄，就是当年铸锚工场的遗址。

还有就是天妃宫了，这座建造于元代的天妃宫，曾经就是郑和每一次出海前，一定要前来进香祭拜的地方，行善济世慈悲为怀的天妃被海商渔民敬为海神，尊为妈祖。如果意志和信念是海上高举起的船帆，天妃宫里的袅袅香火，就是缓缓地吹动着船帆的轻风。

后来，太仓人走进天妃宫时，总是不由自主地想起郑和，他们固执地认为郑和还在海上航行着呢，明天傍晚或者后天清早，郑和一定会踏上刘家港的码头。

有关郑和的故事，还是要从月山说起。故事开始的时候，月山还是一片汪洋，

月山的形态仿佛秋月，四周的七座小团山像星星一样围着月山，当地人把这样的景致叫作七星朝月。沿着山路向前走，不多远的地方，就是郑和故居。

而能够将郑和的身世理出头绪来的，就是《故马公墓志铭》，马公是郑和的父亲马哈只，因此最初的时候，马和其实就是郑和。

这一块墓志铭，是郑和第一次下西洋之前，在当时的都城南京，请礼部尚书兼左春坊大学士李至刚撰写的，然后托人带回昆阳，制成沙石碑刻，立在马哈只墓前的。“和自幼有才智，事今天子，赐姓郑，为内宫监太监。”这是有关郑和的段落，这个段落说明郑和的姓氏，是当时的皇帝赐予的。

走过千山万水的祖父，晚年最大的安慰和乐趣，就是将从前旧事和外面的世界断断续续地回忆起来，再一五一十地说给郑和听，也许，一个志在四方的志向，就是在这样的叙述中，清晰明确起来的吧。

这是郑和十二岁那年的事情，这一年守卫在云南滇池边的明朝军队经过昆阳，他们很轻描淡写地要将郑和带走。郑和离去的一刻，正好珍姑也在，珍姑曾经是郑和青梅竹马的女孩。郑和将自己制作的小木帆船送给珍姑，珍姑也将戴在自己脖子上的银锁链交到郑和手里。许多年之后，郑和回到故乡，珍姑住过的房间，已经人去楼空，只是那一艘小木帆船，还在镜台上放着，生离死别的天各一方，使人世间少了一段美满姻缘，多了一些天长地久的魂萦梦绕。

二年之后，十四岁的郑和遭受阉割并送入朱棣的燕王府。因为郑和身强体壮机智聪明而倍受朱棣的宠信，而郑和在跟随朱棣塞外远征的战火硝烟中，也是历经磨炼，特别是在朱棣为争夺皇位而进行的“靖难之役”中，郑和更是出生入死功勋卓著。打下江山之后，朱棣大封有功之臣，在皇宫内举行赐姓仪式，御书“郑”字，赐给当时的马和，马和从此改称郑和。

郑和的这一段故事，昆阳当地的老百姓以自己的理解并且比较言简意赅地概括为“马不能登殿，皇帝赐姓郑。”

“郑和竟能于十四个月之中，而造成六十四艘之大舶，载运二万八千人巡游南洋，示威海外，为中国超前轶后奇举，至今南洋土人犹有怀想当年三宝之雄风遗烈者，可谓壮矣。”

这是民主革命的先驱者孙中山先生在他著名的《建国方略》中说的一段话。

1405 年，34 岁的郑和受命出使西洋，“宣扬国威，开展贸易。”应该是郑和下西洋的初衷了，64 艘郑和宝船和 100 余艘小船，从太仓刘家港出发，浩浩荡荡驶向辽阔和久远。

《故马公墓志铭》的碑阴面右上角，记录了这么一段文字：“马氏第二子太监郑和奉命于永乐九年十一月二十二日到于祖坟茔祭扫追荐至闰十二月吉日乃还记耳。”

这是郑和还乡的一个记载，永乐九年，已经是郑和三下西洋之后的事情了，走在茫茫大海上的郑和，想起故乡，也是心潮难平。

碑文是记在角上的，留出来很大的一块空白，当时郑和的想法是，以后还会回家来的，以后回家的行程，应该一一记在空白的石碑上的，但他终于没有再回故乡。

有时候，月山其实就是一种深情的眺望。

南京是郑和最初出发的地方，南京也是郑和最后到达的终点。

明朝繁荣而忙碌的龙江造船厂，成了现在的遗址，我们只能从零碎的出土中，感受天下第一造船厂的风范，只能从长江流水上看到一晃而过的从前的影子。

永乐年间的造船是一项运动，各地颇具规模的船厂，都分摊到了造船的任务，郑和宝船的制造，也在龙江造船厂如火如荼地进行着，各地征集来的木匠和船厂二万多工人，全是一副紧赶慢赶的样

子，这时候朝廷还在不断地催促，下西洋的事大局已定，而且迫在眉睫。

当年的船坞靠在长江边上，然后以高闸隔断江水，当大船造好之后，闸门大开，江水涌向船坞，新船缓缓地驶入长江。

这是不久之前从龙江宝船厂挖掘出来的船舵和桅杆，最长的桅杆将近 11 米，一个乘风破浪的故事，埋在地里许多年之后，在我们说起郑和的当口，重见天日了。

究竟由谁来担任这个船队的指挥呢，明成祖一开始就想到了郑和，但他觉得郑和年纪偏大了点，这一年的郑和已经 35 岁了。这时候有位大臣上前启奏道，俗话说是老马识途，比如生姜和枣子，还越老越好呢。

这位大臣紧接说，就看郑和的脸相，这个人也是合适的，你看他的脸粗如橘皮，这说明他是历尽沧桑，他两眉间的印堂太窄，说明是个一心一意全部精力都能投入工作的人，他剑眉虎额，说明他有超强的作战能力，其口如海，说明他口若悬河能言善辩，他的眼光烁如激流，说明他精力充沛。

现在我们在很多地方都能见到郑和的雕像，有关郑和的模样，这段话应该是最好不过的参照了。

明成祖朱棣终于选择了郑和，郑和当然也是不负众望，一次次远涉重洋，又一次次满载而归。

南京龙江关的天妃庙是为了纪念郑和第一次下西洋平安归来而修建的，12 年之后，郑和第四次下西洋平安归来，又建造了下关天妃宫。对于漂泊海上的人来说，天妃是一路平安的保证和安慰。郑和回到南京之后，曾经乞求朱棣赐予天妃徽号，朱棣准了郑和的启奏，并封天妃为“护国庇民妙灵昭应宏仁普济天妃。”

静海寺是另一处与郑和有关的建造，静海的意思是“海晏河清，太平盛世”，静海寺落成，正好郑和第五次下西洋归来，郑和就将从海外带回的海棠种植于寺内。明朝的顾起元在《客座赘语》一书中说道：“静海寺海棠，永乐中太监郑和自西洋携至，建寺植于此。”

第六次下西洋之后，郑和被任命为南京守备，率领着下西洋的官兵们，负责整修南京的宫殿，南京大报恩寺就是在这个时期完工的。

当时的皇帝已经是明宣宗了，永乐年间各国使臣前来纳贡的“宣德盛世”，是明宣宗心里的一份光彩，待他登基之后，又萌了再下西洋的想法。

这一年距离上一回出海，已经是五六年之后了，这一年的郑和也是六十岁的老人了。再一次接受了下西洋的使命后，郑和和他的团队开始了紧张的准备，其中的两项工作，就是在太仓的天妃宫立下了《娄东刘家港天妃宫石刻通番事迹碑》，在长乐的天妃宫，立下了《天妃之神灵应碑》，这是六下西洋的总结，这时候的郑和是不是有了谢幕的感觉或者打算，谁也不得而知，但这一次真的就是没有归来的远航啊。

郑和是病倒在第七次下西洋回来的路上，这时候离回家还有很漫长的一段路途，郑和宝船发出信号，让所有船队的船只汇集古里，然后一同返航。

然而郑和终于没有走完最后的归程，他是在海上病逝的，按照伊斯兰教的习俗，船上的人将他的尸体裹上白布，把他的头朝向麦加方向，反复祷告着“阿拉伟大的，阿拉伟大的。”然后把郑和的尸体投入大海。对于郑和来说，大海本来就是最合适最理想

的归宿。

从刘家港出发，可以一帆风顺地驶入东海，而海上归来的船只，因为港口没有明确的标记，就要为确定刘家港的入口费一些周折了，来来往往的漕运和商贸船只，一致请求建造一座标志性的建筑，于是就在刘家港堆起了一座假山，假山堆好之后，明成祖赐名“宝山”，并且在宝山的山脚下树起了一块石碑，石碑上写的是：“昼则举烟，夜则明火。”以这样明确的方式，告诉海上的船只，港口就在前面。

从海上归来的郑和宝船，首先看到的，应该就是宝山了，对于思乡的人来说，回来就是出发的目的啊，一路上的风雨兼程都成为过眼烟云，当海浪一层一层地从船后退去，眼前就是故国家园了，郑和的心里，涌起一阵波澜和几分感慨。而每当这个时候，更加激动不已的，就是周闻了。

周闻原来是安徽人，1402 年调任太仓卫百户，百户是一个很基层的职务，太仓是典型的江南鱼米之乡，从前称作是“皇帝的粮仓”，历史书上还说是“天下之仓此为最盛”。当时扩建的南郊海运仓，就有仓廒九十一座，仓房九百一十九间，征收各地粮食数百万石，所以也有“百万仓”的说法。周闻担负的是守护仓库的责任，整天忙来忙去的样子，看着天下粮仓的粮食运进来再送出去。

这一年是 1409 年，1409 年的 7、8 月间，郑和第二次从西洋回来，紧接着出海前的筹备工作就在太仓紧锣密鼓地开始了。郑和的船队要补充招募大量的水手和官兵，而从太仓地区招募和选拔，可以确保数量和质量，港口城市相对而言比较见多识广而且熟识水性，这一些参加郑和船队的太仓人中间，有一位就是周闻。

1409 年 9 月，郑和第三次下西洋，船队浩浩荡荡从刘家港出发了。这时候周闻已经成家立业了，前来码头送行的人群中，就有周闻的妻子张氏。以后周闻追随郑和五下西洋，张氏就是在孤寂的等待和漫长的思念中度过了十多年的时光。

出门的人杳无音讯，归来的日子遥遥无期，独自守在家里的张氏只有一次次去到天妃宫里，为远航的人祈祷，祈祷风平浪静和一帆风顺。

周闻和张氏去世后，是合葬在一起，也许就是因为生前的分别太多太久了，他们以这样的方式长相厮守。

现在，《周闻墓志铭》就安放在太仓郑和纪念馆中，墓志铭说的是周闻的人生，也提供了有关郑和下西洋的不少资料，郑和先后六次下西洋的往返时间和到达国家，都有记载，另外也证实了长乐天妃宫碑的考证，还反映了当时太仓的风貌以及太仓与郑和下西洋的千丝万缕的联系。学术界说《周闻墓志铭》是 20 世纪有关郑和下西洋的四大发现之一。

和周闻仿佛，去世之后也是安葬在太仓的，还有费信。

费信出生于一个穆斯林世家，因此精通阿拉伯文字，在郑和下西洋的船队里担任通事，通事也要做一些文字工作，但主要的任务就是翻译。其实相比较于航行，到达是短暂的，更多的时候，是船队在茫茫大海上的行走。这样漫长的时间需要消遣，对于广大的船员，是一个问题。后来的历史学家考证，麻将是守护太仓粮仓的官兵发明的，郑和将这项娱乐带到了船上，供大家打发千里迢迢的旅途。

只是费信参加麻将娱乐的次数很少，空下来的时间，费信喜欢将一路上的见闻记录下来，渐渐的，记录成了费信下西洋的功课，

日积月累就有了《星槎胜览》。《星槎胜览》里记载的是费信耳闻目睹的亲身经历，还有各地的传闻以及船队所到之处交流贸易情况。

费信是昆山人，昆山和太仓，就是隔了一条河或者隔了一条路的距离，只是费信去世之后，还是安葬在太仓了，费信唯一的想法就是靠着大海更近一点，靠着生前的海上历程更近一点。

还有军士文贤，还有医官郁震、陈以诚，还有更多的默默无闻的人，按照《宣德实录》中的记载："先用下西洋官军一万人，皆江南属卫。"当成千上万的太仓人走向船队的甲板，他们的身后就是天下太仓。

依照郑和最后的要求，船队的人将他的鞋子和一撮头发带回了南京，安葬在牛南山麓。

郑和墓是按伊斯兰教的风格修建的，整个的墓穴是一个"回"字形，墓前的台阶是四组七层 28 级，寓意就是郑和七下西洋，历时二十八载。而当地的群众称郑和墓是马回回墓，这是一个姓马的伊斯兰教徒的墓地。

就在牛首山的南麓，青山如果是当年的宝船，满山的绿树就是随同郑和一起下西洋的水手了。

江左风流

太仓市区，西门街新西华路 57 号，也是太仓市博物馆。

这一幢明代的“尚书府第”，楼下有回廊相通。楼上是通转走马楼，400 年前的故事，典型而完整地保留了下来。

就是在这里，我们和张溥邂逅。

岁月里的故事把明代的沧桑细细诉说，娓娓道来，而这一幢老宅，则是世间沧桑旧时明月的留影和形式了。

“尚书府第”是张溥爷爷的财产，张溥十六岁那年，他的父亲去世了，失去父亲庇护的张溥兄弟，承受着来自伯父一家人的欺凌，伯父曾当面称他“塌蒲屦儿”，意思就是“下贱人所生，永远没出息”。于是，张溥和生母金氏离开张家祖宅，在城西另觅住所，安心用功地读书。张溥读书有个习惯，书上的文章，先是抄录下来，抄完了再朗诵一遍，然后将稿子烧掉，接着再抄再读。一共要反复六七次，按照张溥的说法，这样就记忆深刻了。后来，张溥为

自己书斋起的名字，就是“七录斋”。这是记录在明史上“七录七焚”的佳话。

张采是张溥的同窗好友，从张溥邀请他至“七录斋”读书开始，志同道合的他们前后相交二十二年，并且生死不渝。后人称他们是“两张先生”或者“娄东二张”。“娄东二张”在“七录斋”里切磋学问，据理力争或者各抒己见，总是要把问题辩论到透彻才肯了结。就是从“七录斋”开始，娄东的两个意气风发的青年，像鸟儿一样，将家折进翅膀，然后在明朝的天空中，开始了美丽的流浪。后来他们治学结社，在“士节沦丧，人心世道深用隐忧”的晚明，他们的友谊、人品和气节将一个时代照耀得通体透明。

1624年，这一年张溥二十三岁。在他的倡导下，江浙一带的十一位读书人在常熟唐市成立了“应社”。

文人结社，是从前时代美丽而优雅的风光，到了明朝，几乎成为文人的风俗习惯了。

“目击丑类猖狂，正绪衰息，慨然结纳，设立坛坫”。张溥的想法是，读书人如果仅仅沉浸于八股科举，读书也就成了一己之私，文人如果仅仅局限于湖光山色、细闻琐事，文章也就成了雕虫小技。在提倡兴复古学的同时，以“务为有用”相号召，在品评艺文的同时，更加倡导和注重文人的品格和气节。

应社以真实无伪为“大旨”，反对空疏之学，志在尊经复古。他们以读书为一生乐事，自己读书，也愿意教别人读书，更喜欢与朋友一起读书。《诗》《书》《春秋》《礼》《易》是当时约定成俗的五经，“分主五经文字之选”，应社要求一人研读一经，每月会讲，互相灌输切磨。然后通晓五经。其实他们所思虑议论的不仅仅是五经功课，“务为有用”就是对于政治时局有着明显的倾向，《静志居诗话》中评说：相较于以后的复社，“声气之孚，先自应社始也。”在明末热衷功名或者擅长对于性理泛泛而谈的士子中，应社可以说是焕然一新。

现在，我们走过唐市，在应社成立的地方体会张溥，这是从一刻到永恒的执迷不悟，还是从出发到终点的持之以恒。

组织策划苏州民变，是应社乃至复社走向政治斗争的开端。应社成立之后，张溥经常往来于郡城苏州与太仓之间，从事社会活动。1626 年，锦衣卫缇骑到苏州逮捕周顺昌，民心不服，苏州骚动。在应社张溥等人的竭力呼号抗争鼓动下，市民颜佩韦、马杰、杨念如、沈扬、周文元率领十万市民游行抗议，并冲进衙门，抗击暴行。最后五人被杀害于苏州阊门外吊桥。张溥为之撰写的《五人墓碑记》：

“予犹记周公之被逮，在丁卯三月之望。吾社之行为士先者，为之声义，敛赀财以送其行，哭声震动天地。”

我还记得周先生被逮捕，是在丁卯年三月十五日。我们应社里那些品德可为读书人表率的人替他伸张正义，募集钱财送他起行，哭声震动天地。

张溥说，他写这一篇《五人墓碑记》实在是说明生死的重大意义，说明普通百姓对国家也有重要作用啊。

“吴江令楚人熊鱼山开元，以文章经术为治，知人下士，慕天如（张溥）名，迎至邑馆，巨室吴氏、沈氏诸弟子，俱从之游学。”这是陆世仪在《复社纪略》中的记载。

1628 年，湖北人熊开元调任吴江县令，熊开元热心于文社活动，而且明白文人墨客组织的文社活动，地方长官不便直接干预。于是就自然而然想到了张溥，他要依托张溥组织文社的经验和威望

来掌握吴江文人的社事活动，从而纳入他文治的范畴。而吴江大户人家的子弟，也乐意跟从张溥。于是，张溥来到了吴江，传道授业，讲解经义。很快就成为吴江文人的领袖。

1631 年是乡试之年，这一科，张溥中了魁选，并且利用乡试的集中机会，组织各种集体活动。其中，与江浙名流在秦淮舟中举行的聚会，最有影响。这时候的文人意绪，也在秦淮画舫酒家充分展示。

张溥的文朋诗友中，有不少风流才子，这一些风流才子，在秦淮脂粉中留下一串串动人的故事：冒辟疆与董白、龚鼎孳与顾媚、陈贞慧与李贞丽、侯方域与李香君、孙临与葛嫩、姜垓与李十娘等等。

风华烟月，金粉荟萃，秦淮河上的风景，好像是为了故事才修造的，先是有了故事的起承转合，然后围绕着这个故事，再造出来一段风景和风景里的春花秋月。

中举的第二年，张溥就考中了进士。按照惯例，新进士的考卷要刊印成书，由阅卷的考官写序作评。但这一科的刻稿却由同科进士张溥作鉴定，如此破例，足见张溥在时人心目中的影响和地位。可是，张溥在翰林院做了庶吉士不久。就因为得罪一些执政要人而落落寡欢。

崇祯五年，张溥请假还乡葬父，从此便家居未出。

张溥还乡，四方学子都来拜师求学。张溥处于繁忙的读书、著述、讲学之中。他每日清晨即起，半夜始息。凡有所撰著，口占手注，六七个助手为他誊录抄写都忙不过来。此外，他还要迎来送往，答疑解惑，应付各式各样的文章。忙忙碌碌的充实之中，张溥也有了一丝丝失落。

这时张采已做了临川县令。朋辈相隔，势单力孤，要成就学业、挽救颓风，非集众人之力不可。于是，他决心将各地同道集于一堂。复社就应运而生了。

复社成立之初，以恢复古学为己任，注重“四书”“五经”的本来意义，而反对当时科举考试中的随意发挥，与崇祯朝的政治走向和皇帝的喜好形成了一致的取向。于是，正确的学习练习与扎实的功底，为复社人士科举取得良好的成绩奠定了基础。这样的成就，引起了当时不少人的关注。而这时候的张溥，不仅在贡士中具有核心的影响力，也得到了耆旧名宿的尊重。根据明末清初陆世仪的记载，张溥的思想和言谈符合崇祯皇帝的意思，张溥是新生代文人的核心，张溥在名卿宿儒中具有很高的威望。经历了天启惨祸的东林人士如惊弓之鸟，而新生代文人群龙无首，张溥及应社正是在这样的士林精神状态下出现在政治中心，成为前辈和同辈的精神家园，或者说是精神依归。这样中国自古以来最大的一个文人民间社团复社，呼之欲出。因为复社与明末政治有着千丝万缕的牵连，和国家的命运前途相伴始终，因此复社也被称作“小东林”。复社虽然与东林不是承传关系，但在气节操守与政治倾向上是完全一致的，这也是后来东林后裔后学积极参加复社的重要原因。

东林党是明朝末年以江南官僚为主、各省官僚依附组成的一个官僚政治集团和利益团体。《明史纪事本末》中说道：“今日之争，始于门户，门户始于东林，东林始于顾宪成”。

东林书院，坐落在现在的无锡环城东路上，“风声雨声读书声，声声入耳；家事国事天下事，事事关心”。这一副对联的作者是顾宪成。

1604年，以顾宪成与高攀龙为首的学者重修东林书院，并在此讲学，每年一大会，每月一小会，会期各3天。东林书院成为江南谈论国事的舆论中心，在此谈论国事的人则称自己为东林党人。东林党聚集了在朝在野的各种势力，于讲学之余“讽议朝政，裁量人物。”这样的“讽议朝政，裁量人物。”在他们的反对派看来，无疑就是说三道四指手画脚。由于东林党人指责朝政“奸臣”，触动当时专权的魏忠贤，并且遭到了魏忠贤的打击报复，1625年，明熹宗下诏，烧毁全国书院。第二年，东林书院被拆毁，东林党人遭受了沉重的打击和迫害。而东林党之后的复社，惩恶扬善，评议时政，无疑是与阉党斗争的继续。如果说东林党是一些游兵散勇的话，那么复社则是一个有比较严密组织和明确政治主张的社团。

“自世教衰，士子不通经术，但剧耳绘目，几悻弋获于有司，登明堂不能致君，长郡邑不知泽民，人材日下，吏治日偷，皆由于此。溥不度德，不量力，期与四方多士共兴复古学，将使异日者务为有用，因名曰复社。”

这是复社成立之初，在吴江尹山大会上张溥的声明，复社集全国十六个读书社于一体，它的成员遍及海内，范围之广，史无前例。此时的复社已经不单是一个地方性的社团，而是全国性的组织了。复社的目的，在于培养人才，澄清政治，改变朝廷不问天下，地方不顾百姓的局面。他们仍以兴复古学为号召，实际要达到的则是参政议政。

此后复社又举行了金陵大会和苏州虎丘大会。

《复社纪略》中说“癸酉春，溥约社长为虎丘大会，”

张溥组织了复社的虎丘大会。先期传单四出，期会约结。通知各地的社长魁目集会的时间地点，各地社长与本邑社员联络，届

时组团到苏州，汇聚于虎丘山上，盛况空前。来自山东、山西、浙江、安徽、湖北、湖南、福建、江苏、上海、河南、江西等地的复社成员数千余人齐聚，场面壮观。大雄宝殿、生公台、千人石等处均铺满了坐席。游人聚观，无不诧叹，这是三百年来未曾有的大场面，也是从古到今文人最大规模的集结。

《七录斋集·国表序》载有复社活动的盛况“春秋之集，衣冠盈路”，“一城出观，无不知有复社者”。明朝癸酉年的春天，一城车马，匆匆赶赴虎丘；山塘河里也泊满船只。吴门富户修竣一新的游船与参加复社大会的船只，可以一直排到阊门，甚至护城河里也有停泊。虎丘大会上收到文章二千五百篇亦甚为可观，这是复社社集最伟大的成果之一。

大雄宝殿、生公台、千人石，山塘和阊门，复社的先贤们曾经来过，我们不能一一说出他们的姓名，我们无法拥有他们的一生，现在，一路而来，我们只能收藏他们的瞬间。

多年之后的一个春天，复社在虎丘又一次举行大会，这时张溥已经去世，但尚未安葬。物是人非，恍若隔世，复社同人为张溥举行葬礼，万人送别。

四十年的人生，匆匆而来又急急而去，四十年的光彩，像花一样开在岁月的枝头。而现在，我们只能从“七录斋”的旧宅里，和张溥留下的字里行间感受依稀花香。

因为不墨守成规，因为不故步自封。所以复社一开始就不是独白，而是对话，当时志同道合者的对话，遥远的明朝和我们今天的对话。

文 人

2012年10月。冯梦龙学术研讨会在相城区举行，来自各地的学者，相互交流冯梦龙研究成果，探寻冯梦龙文学思想的价值所在。

冯梦龙就出生在春申湖畔的新巷村冯埂上，村子里的乡亲们，把引经据典的文，化成了一个又一个神采飞扬的民间故事，冯梦龙其实是他们从前的亲人或者邻居。

和所有耕读传世的人家一样，新巷村冯埂上的冯家也怀着望子成龙的梦想，四书、五经、八股，秀才、举人、进士，几乎就是那个年代读书人顺理成章的人生。封建体制是流传千百年的一首旧体诗，科举是这首旧体诗朗朗上口的韵脚。

冯梦龙二十岁左右成为童生，取得了最低等的功名。但他后来的乡试极不顺利，一直未能中举，这对希望在仕途上有所作为的冯梦龙来说无疑是极大的打击。直到57岁才考取贡生，61岁的冯梦龙，怀着“达者兼济天下”为国分忧，为民谋利的一腔热忱，到福建寿宁开始了自己的县令生涯。社会痼疾，百姓忧患，重重地压在日渐憔悴与疲惫的心头，有心报国却又无力回天，“明镜高悬”的大堂之上，苏州市井里茶坊酒楼妓院书肆的情形历历在目。

冯梦龙在他自己编撰的《情史》中说：我是一个多情的人，凡事总是以真情实意来处理对待，同时我还有一颗佛心，差不多是个情僧吧。

多情的情僧，其实是泡在琴棋书画中的性情中人，这样的性情中人，要么入世，入到男欢女爱，要么出世，出到天高云淡。而年轻时候的冯梦龙，似乎于青楼勾栏的声色犬马和灯红酒绿中，找回了迷失在四书五经中的自己。一本相思账，万种风流情。对于青楼女子的怜爱和呵护，也许是冯梦龙情感世界和人生经历中十分重要的一个部分。

侯慧卿、冯喜生、琵琶女阿圆、旧院董四，冯梦龙再一次想起这些名字，如想起自己远方的朋友亲人，遥望从前，恍如烟雾里的故乡。

“爱生十四未知名，十九病死，中间衣锦食甘，选胜而游，剪红浮白，谑浪笑傲于王孙公子之场者，才三四年耳。”

这是冯梦龙为青楼女子冯爱生写的小传。

冯爱生是十四岁的时候卖到苏州冯妪家。然后沦落风尘的。如花似玉又因聪慧美艳、能饮善谑，没有多久便名声大噪。偏偏冯爱生不喜欢这样醉生梦死的日子，心底里一直怀着从良的念头。她的同乡人丁仲知道了她的心思之后，有了迎娶的想法，但却没有银子为她赎身，一筹莫展的冯爱生抑郁成病。这时候利欲熏心的老鸨却将她卖给了一个公子哥儿。冯爱生郁郁寡欢不堪其苦，没多久就去

世了。这一年她才十九岁。

如果冯爱生过上夫唱妇随的生活，也是一个妇道人家的美满日子，如果老鸨成人之美，就算冯爱生十九岁去世，人生之中也还有三四年的快乐时光。

冯梦龙一声长叹之后，联系了一些好友，捐资安葬了被老鸨抛弃路旁的冯爱生。

“情深分浅，攀不上娇娇美眷”，“谢家园，桃花人面，教我诗向阿谁传？”这是冯梦龙在《端二忆别》中的句子，“娇娇美眷”“桃花人面”形容的是当时苏州色艺双全的名妓侯慧卿。

对于侯慧卿，冯梦龙是一往情深，甚至订下了白头偕老的海誓山盟。然而没多久侯慧卿却随了一个富商从良嫁人而去。最能经受得住生活磨难的是文人，最不能承受情感波折的也是文人。望着人去楼空的门庭，冯梦龙怅然若失，接着竟是大病了一场。并写下了三十余首《怨离诗》。“子犹自失慧卿，遂绝青楼之好。”这是《怨离词》附录中对静啸斋的记叙。

在翘首以待之后的黯然神伤，是多么力透纸背的心痛，是多么苦海无边的绝望。

因为侯慧卿的离去，冯梦龙从此不去青楼，也是因为这一场恋爱悲剧，激发了冯梦龙爱情散曲的创作热情，生活中的离情别恨，化作纸上的生死不渝，好多爱情题材的上乘之作全是出自于这个时期。

《警世通言》《喻世明言》和《醒世恒言》是冯梦龙编纂的“三言”。冯梦龙见识和经历的爱情故事，在“三言”之中，忽隐忽现。

“为市民写心”，是鲁迅先生对“三言”的概括。平常日子的人情世故，贩夫走卒的世间百态。是冯梦龙小说中的主角和主题。

明代中后期，苏州地区商品经济发达，市民阶层的影响日益体现，所以冯梦龙编撰了大量受到市民阶层欢迎的通俗文学作品，他高度重视通俗文学，称山歌为“民间性情之响”，时调小曲为“天地自然之文”，蕴含着真挚热烈的情感，并且可以起到重要的教化作用。文人其实可以凭借着世俗情怀在中国文学艺术的天地里放声高歌的。

明朝的苏州，是一个抒情的时代。文人墨客意气风发地从大街上经过，他们去赴雅集，或者是畅饮归来。一些楚楚动人的女子和他们擦肩而过，走进水墨丹青或者言情小说。

明朝的苏州让冯梦龙才情毕露，冯梦龙使明朝的苏州墨香四溢。

花雨满天的踏雪而来，尽得风流的乘风归去。当了四年县令的冯梦龙，脱去了官服官靴，轻轻扬扬地走在了回苏州的路上的时候，另一位文人金圣叹在苏州城内憩桥巷家中的唱经堂里，正津津有味地点评《西厢》。

古往今来的官宦人家、士大夫向来推崇的是四书五经、屈楚风骚，那是学界正宗、文学经典，而通俗小说、话本和戏曲小说在他们眼里却是不登大雅之堂，“小说者，街谈巷语之说也”。然而从嘉靖、万历到崇祯年间，苏杭宁扬书肆林立，书商推波助澜，民间通俗小说故事风起云涌。立在潮头的就是冯梦龙和金圣叹。

明朝是一个意气风发的时代。王阳明心学、泰州学派与李卓吾思想，汤显祖在《牡丹亭》中张扬情至，袁宏道提倡性灵，以及冯梦龙在“三言”、《情史》、山歌中大谈情教。这股鼓荡性情、放言情欲的思想潮流，从明代中叶起始已经历经百年。从弘治、正德到嘉靖、万历年，直至明代晚期，江南社会富裕奢华，上下人士纵

情享乐奢侈淫靡，追求声色之乐。特立独行标新立异的金圣叹，接过了李贽、汤显祖、冯梦龙的情欲命题，并使思想和情欲反叛的篇章，焕发出崭新的光芒。

金圣叹原来的名字叫金采，明朝灭亡后，改名圣叹。1608 年，金圣叹出生在长洲县乡下一个小康之家。自小聪慧过人，8 岁开始“拈书弄笔”，十岁那年，通晓一点文墨的父亲把金圣叹送到乡间私塾学习，可是儒家经典四书五经却提不起他学习的兴致，而因为体弱多病，金圣叹常常请假在家，这样就接触了不少三教九流的杂书，也激发起他极大的阅读兴趣。有一回拿着《西厢记》，看到“他不偢人待怎生”七字，竟是如痴如醉，为了这句话不吃不喝、不言不语地在床上躺了三四天，金圣叹的塾师看到自己的学生这个样子，关切地询问，金圣叹如实地说出了自己的感受。老先生非但不怪不嗔，反而感叹地说：“孺子异日，真是世间读书种子”。

读书种子，其实是关于金圣叹最贴切的评价了。

少年时候的金圣叹也参加过童子试，却是视之儿戏，写一些七颠八倒的文字，说一些七不搭八的怪话，有时候还添首小诗，讽刺挖苦一下考官。《虫鸣漫录》中记载说：“每遇岁试，或以俚词入诗文，或于卷尾作小诗，讥讽试官，辄被黜，复更名入泮，如是者数矣。”

有一年主考官出了个题目是《如此则动心者乎》，这是孟子的句子，公孙丑当时问孟子，说是给你位贵权高，你怎么想，孟子回答说：我四十不动心。金圣叹看了这个题目之后就洋洋洒洒地写开去，最后说道上：“空山穷谷之中，黄金万两，露白葭苍而外，有一美人，试问夫子动心否乎？曰：动、动、动……”一连写下三十九个动。

荒山野岭见着黄金万两你会不动心？荒郊野外看见孤身美人你会不动情？肯定不能无动于衷啊。

主考官问金圣叹，那么你为什么写这么多动呢。

金圣叹回答道，这是三十九个动，孔夫子说四十不惑，孟子也说是四十才不动。说明老先生一岁到三十九岁的时候，还是被打动了。

这样儿戏的一刻令金圣叹畅快淋漓，与四书五经是无奈疲惫，与科举仕途是分道扬镳，而对于自由自在无拘无束，是十分迷恋和真切的向往。我们不能知道，金圣叹是大彻大悟还是聊以自慰，这样别开生面的新奇，是一个因循守旧的时代，脱颖而出的辉煌和灿烂，这样标新立异的创造，令大千世界，刮目相看。

“为儿时，自负大材，不胜佗傺，恰似自古迄今，只我一人是大材，只我一人独沉屈者”。

这是金圣叹对自己的描述，

“生死迅疾，人命无常，富贵难求，从吾所好，则不著书，其又何以为活也！”

金圣叹说，从此后博览群书就是我的科举，著书立说就是我的仕途了。心之所好，业之所在，为此，他“深宵不寐，勤心从事”。《庄子》《离骚》《史记》《杜诗》《水浒》《西厢》是金圣叹心目中的“六才子书”，对于“六才子书”的评点，就是金圣叹的理想和追求。

1641 年，金圣叹批阅评点的《水浒传》终于完稿了。这是他的用心之作，也是得意之作。

天底下的文字，还没有比《水浒》更生动的，天底下穷究事物道理或纠正别人行为，也没有比施耐庵做得更出色了，你们看《水浒》一百单八将，每个人有自己的性情、不一样的气质，各自的形状和不同的声音，多好啊。

这是金圣叹的评点。

他甚至随手将《史记》拿过来和《水浒传》一较上下，“《水浒传》方法都从《史记》出来，却又许多胜似《史记》处；若《史记》妙处，《水浒》已是件件有。”

紧接着金圣叹又投入于另一部“才子书”《西厢记》的评点工作，金圣叹说：“《西厢记》不同小可，乃是天地妙文。自从有此天地，他中间定然有此妙文”。

封建统治者和卫道士历来认为《水浒传》《西厢记》“诲淫诲盗”。金圣叹却视为至宝。

因为金圣叹别具一格的评点，书商们纷纷寻访到饮马桥憩桥巷的金宅，纷纷希望他为书肆评点小说。一些外地的书商就在饮马桥侧租下客栈准备长期住下来，有的干脆坐在金圣叹家的唱经堂，坐等金圣叹交出书稿，立即交刻工付印。以致“一时学者爱读圣叹书，几于家置一编”这是王应奎在《柳南随笔》中的描述，按照王应奎的说法，金圣叹是当时的畅销书作家，当时几乎家家都有金圣叹的作品。

“诚得天假弟二十年，无病无恼，开眉吃饭、再将胸前数十本残书一一批注明白，即是无量幸甚。”

金圣叹找到了才子书，并在批才子书中找到了一个真实和踏实的自己，如果不是后来的哭庙案，金圣叹也应该是古代文人中，拥有圆满而欣慰的一世人生了。

当时江苏巡抚朱国治搜刮无度，人称“朱白地”，上行下效，这一年吴县县令任维初上任之后，一下子侵吞了常平仓三千余石粮食，而另一方面，他又施以酷刑催逼赋税，因为逼讨甚至打死了一个乡亲。这下子激起了大家的义愤。1661 年二月初，顺治皇帝去世，苏州的百余名秀才趁地方官哭灵的机会，到文庙鸣钟击鼓，并到府堂跪进揭贴，一千余人号哭而来，要求伸张正义惩治贪官任维初，巡抚朱国治实施镇压，当场就有十一名秀才被逮捕，其中就有金圣叹，据记载，金圣叹在“哭庙案”发生后曾写了《十弗见》一文对官府进行了辛辣的嘲讽，因此被朱国治所衔恨，“哭庙案”中的《卷堂文》为圣叹所作，且在其家开雕，因此被牵连。

东西南北海天流，万里来寻圣叹书。

圣叹只留书种在，累君青眼看何如?

这是押送南京走向刑场的金圣叹，留下来的一段话，一个书生最放不下的就是读书，一个文人最放不下的还是文章。

1661 年七月十三日，金圣叹与其他卷入“哭庙案”中的十七位秀才被清政府斩于南京三山街，他的尸体后来被其学生沈永启运回苏州，安葬于五峰山博士岭下西山坞。

现在，明朝的历史像风一样轻轻吹过，冯梦龙和金圣叹的一些故事，在岁月的枝头晃了一下，被岁月稳住。

市民运动

2002 年 6 月 18 日，山塘街上明代建筑玉涵堂内，山塘街保护性修复工程启动仪式拉开了帷幕。几年之后，重新修复和建造的山塘街，展现在了大家面前。这里的添砖加瓦除了使沿街的面目焕然一新，还将反复地提醒和唤起人们对历史和文化细节的记忆和缅怀。

平常人家和平民百姓，家长里短和柴米油盐，风霜雨雪和清明重阳，夫唱妇随和生儿育女。山塘街是一派人间烟火的风情。沿河的廊里是一排美人靠，另一边是街，街对面是戏台。

舞台上演出的戏曲是《清忠谱》，《清忠谱》说的是明末东林党人周顺昌的故事，当魏忠贤派厂卫缇骑到苏州去逮捕周顺昌时，市民颜佩韦等率领大家，到府衙请愿，要求释放周顺昌，掀起了一场轰轰烈烈的市民暴动。事后，为首的颜佩韦、杨念如、马杰、沈扬、周文元五人被阉党杀害。

沿着山塘街继续走，没多远的地方，就是安葬着颜佩韦等五位义士的五人墓。当舞台上那长一声、短一声泣不成声的唱腔悠然回响的时候，秋天的五人墓，落下了第一片黄叶。

五位义士安葬之后，出于对英雄的敬仰，昆山人葛成自愿结庐守墓，葛成去世之后，就安葬在五人墓的西侧。

五人墓的故事，也可以从葛成说起吧。

明朝的苏州，已经是一个以工商业为主的城市了，当时的商业十分发达，四面八方的土产，天南海北的商人，纷纷在苏州打出字号开出店铺，因为山塘河，靠在山塘街的阊门一带尤其繁华。

“城内列巷通衢，华区锦肆，坊市棋列，桥梁栉比，货财所居，珍异所聚。”按照当时的记载，这时候的苏州是人丁兴旺，交通发达，商品丰富，买卖兴隆。

而这其中最为有代表意义的就是丝织。

苏州是当时江南地区的丝织业中心，城里面将近一半的居民从事丝织行业，许多人家家里面就放着织机。万历二十九年的统计，这里的织工、染工将近有一万人。

然而这时候的万历皇帝觉得按照正常的赋税途径获得钱财来得有点太慢了，干脆加大力度开采矿业，从万历二十四年也就是1596年开始，他亲自派出得力的心腹太监去全国各地，监督四方开矿事务并且征收榷税。

驻守在苏州的是苏杭织造局太监孙隆，他招揽了一些地痞流氓，在苏州城各个城门，设立征税网点。“凡米、盐、果、薪、鸡、豚之属，无不有税”，而对于织户的征收，更是变本加厉，“每机一张税银三钱，每缎一匹税银五分，每纱一匹税银二分。”一时间“吴中之转贩日稀，织户之机张日减。”买进卖出的人少了，纺纱织

布的人也少了，捉襟见肘的日子使曾经生机勃勃的城市一派凄凉。

1601 年，这一年的初夏，苏州地区阴雨连绵。按照当时民谣的说法："四月水杀麦，五月水杀禾，茫茫阡陌殚为河。"然而当局依旧还是不折不扣地横征暴敛，老百姓的日子雪上加霜，真的过不下去了。

六月初六，一些织工和市民，在玄妙观集合，"不呼而集者万余人，同声呼应。"众人推举织工昆山人葛成为首领，葛成率领众人在城隍庙起誓之后，将队伍分成六组，去到各自税官家里。

"千人奋梃击，万人夹道看。斩尔木，揭尔竿，随我来，杀税官。"这是当时流传于坊间的《税官谣》。

游行队伍每队由一人手摇芭蕉扇作为前导，率领手执木棍的一队人马，他们不挟寸刃，不掠一物，同时预告乡里，防止延烧。游行的人群击毙了税监孙隆的七八个爪牙，烧毁他们的房宅。随后，又包围了孙隆所在的税监司署，并高呼口号"捉孙隆，罢私盐"。惊慌失措的孙隆本来是绝没有想到一向软糯的苏州人会揭竿而起，望着入夜还不肯散去的人群，吓得化装成商人，翻墙而出逃回杭州去了。

二天之后，官府认定这次游行是"聚众倡乱"的造反，派兵搜捕这次游行的主从人员。这时候葛成挺身而出，承担下了全部责任。"始事者成也。杀人之罪，成愿以身当之。幸毋及众也。"葛成的想法是，所有罪责由自己一人担下来。这样就不用连累更多的人了。于是遭到了"入狱论死"的判决。知府朱燮元不得已将其收押，同时将他的名字改作贤。十二年后才得以释放。

这一次市民运动的直接成果就是官府取消了各项加税，濒临绝境的苏州工商业和丝织行业有了一线生机，资本主义萌芽在明朝的枝头晃了一下，被苏州稳住。

现在，我们走在山塘街，立在葛贤墓前，从前和今天，仿佛两个似曾相识的朋友，在青山绿水桥头不期而遇，当忧伤的年代举在杯中，曾经有人用蓬勃的篝火照耀过这方水土。

“顷刻间千秋事业，方寸地万里江山。”这是挂在山塘街戏台上的对联。

苏州的深宅大院和楼阁园林之中，有不少古戏台，而山塘街上的古戏台是修在车来人往的街道上的。

这时候戏台上《清忠谱》的演出到了高潮，周顺昌被逮下狱，市民围在聚府衙，久久不肯散去。

1602 年，这一年的明朝，出了三个皇帝，七月神宗死了，八月光宗继位，九月初光宗又死了，皇太子朱由校登基，就是熹宗。这个一国之君放着天下大事不闻不问，专心致志于木匠手艺，明式家具在中国历史上登峰造极，应该有他的一份努力吧，明式家具是他安邦定国的工作，而朝政就是落在一边的刨花。他任命魏忠贤为司礼秉笔太监，将上朝下朝文武百官统统交给了魏忠贤打理了。大字不识几个的魏忠贤治理国政的能力就是培植亲党。打击反对者，他的亲党，历史上称这些为“阉党”，而反对者的主干，就是东林党。东林党对魏忠贤和阉党疾恶如仇，而魏忠贤和阉党打击排除异己，陷害忠良，对东林党也是恨之入骨。但是周顺昌和魏忠贤结下的过节，已经是由来已久。

周顺昌是苏州吴县人，1613 考取进士，然后出任福州推官，之后又提拔为吏部主事。

周顺昌在福州当官时，看到税使大太监高寀横行霸道，十分不满，暗中鼓动当地商民起来反抗高寀。在周顺昌的支持下，福州人

民最终将高寀赶出福州。但是面对乌烟瘴气的朝廷，周顺昌除了愤懑，更多的是内心的无奈，于是他请了长假，回到故乡苏州。

当时的苏州巡抚周起元因为反对阉党而被革职，新任巡抚毛一鹭是魏忠贤的干儿子，毛一鹭上任时不少乡绅纷纷请客送礼，周顺昌却把送别周起元的文章递上了衙门，和正直的同僚依依惜别，将结党营私的魏忠贤和阉党痛快淋漓地骂了一通。

六位东林党是魏忠贤的死敌，六君子是历史上对他们的称呼。六君子之一的魏大中在嘉善被捕，押送经过苏州时候，周顺昌亲自去迎接，故友重逢相持而哭，接着周顺昌把他请到家中，设宴款待，席间将自己的小女儿许配给魏大中的孙子，然后当着锦衣卫的面大骂魏忠贤。锦衣卫的头领说，你不要命了？周顺昌朗朗答道"若不知世间有不畏死男子耶？若曹归而语忠贤，我即故吏部郎周顺昌也。"

这一下彻底激怒了魏忠贤，于是派了缇骑一行赶到苏州，捉拿周顺昌。

周顺昌在苏州的日子里，对于故乡的事务也是十分关心。"至地方利病，又必明目张胆，上说下教，必见之旅行然后已，吴中士民无不爱戴之。"现在听说朝廷前来抓人，苏州士民自是十分愤慨。

周顺昌自知此去凶多吉少，于是召集来全部亲友，生离死别，一家人抱头痛哭，周顺昌却处之泰然。

临行前，家人问他还有什么没有了结的心愿，他只说："我曾答应给龙树庵的僧人题字，今天不写，有负诺言。"看到桌上摊着一块白色的匾额，就挥毫题下"小云栖"三个遒劲的大字。

出门时，街道上已经挤满了热泪盈眶的人群，没一会儿，闻讯而来的百姓越来越多，相守着从三月十五日到十八日，深夜还不离去，第二天又聚集起来，大家众口一词地说道："吏部清忠亮节，何罪而朝廷逮之？"

戏台上弦乐声起，然后在铿锵的锣鼓中颜佩韦登场亮相了。按照《清忠谱》里的说法，颜佩韦是一个"不贪过多钱财，也不恋如花美色，单只是见弱兴怀"的侠义英雄。

1626年的苏州，这位明朝的侠义英雄手里举着香，一边串街走巷，一边哭叫道："欲救周吏部者，从我！"他还派出自己的好兄弟马杰、沈扬分头在苏州阊门胥门宣传鼓动城外的市民加入队伍，在很短的时间里，执香跟从的百姓达到了上万人。颜佩韦率领着一路而来的市民包围官衙，望着越聚越多的市民，颜佩韦心里说道"与魏家作对的，都是好乡宦"。

三月十八日，缇骑宣读逮捕周顺昌的诏书，苏州市民倾城而来，达到数十万人，执香来到县衙门前，烟火蔽天之中，突然天色阴沉大雨如注。大雨之中老百姓们执香伏地，为周顺昌喊冤呼救。

县衙大门不敢打开，于是有一部分市民爬到了城墙垛口之上，上下呼应，喊冤之声震天动地，声传数十里。

周顺昌为之感动，连连拜谢百姓，并恳请他们退去，但是没有一人离开。

中午时候，苏州巡抚毛一鹭赶到衙门，并下令打开大门，众人蜂拥而入。

在县衙大堂之上，锦衣卫侍立一侧，堂下摆放着各种枷锁刑具……锦衣卫一向骄横，见议事久久不决，互相耳语着："这一些老百姓想干什么？"

杨念如是卖衣为生的小商贩。沈扬是个牙侩，他们从没见过周顺昌，也不认识颜佩韦，两人只是伏地不起，哭诉道："必得请乃罢。”一边的马杰看到这个情景，便在人群中痛骂魏忠贤为逆贼。恼羞成怒的锦衣校尉，竟然出手用器械打伤了沈扬。这时，周顺昌的轿夫愤然而起，过来抢夺器械，也被击伤额头。

锦衣卫穷凶极恶地骂道：“东厂抓人，鼠辈敢尔！”接着，把镣铐往地上一掷，大叫：“囚安在？速槛报东厂。”

颜佩韦问道：“你说是东厂逮捕官员，那么这道圣旨就是出自魏监之手？”

锦衣卫校尉厉声斥责：“速速把他的舌头给剜了，圣旨出自东厂你们又能怎样？”

颜佩韦振臂大呼：“我们以为是皇上下诏抓人，你们东厂凭什么逮捕官员？”

说罢，一跃而起，痛打锦衣卫的校尉，紧跟着杨念如、沈扬、周文元和马杰都出手相助。

站在一旁的百姓，早已忍无可忍，一拥而上，势如山崩地裂，栏楣俱断。他们脱下木屐、抓起石块，砸向公堂。

锦衣卫一向鱼肉百姓，做梦也没有想到竟然有人敢打他们，一时间，抱头鼠窜。有的躲进厕所，有的爬到梁上，有的钻到花丛中，但都被搜出来痛揍。一干锦衣卫校尉哀求乞命。有的校尉准备翻墙逃跑，被人揪下猛打。

众人痛恨巡抚毛一鹭陷害忠良，要抓他。毛一鹭吓得魂不附体，急忙躲了起来。

另一群市民，追打着缇骑，乘势凿破他们乘坐的船，焚烧了他们的衣冠，将他们随身携带的物品全部投进河里。缇骑落荒而逃，最后不得不泅水渡河。刚到对岸，又被农民用锄头追打，再次跳进河中，大叫：“东厂误我！”

大家打得兴起，要下昆山抄阉党内阁大学士顾秉谦的家，焚烧他的府第。颜佩韦阻止道："不可。我们小民百姓，死何足惜？江南贤士大夫尚多，万一因为我们的缘故，而拖累了他们，那就是我们的罪过啦！"

因此，众人也停止了进一步的行动。

巡抚毛一鹭上疏告发苏州民变，"吴民为乱"，希望朝廷派兵镇压。颜佩韦、杨念如、沈扬、周文元、马杰等五人，为了不连累苏州百姓，最后主动向官府投案，慷慨说道："带头闹事的是我们，胁从也是我们，不要累及他人。"

毛一鹭一方面将五人收监，一方面悄悄地安排锦衣卫押解着周顺昌离开苏州城，赶往北京。刑部大牢中的周顺昌始终不屈，受尽酷刑之后含恨死去。十月，他的灵柩运回苏州，在狱中的五人痛哭失声，"忠臣就这样被他们杀害了，不如也杀了我们吧，等我们变成了厉鬼，一起去北京承同忠臣击杀魏忠贤。"

毛一鹭听了大怒，下令将五人杀害。颜佩韦等绑赴阊门吊桥刑场时，一路痛骂毛一鹭，从容不迫地慷慨就义。

一开始五人的遗骨由士绅吴同卿收葬于王洗马巷的花台下，1627年崇祯皇帝惩治了魏忠贤，依附阉党作恶的也受到了惩处，而周顺昌等人遭受的迫害和冤屈，都得以昭雪。消息传来，毛一鹭在山塘街上建造的魏忠贤生祠"普惠生祠"，一夕之间被拆为平地，苏州的老百姓在这里移葬了五位市民英雄的遗骨。

这一年自愿在五位义士身边结庐守墓的葛成已经五十七岁了。

山塘街上的古戏台为仿唐式建筑，高约七八米，上下两层，梁柱古朴。古戏台最早是表演社戏的场所，后来渐渐有了欢庆节日娱乐演出，无论是民间社戏还是文娱演出，老百姓的心思只有期望风

调雨顺，国泰民安。

在山塘街上，日子仿佛是遥远的旅程，而古戏台，就是一个停靠的码头。如果生活是背在肩头的行李，山塘街上，古戏台前，有一张温暖着我们的长椅。

忠王府

一群拿着大刀、梭镖、锄头，扛着土炮起义的青年男女，气壮山河地冲下山坡，他们高举的大旗，迎风飘扬。

这是人民英雄纪念碑东面的第二幅浮雕上面的图案，描写的是太平天国“金田起义”的场景。

1851 年的“金田起义”，是太平天国起义爆发的标志，半年之后，李秀成加入了这支队伍，洪秀全一路攻城拨塞，然后论功行赏的时候，李秀成还是个站岗放哨冲锋陷阵的士卒，也就是太平天国队伍中的圣兵。后来，圣兵成为独当一面的军事将领。1860 年 5 月，洪秀全在天京召开了作战会议，会议决定东下苏杭，先夺取江南富庶地区的战略计划，并由李秀成担任东征主将，于是李秀成率兵攻占丹阳、常州和无锡，一路向苏州而来。

策马扬鞭的李秀成向着不远处的苏州城望去，看到的竟是一片火海。守城的清兵将领以为，太平军会借助于沿城而筑的民房攻

城拨塞，于是下令放火。火势由南濠街、阊门上塘和山塘街漫延开去。《东南记略》中记载，“阊胥二门外民房焚掠殆尽，火三日不绝。”

大火让太平军轻而易举地攻占了苏州，然而他们并没有马上救火，而是像风一样吹起，火借风势，苏州城里一片火海，太平军希望用火将溃败后躲进民居的清军逼出来，于是苏州城里的大街小巷，一派兵荒马乱。

在太平军攻克苏州之前不久，清政府专办浙江军务的提督张玉良率领溃兵进入苏州，听到了城头上乌鸦的鸣叫，一下子展开了笑容，张玉良说，好久没有听到鸟叫了啊。张玉良长期处在太平军的追击之下，初到苏州竟然感受到了一丝风和日丽的气息了。

“鱼米之乡”和“水乡泽国”是当时描绘苏州的句子，“谁家煮豆一村香”、“十里西畴熟稻香”这是文人墨客笔下的苏州景色。老百姓利用气候温和、土壤肥沃、河流密集的自然条件，辛勤劳作，创造了一派繁华的天地。

然而战火纷飞，使这一方人间天堂山雨欲来风满楼。

李秀成率领将士，自占领苏州之后，继续一鼓作气攻克了昆山、新阳、吴江、嘉兴和太仓。然后以苏州为省会，建立了苏福省。

太平军占领的苏州，可谓千孔百疮，老百姓听说了太平军进驻天京时的一些传闻和官府地主的谣言惑众，看着街头来来往往的圣兵，不由坐立不安，仿佛是落在苏州这一只笼子里的惊弓之鸟。有的竟被吓得上吊投河。

在苏福省李秀成执行了比较温和的政策。面对惊恐万状的老百姓，太平军遵照李秀成的指令，全力救援资助。苏州城区的丝绸商人汪德门在日记中说，他的大儿媳上吊时绳索断了，太平军正好经过，把已经昏迷过去的女子抢救过来。汪德门的侄子三次投河自杀，太平军反复将他从水中救起来。

李秀成一边着手安民，一边建立起城区的基层政权。苏州城娄门、齐门、盘门、胥门、阊门六城门设立乡官局，城中心玄妙观附近另立城心局，之外还设立了收尸局，负责清除战争遗迹，保障军民健康。

一方面救济灾民发放口粮，另一方面给予贫民贷款，解决他们无力经商的问题，李秀成希望在根本上处理好老百姓的生活。从阊门到虎丘，已经从原来的废墟，发展成为商业繁盛的买卖街了。准许居民在此经商，此事在乡里传播开来，“船来日多，售亦日盛。乡民过午，满载而归，奚止利市三倍”。

《李自成自述》中记录了李自成初到苏州，率领手下将士划着几只小船深入乡村的故事。面对手里拿着农具，饱含敌意的乡亲，李自成首先下令随从们不许动手，然后立在船头，将心比心地好言相劝。“随从文武人人失色”，但李自成依旧想着要“舍死一命来抚苏民”，终于说服了乡亲们，使大家放下了手中武器。随后的日子里“以近及远，县县皆从，不战自抚”。

好几年之后，来到苏州当官的李鸿章走过胥门外的一条小巷，无意之中看到了立在路边的一方石碑，上面写的是“民不能忘”。这是老百姓对于李秀成的一个纪念，李鸿章一边下令将石碑拆除，一边十分不解地在心里想道，李秀成在苏州不过短短三年，为什么竟能赢得老百姓的依依相亲呢。

梁启超曾经这样评说过李秀成，说他“最聪慧明敏，富于谋略，胆气绝伦”，“秀成既智勇绝人，且有大度，仁爱驭下，能得士

心”，“秀成知人善任，恩威并行，人心服之，若子于父”。

一张在吴江发现的当年太平天国的“业户执照”，上面写着“吴江县监军宁，为征赋事今委本县两司马，征得三都二里钟志寅户完纳。”当时县一级的地方行政领导是为监军，两司马是更小一级的军官，下面有五个伍长，管理二十五名士兵，按照《天朝田亩制度》，还要负责收税。

长江中、下游地区粮食丰富，而且一帆可通，李秀成在苏州“征办粮饷，源源解京”，无疑是对天京、太平天国的极大支持。

初来乍到的李秀成，想要寻找一处料理军政事务的办公室，几乎是一眼就看中了拙政园里著名的景点见山楼。

文徵明在《王氏拙政园记》中记载说，最初时候的见山楼，其实名为梦隐楼，因为园子里的风景大多以水为题，似乎阴气太盛，见山则是有了一点阳刚趣味了。文人墨客平常人家在意的是春花秋月风调雨顺，而李秀成的心思，应该是更基于见山楼的地理位置，园中角落里三面环水而且楼上楼下互不相通的楼台，避免干扰又相对安全，公务之余推窗远望，园子里的远山近水，尽收眼底。

见山楼上的明瓦窗，是当时精致而高档的建材，穿过依稀可辨的明瓦窗，金戈铁马的李秀成，看到了美不胜收的风和日丽，这一时刻他决没有想到，见山楼只是他漂泊岁月里暂时停靠的一站码头。

拙政园中有一井枇杷院，传说院中十多株枇杷，就是李秀成当时种下的，枇杷是李秀成家乡广西著名的水果，在赏心悦目的人景壶天里，栽植瓜果，苏州的名士以为有点失风雅，有点煞风景。我们更愿意相信，这是李秀成农民本质的流露，和对于从前岁月的缅怀。

有一天在拙政园围墙外土墩上割草的老农，抬起头来的时候，无意中看到了黄绸包头，立在见山楼上的李秀成，李秀成对他和善地笑一笑。老农兴奋地将这一段经历告诉大家，于是苏州城里许多老百姓都赶到墙外土墩上来看忠王。李秀成就隔着墙和大家谈天说笑。老百姓大都是说说自己的家长里短，也有举报太平军士兵仗势欺人的案件，李秀成马上会查明真相后加以处罚。

苏州人赵垂裕在《荆芒录》还记录了这样的一个故事，“忠王李秀成下苏州后，常微服至北寺山门一赞轩食烧卖，独据一盘，肆吻大嚼。”

“苏州好，拙政好园林，民不能忘垂百载，忠王伟绩感人深，歌颂到如今。”这是周瘦鹃先生填写的诗句。每一年农历四月十三日，苏州的百姓家家门口会贴上一张用红字书写着“阿弥陀佛”的黄纸，以此来纪念太平军攻下苏州的日子。这样的习俗直到民国之后才淡出苏州人的生活。

当时的苏州的军民，对太平天国没有什么好感，但却是十分拥戴忠王。其实天底下最点水之恩耿耿于怀的就是老百姓，最丝丝美好念念不忘的也是老百姓。他们在苦难的岁月中趄起身来，拍拍身上的尘土继续以后的日子，内心里一直保存着曾经有过的温暖。

李秀成把自己的办公楼设在见山楼，靠着见山楼的宫殿和住宅，就是大兴土木修建的忠王府。忠王府将拙政园东西两边的潘宅和汪宅一起规划进去。之后来到苏州的李鸿章，描绘忠王府是“数十房眷口，数百人随从，皆住得开。”“忠王府琼楼玉宇，曲栏洞房，真如神仙窟宅。”英国人呤俐在《太平天国革命亲历记》详尽刻划了李秀成在忠王府的情形，“忠王府是新建成的，极为宏伟美观。……整个王府显示了中国工匠的巧妙艺术，石刻、窗棂雕刻、

木刻、天花板雕刻、墙壁雕刻全部都各具巧心，精美绝伦。”字里行间透露了忠王府的华丽和辉煌。

“王侯第宅皆新主，文武衣冠异昔时。”当时有人收集起杜甫的诗句，凑成对联，用来形容太平军在苏州的作为。

太平天国的封王本来不少，大家就上行下效地靠在忠王府边上，然后沿着东北街，依次排列王府，英王坐落在钮家巷，听王府在显子巷洽隐园落脚，梁王在滚绣坊。几百名工匠一年到头在各家王府间进进出出忙忙碌碌。四年之后清军收复苏州，修造王府的工程还没有完工。

金碧辉煌的忠王府和纸醉金迷的好日子，是太平天国战争岁月里燃放的稍纵即逝的焰火，花团锦簇升向天空然后烟消云散了。

2012 年 2 月，苏州吴江汾湖雪巷村村民在河道清淤时，先后从靠近驳岸的淤泥中出土了六尊铸有太平天国铭文的铁炮。沉在水底几百年的铁炮，或许是不能开口的说书先生。

1860 年 5 月，太平天国东征苏南、浙江，然后借助于邻近上海、宁波等通商口岸，购买洋枪洋炮，用外国武器武装起来的太平军，在战斗中更加威风凛凛了。当时的江苏巡抚李鸿章在写给湘军统帅曾国荃的信中曾经说道：“贼中专用洋枪，力可及远，皆牛芒鬼子广东、宁波商船转运者，无法禁止。”又说：“李秀成所部最众，洋枪最多，牛芒鬼子满船运购，以获大利。”

牛芒鬼子指的是闲散洋人，闲散洋人和所谓的外国大使特使们，与太平天国和平共处的时间没有多久，就因为利益，和清军联合起来了。而苏州的地主们和逃亡上海的巡抚衙门不断地派遣特务，潜入回来，与枪匪和团练互通声气，伺机夺取曾经拥有的土地和权势。

1863年3月，英国人戈登接替担任常胜军统领，常胜军会同淮军和另外一支队伍，分别从常熟向南、昆山向西，吴江向北，对苏州形成合围之势。他们多次组织突击进攻，都被城内的太平军一一击退。

就在这个时候，李秀成接到了回援天京的指令，内外交困的李秀城星夜兼程，赶回天京。

金陵是太平天国的中心，而苏福省是太平天国的根本，故而清军的攻打集中并且猛烈。天京陷落的时刻，李秀成带着洪秀全的儿子奋力突围，幼主没有马坐，李秀成将坐骑让给他，而自已“骑不力之骑”，最后“马不难行，中途被俘”。

“主死国亡，此天朝数满”，这是李秀成留在人间最后的一声长叹。

我们再回到苏州忠王府，有关忠王李秀成的功过得失，交给专家和学者去论述，有关李秀成的是是非非，交给历史和岁月去评说。现在，就在忠王府，像我们这样，匆匆而来又将匆匆而去，只是在片刻的宁静里，体会一下这里的主人，曾经的心怀和丰富而生动的灵魂。

李秀成离开苏州的时候，曾经叮嘱自己的部下“苏城如不可守，当率众屯穹窿山，此处形势进可以图苏州，退可以出太湖。”

这是一个很如意的战略，然而，最后的时刻。康王杀害了坚持抵抗的慕王谭绍光，和其他几位将领出城投降。李鸿章以他们不依清朝人的规矩剃发束辫，分明是假投降为由，下令将他们杀头。清军整队进城，开始了对太平军士兵的大屠杀。同治年《苏州府志》记载，劫后余生的苏州府属九县一厅实属人丁，从1831年的340万余名下降到1865年128万余名。

这一年年底，上海人毛祥麟途经苏州，记下了亲眼见到的情景。

从苏州到昆山，炊烟缕缕从颓垣破屋中飘起，从昆山到苏州见到的是一片荒凉，阊门外更是残屋破瓦，只有虎丘塔，立在土阜之上。

立在土阜之上的虎丘塔，应该是一个白发人送黑发人的孤苦伶仃的老人。

苏州地方志上记载，浒墅关兴贤桥南大运河西岸土丘上有一座文昌阁，附近曾有过太平天国砖墙营垒。现在营垒已经不在了，但太平军进驻过的文昌阁前后两殿及两厢尚存，都是清代硬山顶建筑，屋顶还可见到太平天国特有的瓦当滴水。

我们在人去楼空的屋子，看到曾经的他们，他们吹着芦笛穿过战火，并且把忧伤的年代举在杯中。

春在堂

曲园是坐落在苏州小巷里的旧式庭园，陈旧的木门上，刻着支离破碎的花纹，或者刷着斑斑驳驳的油漆。而历史只不过是昨夜吊起的一桶井水，随意地冲洗着木门和木门里的故事。

苏州人称呼俞樾为俞曲园，建造曲园，是俞樾来到苏州 16 年以后的事情，这时候的俞樾已经是知名学者和朴学大师，方有能力在马医科购得五亩田，建造一座属于自己的小园子。而在此之前，这么一位有名的文人，竟居无定所。而同为曾国藩门下的李鸿章此时已经是声名赫赫的高官显贵了，因此民间有“李少荃拼命做官，俞荫甫拼命著书”的说法。

俞樾是晚清经学大师，所治经学为古文经学，注目于经书之“本”，注重名物训诂。古文经学相传起于西汉末年的刘歆，故名“汉学”，因其文风质朴，又称“朴学”。明末清初著名思想家昆山顾炎武，为保存民族意识，以其崇实致用的朴实学风，复兴了汉学。清代汉学中著名的乾嘉学派，苏州有宗师惠栋，徽州有宗师戴震。惠栋延续顾炎武，以昌明汉学为己任，尤精于汉代《易》学。晚清俞樾承继朴学遗绪，一生著书五百卷，论经者居其半。

曲园是一座书斋园林，书斋园林的特点是园以人传，而一亭一廊，一水一石更像是线装书的字里行间。

曲园之中，俞樾讲学和会客的厅堂名为“春在堂”，依旧是“花落春仍在”的情结，但这时候的俞樾已经明白了对他来说，人生的春天不是仕途功名，而是笔墨纸砚。

生无补乎时，死无关乎数，辛辛苦苦，著二百五十余卷书，流播四方，是亦足矣；

仰不愧于天，俯不怍于人，浩浩荡荡，数半生三十多年事，放怀一笑，吾其归欤?

俞樾写自己的句子，现在刻成抱柱对，挂在“春在堂”上了。

咸丰十年。说起俞樾的时候，我们更愿意延用老式的年号，老式的年号是落在一个之乎者也读书人身上的旧时月色。

咸丰十年就是1860年，1860年2月，李秀成率领太平军一路攻城拔寨，苏州城外响起了隆隆炮声。借住在五柳园中的俞樾带着全家仓皇出逃，一家人赶到郊外，回头望去，苏州城里已经是一片火海。这时候的俞樾，有一点虎口脱险的庆幸，而更多的则是四顾茫茫的无奈。待他再一次回到苏州，已经是东奔西走四处漂泊的五年之后了。

花落春仍在，这一句话是俞樾说的，这一句话对于俞樾意义非常，如果要说明俞樾或者我们必须从俞樾一生的千言万语中选出一句来，自然就是“花落春仍在”。

道光三十年，在京城科举复试的试卷上，有一道名为“淡烟疏雨落花天”的诗题，这是一幕笼罩着丝丝愁怨，显露了淡淡落寞的景致，众多的考生借着这样的景致，抒发了一些“落花流水春去也”的情感，而俞樾意气风发地写下了这一句“花落春仍在”。

这话说得很有气概，也十分精神。我们不能说清楚，俞樾在写“花落春仍在”时的所思所想，我们只知道，俞樾在写下这句话的时候，绝对和百余年后曲园的故事无关，因为俞樾建造曲园，已经是写下“花落春仍在”二十多年以后的事情了。

这一届科举，礼部的主考官是曾国藩，当时清王朝衰象已显，已经开始走向山雨欲来。在曾国藩眼里，“花落春仍在”是吉兆，因此他点了俞樾为部试的第一名。第二年又授予翰林院编修，这一个工作，相当于现在北京中国社科院的一名研究人员。之后，新登基的咸丰皇帝，对俞樾的才识比较欣赏，委派俞樾到河南出任提督学政。

这是一项为国家选拔人才的工作，应该选择什么样的人才呢？俞樾动了一番脑子以后，将《四书》《五经》中的句子拆开了再拼成一道考题，别出心裁是为了能够考察到考生灵活掌握的应变能力，结果是不少考生云里雾里不知所措和俞樾“罢官还乡”“永不叙用”。

“试题割裂经义”存的是“图谋不轨”的心思。这样向朝廷举报的，是御史曹登庸。这是一条死罪。而为俞樾说情的，还是曾国藩。

历史一向同情和袒护落难的才子书生，并对曹登庸之流给以义正词严的脸色。但反过来想一想，《四书》《五经》是范文，更是当时朝代的纲领和宪法，俞樾犯的是“大逆不道”的罪过，曹登庸不举报，别人也会举报，纵然没有人举报或者朝廷网开一面，俞樾最

公式的前程，无非是从才华横溢一腔抱负的书生，成长为空怀壮志碌碌无为的官吏。

这一个转折就是“花落”，“花落”是一种宿命。

从北方到苏州遥遥千里，决定俞樾走上这条道路的，是与他一同金榜题名的李鸿章。

同治四年，江苏巡抚李鸿章邀请俞樾出任紫阳书院主持。于是俞樾结束了五年的漂泊流离，回到苏州，开始了他的教育生涯。

军门敬谒李临淮，尚念当年桂籍偕，报道故人吴下至，皋比一席早安排。

行走在回苏路途中的俞樾，有一份“青春作伴好还乡”的快乐，他的这一首诗歌，除了对李鸿章念及旧情的感激，也有对人生宿命的感叹。

“皋比”就是讲习，差不多是教书育人的意思吧，俞樾祖上从事教育工作，而今来到紫阳书院，似乎就是重新操起了祖传的旧业。

1866年二月二十日，俞樾主持书院开讲，江苏包括巡抚在内的大小官员悉数到场参加开学大典，此情此景，俞樾的心中涌起一丝激动，也就在这一刻，决定了俞樾生命中的春天依旧灿烂并且更显辉煌。

正逢“同治中兴”之初，素有“人文渊薮”之称的苏州很快成为文化复兴的基地，而俞樾主持紫阳书院的教育，也初步奠定了他在当时教育界的地位，并且使俞樾能够在江南文化中心苏州领袖群伦。

秀才、举人、进士，几乎就是那个年代读书人顺理成章的人生。封建体制是流传千百年的一首旧体诗，科举是这首旧体诗朗朗上口的韵脚。

苏州人文荟萃，科考中榜率全国第一，加之紫阳书院声名赫赫，吴中群彦均聚于此。然而这时候的俞樾对训练士子们的八股文章却没有太多兴趣，反而觉得是占去了他治经著书的许多时间，二年之后，就辞去了紫阳书院的教职，前往浙江杭州，掌教诂经精舍。

“门秀三千士，名高四百洲”。这是评说俞樾的一轴对联，三千士说明桃李满天下，三千士中包括吴大澂、张佩伦，吴昌硕和陆润庠。三千士中还包括慕名浮海前来的日本学者。

“东亚唯一的宗师”，这是日本学者对俞樾的评价。

第一位从日本来拜访求教的是竹添井井。竹添井井本名竹添光鸿，这个鸿字和俞樾父亲的名讳相同，因此俞樾称呼他井井。远道而来的井井在曲园春在堂上见到了神色和气恬淡的老人，当即赋诗道：“神仙若使玉堂老，辜负湖山晴雨奇。”

因为儒道和汉学，二人津津乐道地笔谈，十分投机和快乐。最后俞樾欣然为竹添井井所创作的《栈云峡雨日记》作序。

之后另一位日本学者岸田国华，将一百七十多位日本学者的诗歌寄到苏州，请俞樾编辑选定。这时候俞樾的夫人去世没多久，长子又在天津病故，加上自己日渐衰老，俞樾已经没有写诗作文的精力和心情。故而发出了“停止作文三年”的告示。收到岸田国华寄来的文字，俞樾觉得中日习俗相异但文字相同。评选日本汉文诗，也是和异国他乡的文人学者的文字因缘，所以化了近半年时间，选编了 5000 首诗歌辑成《东瀛诗歌》。

俞樾在选编《东瀛诗歌》的时候，读到好多日本学者歌颂赞美樱花的句子，于是生出一个很想见一见樱花是什么样子的念头。他在日本的学生井上陈政为了满足先生的这个愿望，将四盆樱花委托派驻中国的使节从日本带到苏州。

“花适大开，颇极繁盛。”这是《曲园自述诗》中记载。

晚清的苏州，有一个开满樱花并且中日学者一唱一和的春天。樱花开了又落，樱花落去的时候，在日本《东洋哲学》杂志上的一段文字写道：“曲园乃中国经学家殿后之巨镇。”

现在，我们再一次走进春在堂。

有时候岁月就是这样的短暂，从一句对联的上联开始，读完下联，竟已经是一百多年，从走进春在堂开始，出门的时候，竟已经过去了一百多年。而有时候岁月又是如此悠长，朝花啊夕拾。清朝曲院的书声朗朗，原来就是苏州文化经久不散的回响。

悲欢离合的人去楼空，或者风起云涌的青梅煮酒。

1901 年曲园的春在堂上，八十岁的俞樾正疾言厉色地督敕一位中年人：你离开父母之邦，此为不孝；你反满清反皇上，此为不忠；像你这样不孝不忠之流，人人可以起而声讨！

中年人想申辩几句，却激起了老人更大的愤怒，忠君爱国是俞樾坚守的思想底线。欺君辱师的学生如今走上门来，自然是自讨没趣了。中年人立起身，头也不回，默默地走出了曲园。

这个走出曲园的中年人，就是章太炎。1869 年 1 月 12 日，章太炎出生在浙江余杭县东乡仓前镇的一个读书世家。他的父亲临终前对章太炎说：章氏入清已经八世，先辈入殓都是穿着明代的上衣下服，希望你不要违背祖训。章太炎就是带着“为浙父老雪耻”的强烈种族复仇意识投入到当时民族救亡大潮中去的。而他的父亲遗言的另一部分，关照章太炎要去诂经精舍追随俞樾受业。章太炎自光绪十六年起，在诂经精舍学习了七年。

“曲园先生，吾师也，然非作八股，读书有不明处，则问之”。

章太炎在俞樾的引领下，沉浸于“稽古之学”，全面继承了俞樾对群经和诸子学的研究，成为诂经精舍最为出色的学生。

然而丧权辱国的《马关条约》签署的消息传来，坐在书斋中的章太炎内心不能平静了。先是参加了康有为的强学会，之后受康有为梁启超之约，去上海办《时务报》。戊戌政变后，章太炎因支持变法受到通缉，避居台湾，以为当年郑成功抗清离今不远，遗风尚存，在台尚有可图，但终究是一厢情愿。第二年又因反对废黜光绪，再遭通缉，亡命日本。唐才常力主勤王，他不表赞同，当即断发，以示决绝。

割辫断发是俞樾心目中的离经叛道，所以要逐出师门清理门户。而走出曲园的章太炎也以为是道不同不相谋，就写下了《谢本师》一文，表示从此之后师生之间恩断义绝。第二年俞樾去世，听到这个消息的章太炎，满怀悲痛地写下了《俞先生传》。

晚年的章太炎，并没有回到故乡杭州，而是效仿先生，在苏州锦帆路开办了章氏国学讲习所。

1906 年是旧历的光绪丙午年，苏州重修寒山寺，寺中《枫桥夜泊》诗碑原来为文徵明所书，但已经漫漶不清，江苏巡抚陈筱石邀请一代儒宗俞樾重书刻石。86 岁的俞樾书写了“月落乌啼霜满天”之后，还对诗歌作了考证“枫江一转与题合，渔父传钞作火讹”。依照俞樾的研究，江枫渔火应该为枫江渔父。写完《枫桥夜泊》诗碑三个月之后，俞樾就离开了人世，所以寒山寺的诗碑，也是先生的绝笔。

1953 年的一天，专程从北京赶来的俞樾的曾孙俞平伯走进苏州市人民政府办公室，接待他的是当时文物保管委员会主任谢孝思，俞平伯紧握着谢孝思的手说道，我久居北京，愿将曾祖创建的曲园包括宅舍、家具、图书和木刻书板一并捐赠给政府。

谢孝思接过俞平伯手中的清单，俞平伯连着说谢谢政府，谢谢政府。

捐赠仪式不繁重，结束之后，谢孝思将俞平伯送上北去的列车。坐在车窗口的俞平伯看着暮色中的虎丘塔渐行渐远。

老宅

紫兰小筑

研究“鸳鸯蝴蝶派”的专家说周瘦鹃是自称啼血杜鹃的哀情巨子，二十年代的旧上海，《礼拜六》和《紫罗兰》是别致的风景，而周瘦鹃，就是这一道风景里的风云人物。

哀情巨子的作品，用一句话来概括，就是最初的恋人不是新娘。这在现在似乎不足为道，但于当时，却是让很多读者心潮起伏，这是特定的时代和社会背景所决定的，

从这个角度来看，鸳鸯蝴蝶在客观上应该还是有一些进步意义的。但功过是非还是留给专家和历史去评说，对于周瘦鹃，写哀情小说，当时是安身立命养家糊口的方式，过后是心有余悸患得患失的无奈了。

周瘦鹃从高级中学毕业之后，先是在一所学校教英文，因为不能很好地维持教学秩序，搞得上课时学生纪律一片混乱，不得已离开学校，一介书生偏又怀着多情的种子，自然而然地走上文艺创作

之路。这是天性使然，也是生活所迫。周瘦鹃曾经同时为七八家报刊拟定连载小说，有时竟是忘记了故事情节，待编辑来取稿子的时候问清楚了，再继续写下去。周瘦鹃说："我从十九岁起卖文为活，日日夜夜地忙忙碌碌，从事于撰述、翻译和编辑工作，如此持续劳动了二十余年，透支了不少精力。"周瘦鹃自己看到女儿在饭桌上夹起一块红烧肉时，笑着说道，我辛辛苦苦写的几行字，全被你吃掉了。

解放的时候，周瘦鹃已经是一位著名的盆景专家了，他也写一点文章，除了花花草草，更多的是表达对社会主义革命和建设的热爱和歌颂。

他是知名文化人士，又是盆景、园艺方面的专家，他的居所紫兰小筑是一座自己设计的园林式的庭院，拙政园或者虎丘经常性的盆景展，总能见到他的作品。苏州园林修复的时候，他也出了不少点子。他和程小青、范烟桥、谢孝思、顾公硕经常聚会碰头，聚会的地点就是紫兰小筑，大家围坐在紫藤架下，商讨苏州园林的修复，文物的保护等等，再说一些琴棋书画和诗词文章，他们在春天的阳光下幸福地谈笑风生。

周瘦鹃家里用的常熟保姆阿姨，有着一手好厨艺，聚会以后还有一个节目，就是品尝常熟阿姨的拿手菜。正要赶上季节，周瘦鹃还会满面笑容地指手画脚，周瘦鹃说，阿姨啊，你去荷塘里摘几面荷叶，我们做荷叶粉蒸肉吃。这时候的周瘦鹃是十分快乐的。

然而，1968 年，红卫兵冲进紫兰小筑，对着周瘦鹃和他的花木盆景骂骂咧咧动手动脚，周瘦鹃老泪纵横，你们伤我就伤我了，可不要伤了这些花啊。这一天的夜晚月黑风高，周瘦鹃投身于紫兰小筑园子里的老井中，以这样的方式，结束了自己的生命。

周瘦鹃笔名中的“瘦鹃”和他自己居住的紫兰小筑中的“紫兰”和一个女人有关，这是他的初恋，为了纪念这一段感情，他取了如此的名字，一个对自己初恋念念不忘的人，内心浪漫又充满爱意，这是肯定的。

残粒园

一直有这样的想法，我们的先贤，首先也是在这样的小巷里走着走着，他们的仕途上，有一点失意，他们的人生中，有一点失落，他们在这一条路上，怅然若失地走着，走出来的竟是若有所悟。

那么这一条小巷，应该就是归途了，沿着小巷向前走，不远处的老宅，就是家园。

29岁的吴待秋，已是渐露锋芒的画坛“宿将”，吴待秋走过小巷的时候，和仕途失意无关，和人生失落也无关，初来乍到的吴待秋，一下子就被这一座古城的名胜古迹和风土人情打动了，他走街串巷，就是为了寻找一座可以安家的庭院。

最初看上的，是苏州城西的汪氏义庄，那一园的假山，出自叠山大师戈裕良之手，青山秀水，珠联璧合，只是园中屋宇不多，安居乐业的家园，仙风道骨应该和人间烟火融为一体的啊。然后，再去装架桥巷，这一座深巷里的小园，吴待秋一见之下，就坚决了买下来的想法。随后化了一万两银子，按着自己的心思，装点园里的亭台和山水。因此，这一座园子，也是吴待秋没有画在纸上的山水画。

一切水到渠成之后，这一天，带着家人从上海赶来的吴待秋，见到了焕然一新的园子，心情恬静而快乐，你的脑子里，突然冒出来李商隐的句子，“红豆啄残岣鹦鹉”，就爽爽朗朗地说，这儿就叫残粒园吧。

吴羖木出生的时候，吴待秋已经44岁了，中年得子，使驰名画坛的吴待秋喜出望外，对吴羖木也是怜爱有加。

羖木其实是养木，繁体字的养，笔顺太多了，就用意思相同的羖字替代，羖木生肖属鸡，羖木这个名字，和春秋时代的一个典故有关，说是齐景公喜好斗鸡，他养的斗鸡屡战屡胜，有一天，一个朋友抱来一只木然之鸡，齐景公初时有些不屑，但决斗时，木然之鸡竟是所向无敌，齐景公长叹一声，养鸡呀，还真得养这样的木然之鸡。

少年的吴羖木，在残粒园中感受诗情画意的日常生活，因为吴待秋，笔墨纸砚，也成了吴羖木的小伙伴和好朋友。

吴羖木二岁的时候，吴待秋抱着他去吴昌硕家作客，八十老翁吴昌硕抱过吴待秋手上的小羖木，笑吟吟地说道，凡是我抱过的孩子，没有长不大的。

现在，依旧住在残粒园中的吴羖木，也是八旬老翁了。作为吴门画派的薪火传人，他在这里继承和创造，岁月从他的笔底下悄然流过。

拙政园

苏州园林的主人，不少是官僚出身，他们应该是通常意义上的一些清官吧，怀着治国平天下的志向和抱负，有声有色地工作着。他们还有一些文人情怀，带一点清高和自负，带一点浪漫和冲动。他们的朋友说，他们真是性情中人啊，他们的泛泛之交说，他们毕竟是文人，由着他们去吧。他们的敌人说，他们既然不和我们同流合污，那么我们就找个茬给他们一点教训，反正他们这个样子，要找茬实在是太轻而易举了。

他们总是很快地败下阵来，他们遭受了教训以后，也不会很好地检点自己，也不会亡羊补牢，他们说，世人皆浊唯我独清，有什么呀，我不当官，照样是个文人，我当个文人还不行吗？他们想到了应该尽快地离开官场这个是非之地，最好找一个人杰地灵山清水秀的地方，安顿下来。于是，他们想到了苏州。

王献臣想到苏州，还有另外两个原因，一是他的先祖是吴人，

第二是因为他的好朋友文徵明在苏州。

和仕途话不投机、和官场格格不入的文徵明，却是王献臣很知己的朋友。王献臣在官场上东奔西走的时候。文徵明写诗给他说“曾携书策到东瓯，此际因忆君旧游。”文徵明还说“从知地胜人仿乐，近说官清岁有秋。”王献臣在官场上失意的时候，文徵明又寄了一些诗句给他“荦荦才情与世疏，等闲零落傍江湖。”最后听说了王献臣要在苏州安家落户的消息，文徵明说，好啊，我虽然学不像皮日休，却也要和你这个陆龟蒙在一起的呀。

回到苏州的王献臣，买下了大弘寺的旧址以及周围的一些田地，开始营造拙政园。其实这时候的园子还没有一个固定的名字，王献臣在池边坐一坐，在林子里走一走，回想着自己的经历，心底里竟是涌出来潘岳《闲居赋》中的句子来 :“庶浮云之志，筑室种树，逍遥自得，池沼足以渔钓，春税足以代耕汇价。灌园鬻蔬，以供朝夕之膳，牧羊酤酪，以竣伏腊之费。孝乎惟孝，友于兄弟，此亦拙者之为政也。”

也没有大志向，也没有大才干，找一块空地，造几间房子，种种蔬菜耕耕地，养养牲口钓钓鱼，一大家子人，和和美美地过着平平常常的日子，这样的拙政，不也是一种人生追求吗。

这时候的王献臣，人生的目标似乎一下清晰了许多，这一个目标，似乎是无奈和落寞的了结，却又是崭新和精彩的开始。

建造一座怎样的拙政园呢？王献臣想了没一会就觉得自己的思路出现问题了，说起来离开官场也没有太久，怎么就把一个好领导应有的素质丢失得这样快的呢，自己要做的事情是，交给谁去思考，应该建造一座怎样的拙政园。王献臣轻轻一笑，交给谁？当然是交给文徵明了。

拙政园建造好了，立在门前天井里的文徵明想了想，觉得应该在这里种一些什么的，就自己动手，植下了一株紫藤，文徵明说，这是“蒙茸一架自成林”。文徵明在植着紫藤的拙政园里，兴致勃勃地出出进进，这里看看，作一幅画，那里看看，写一首诗，这一些诗和画流传开来，拙政园的名声也更大了。

叶圣陶故居

“你寄我的信，到今天才收到，或许是你写好信以后没有马上去投寄吧。你拍的照片我看过了，还不错的，但你自己不很满意，这是严格要求，我很欣赏，准备作一首诗给你，你不要性急，何时作成说不定的。”

这是晚年的叶圣陶，与他孙子的一封家书。

就是北京东四八条的一幢宅子里，冬天的早上，阳光很好，阳光滤过长窗，投在窗前的写字台上，叶圣陶握着一管羊毫毛笔，给远方的亲人和朋友写信。

写信，是叶圣陶晚年生活中，重要的一项内容，写完以后，急忙地寄出去，然后内心的牵挂和远方的等待似乎才有了着落。

这一些信，有一点婆婆妈妈，有一点絮絮叨叨，因而就更显得平和友善。

寄完信之后，老人就在窗口站一会，有时侯站久了，就在藤椅上坐下来。久久看着窗外，眼睛有一点迷惑了，而这时候，在老人的心底渐渐地清晰了起来的，是小桥流水，是藕与莼菜。

甪直古镇是叶圣陶从前教书和生活的地方，他在那里写下了倪焕之的故事。

1917 年春，23 岁的叶圣陶应中学时代的好友吴宾若，王伯祥的邀请，到甪直任教，之后的五年，叶圣陶就是在吴县县立第五高等小学度过的。

1935 年秋天，在外面奔波了好多年的叶圣陶，于苏州城南青石弄买下了一幢宅院，并在这里安下家来。

每个月去一次上海开明书店，处理一些编务，余下的时间，叶圣陶就在这一幢深巷老宅中笔耕不辍。叶圣陶把自己的书房命名为“未厌居”，《未厌居习作》就是他这个时期作品。

1977 年，已经在北京定居的叶圣陶为了了却回苏南看看的愿望，终于回到了甪直。

船靠上岸边，老人走向迎候的人群，竟是依次叫出了当年学生的姓名。

一行人来到当年的“生生农场”，老先生指着一片平平坦坦的黑土地，问起身边的学生，还记得原来的样子吗？

原来这里是野草丛生的大瓦砾堆呀。

北边还有二个很深的大坑呢。

生生农场这个名字还是叶先生起的呢。

生生农场，取的是先生学生共同创造和建设的意思，也有一层生生不息的含意。

这是幸福和健康的创造和建设，是心灵和人格的创造和建设，与当年的演戏，演讲，展览，阅读，手工一样，是新风尚的教书育

人，这样的创造和建设，平凡却是崇高的，普通却是神圣的。

苍海桑田，物是人非，50多年的岁月悠悠远远，50多年的岁月又是弹指挥间。

五十五年复此程，淞波卅六一轮轻，
应真古塑重经眼，同学诸生尚记名。
斗鸡池看残迹在，眠牛泾忆并肩行，
再来再来沸盈耳，无限殷勤送别情。

这是叶圣陶当时写下的诗句，再来再来沸盈耳，乡土乡音，乡亲乡情，这使临别前的叶圣陶久久感动，老人家在心里一遍遍说着，我总是会再来的，我一定会再来的。

然而，这一句诺言竟成永诀，再来是生死两茫茫，再来也是永恒的回归。

叶圣陶晚年的时候，家乡的文化人去北京探望他，他说，我在苏州青石弄还有一幢老宅呢，不如给你们做一点文化事情吧。这样，青石弄5号，成了《苏州杂志》编辑部。

1988年2月，弥留之际的叶圣陶，断断续续念叨着：银杏树，斗鸭池，清风亭，保圣寺，生生农场……老人知道自己余下的日子不多了，而在心里面反复想起来的，是甪直。

1988年12月8日，叶圣陶纪念馆开馆及叶圣陶骨灰安葬仪式，在甪直举行。这一天的上午，大家在阳光下为一个伟大的灵魂深深祈祷。傍晚时分，天色阴了下来，没一会，下起了淅淅沥沥的小雨，甪直人说，叶老已经知道自己回来了。

死去的人是地下有知的。

桃花庵

数百年来，说起唐伯虎，苏州人的心里总是能泛起波澜，一种亲切和风光，一种安慰和寄托，仿佛自己的一个亲人或是很知己的朋友，就是唐伯虎。

苏州桃花坞双荷池13号桃花庵，唐伯虎就在这儿作画卖画。风和日丽，还有买家前来，还能换几个钱打发日子，风雨交加了，便是门可罗雀，画卖不出去，家里就是“厨烟不继”了。

这是从江西回来以后的唐伯虎。觉察到宁王有野心，唐伯虎避之不及，费一番折，才回到了苏州。不久宁王兵反，失败后被俘处死。这使唐伯虎的命运中，又多了一层阴影，也使他存在心底的一丝丝希望彻底破灭。

“谋写一枝新竹卖，市中笋价贱如泥。”

坐在楼头的唐伯虎，看着街上来来往往的行人，有了诗兴。廉价的笋也没人来买，还有谁会要这纸上的竹子呢。唐伯虎不由得一声长叹，这一声长叹余音袅袅。

好多年之后，就是这座临街楼头的画稿，每一幅都是价值连城，都是灿烂文明和优秀艺术的标志。唐伯虎，潦倒而黯淡的大半生，令一个时代熠熠生辉。

前世和今生，真真和假假。前世是起起落落、风风雨雨长歌当哭的全部，今生是截取了前世一点的衍伸。这一个时期和那一个时期，这一个人心里和那一个人心里，泛起的今生，别具一格，丰富多彩。

老百姓的记忆，就是这样的别致，他们将唐伯虎这一页前世，轻描淡写地掀过去，或者说，前世的这一页，就是可以忽略不计的。取而代之的今生，几近神话。

有诗有酒，有声有色，潇潇洒洒，阳光灿烂。唐伯虎就在这样的幸福光阴里消消停停，涂涂画画。画的公鸡天天清早会打鸣的，画的月亮因了初一十五而圆缺，甚至秋风纨扇也是因了春风得意。民间的想象就是这样的淋漓酣畅和标新立异，这样的想象，是对唐伯虎绘画艺术的至高赞赏，也是对唐伯虎精神本质真真正正的解读。

抛开了世俗名缰利锁的束缚，和对于功名的寄托与幻想的唐伯虎，反而获得了彻底的解脱和放松。这是在明朝，在明朝的苏州，彼时彼地，自由了的精神和心灵独往独来，自贵其心，歌哭出处，一任天情。

"领解皇都第一名，猖披归卧旧茅衡。立锥莫笑贫无地，万里江山笔下生。"

这大半辈子呵，风风雨雨都受了，起起落落也过了，现在只落个没有安身立命的所在，只有心的领地是最宽广的，它能容得下万里江山。

留　园

400多年前，工部营缮司主事徐泰时主持修复慈宁宫，从设计到建造，事无巨细，事必躬亲，大伏天的太阳底下，汗流浃背地在建筑工地上东奔西走。皇帝看到他兢兢业业的样子，十分高兴地给他升了官，再把建造万寿宫的任务交给他去完成。徐泰时依旧是做得又快又好，还省下好多银子，惹得皇帝忍不住又是给了他好多嘉奖。

徐泰时十分风光，他的上司和同僚却在皇帝跟前很没面子，大家说一些坏话，做一些手脚，不太费事的，就让徐泰时倒霉起来，就这样，受了处分丢了官帽的徐泰时回到了苏州。回到苏州的徐泰时心里说，官场上的事真没劲，人生短暂，我可要及时行乐了。徐泰时的快乐就是建造，他看到一砖一瓦变成亭台楼阁时，有一种功成名就的感觉。

营造留园的过程，也是徐泰时恍然顿悟的过程，当山和水焕然一新，徐泰时也有了脱胎换骨的感觉，当时的吴县县令，文学家袁宏道前来参观的时候，徐泰时笑眯眯地指着竹林中的茅屋说，瞧瞧，这就是我的逃禅庵啊。

200 年以后，留园落到了太湖东山人刘恕手上。和徐泰时执着于建造仿佛，刘恕欢喜搬弄石头，所谓“千金一石不为痴”，他在留园的二十多年里，添出来不少大大小小千姿百态的石头。刘恕的想法是要像做石头一样去做人，他说这石头啊，“棱厉可以药靡，雄伟而卓越可以药懦，空明而坚劲可以药伪”。

又是几十年过去了，常州人盛康走进了留园。盛康和李鸿章交情不浅，他们当年一起在南京参加乡试的时候，李鸿章在一道策论上卡住了，情急之下，是盛康偷偷地抛了一张小纸条。如果确有此事，他对于李鸿章可是恩重如山，如果是民间传说，至少也说明他和李鸿章的关系非同一般。

快到告老还乡的时候，盛康将留园买了下来，准备在山清水秀的园子里颐养天年了。因为当时的老百姓称这座园子为“刘园”，盛康就顺水推舟地将刘恕的刘改成了留下来的留。

盛康的儿子盛宣怀，也是跟随李鸿章做事情，他是洋务运动中的风云人物，也是留园的最后一位主人。

现在留园里的“五峰仙馆”，应该是苏州园林中最气宇轩昂的一座楠木厅了。在五峰仙馆里，可以真切地感受到盛氏父子的春风得意，和物是人非的沧海桑田。

怡　园

擅长文字游戏的文人说，怡园的“怡”字拆开来，就是“一心不忘宁绍台”，这话的意思是说顾文彬身在怡园，心里面却还惦记着在浙江宁绍台（音：胎）做道台的事。顾文彬听了一笑了之。

建造怡园的念头，突如其来。还在浙江任上的顾文彬，经历了一天衙门里的忙忙碌碌，回到书房，是空落落的感觉，他想到不如归去，并沿着这个想法向前走，他的眼前蓦然闪过一片城市山林。这一片城市山林，使顾文彬一下子兴奋起来，他急忙着来到书桌前，给正在家乡的儿子顾承写了一封长信，说的就是造园。

顾文彬说，苏州城里，有这么多的名园，你不妨再去一个一个地走一遍，看到好的，可以参考吸取，造园要集思广益。

顾承照着父亲的话去做了，沧浪亭的复廊，拙政园的画舫，网师园的水池，狮子林和环秀山庄的假山，怡园的好，好在集思广益，怡园的不足，也是因为这样的集思广益引来的似曾相识。

怡园造好了，已经无官一身轻的顾文彬，风尘仆仆地从浙江赶回来，看着平地而起的亭台楼阁，顾文彬对顾承说道："园名，我已取定怡园二字，在我则可自怡，在汝则为怡亲。"

"今日归来如作梦，自锄明月种梅花"，这是挂在"锄月轩"上的对联。住在怡园里的顾文彬父子，将平常的日子打发得生动而抒情。曲会或者雅集，是怡园里的风景，琴棋书画使春花秋月中的怡园风姿绰绰。

"坡仙琴馆"因顾文彬收藏了苏东坡的玉涧流泉古琴而闻名。宋朝的风花雪月在这里余音袅袅。

1919 年的秋天，由当时的知名琴士倡议，各地琴友汇集在怡园，他们没有说太多的话，只是分别弹奏了《梅花三弄》《石上清流》等等名曲，高山流水觅知音，1919 年的苏州，因为怡园里的琴会，而更见风雅。

这样的传统，因为怡园而源远流长，现在每个月第一个星期天的上午，古琴爱好者都会聚在怡园，举行琴会。他们弹着从前的曲子，琴弦上流过怡园的故事。

绣 园

绣园是沈寿的故居，沈寿是绣在苏州这方水土上的一叶兰草。

最早的刺绣，还是在春秋时期，春秋时期的苏州，就有在衣服上绣花的习俗，这应该是刺绣的萌芽了，或许我们的先人想到衣服美观了，人也精神了，或许我们的先人没有料到的是，这一粒针线的种子，在千百年后，竟然绽放开绚丽无比的花朵。

到了三国，三国的苏州是孙权的天下，有一天孙权和大家正商量着绘制山水地图的事儿，他的夫人立出来说道，绘在纸上的丹青容易模糊，还容易褪色呢，我倒有一个办法。

孙权的夫人想出来的办法就是刺绣。

我们不知道孙权娶她为妻的主要原因，是不是因为她的心灵手巧，我们只知道，这一幅山水刺绣是历史上第一幅最具规模的苏绣作品了。

被清末著名学者俞樾喻为“针神”的沈寿，原来的名字叫雪芝。

光绪三十年十月，慈禧太后七十寿辰。清政府谕令各地进贡寿礼。雪芝的丈夫余觉得知消息后，听从友人们的建议，决定绣寿屏进献，他们从家藏古画中选出《八仙上寿图》和《无量寿佛图》作为蓝本，很快勾勒上稿，并请了几位刺绣能手一齐赶制，雪芝在这些绣品上倾注了很多心血。慈禧见到《八仙上寿图》和另外三幅《无量寿佛图》，大加赞赏，称为绝世神品。除了授予沈雪芝四等商勋外，还亲笔书写了“福”，“寿”，两字，分赠余觉夫妇。这以后，沈雪芝就成了“沈寿”。

逸笔草草，神情具备，沈寿在接受了西方绘画的一些基本观点以后，首先创造了仿真绣。二十世纪初，丹阳人杨守玉受了西方油画的启发，经过多年的实践探索，发明了乱针绣，然后，杨守玉学生任慧娴把乱针绣带到苏州，并且在此基础上，发明了素描绣。

1941 年，张謇在江苏创办女红传习所。沈寿应聘来到南通，“授绣八年，勤诲无倦”。我们不知道沈寿和张謇的故事是白纸黑字，还是空穴来风，我们只知道，张謇为病中的沈寿整理了由她口述的《雪宧绣谱》。

张謇在绣谱的序言中这样写道 :“积数月而成此谱，且复问，且加审，且易稿，如是者再三，无一字不自謇书，实无一语不自寿出也。”

《雪宧绣谱》是沈寿四十年艺术实践的结晶，因为沈寿的穿针引线，苏州的生活，更有一番艺术的韵味，苏州的艺术，更有一番生活的情趣。当文化的生活和生活的文化水乳交融，苏绣，就是收藏起的苏州和关于苏州的收藏了。

环秀山庄

好几年前了，环秀山庄里，一棵生长在假山上的黑松，因为天长日久根深叶茂，牵动了一片假山。假山是环秀山庄的灵魂和风骨。有关的专家和学者，心急火燎地汇聚在环秀山庄，他们仔细打量和反复研究，在寻求修复方案的同时，再一次因环秀山庄假山的构筑，而叹为观止。

叠造这一些假山的，就是戈裕良。江南鱼米之乡，有造不完的园子，戈裕良年复一年地东奔西走，渐渐地有了一些声名。环秀山庄的主人找到他的时候，戈裕良已经是闻名遐迩的叠山高手了。

有关戈裕良的事情，历史上没有更多的资料留下来，我们只知道他是常州人，他是什么时候出生，他有怎样的经历，我们从他叠造的假山上，也看不出一点线索，他叠造的假山是神来之笔，这样超凡脱俗的神来之笔，似乎和日常生活中的柴米油盐毫不相干。

大家看了环秀山庄的假山，很一致地交口称赞，比如金松岑

说 :“凡余所涉匡庐、衡岳、岱宗、居庸之妙，千殊万诡，咸奏于斯！”陈从周说 :“环秀山庄假山允称上选，叠山之法具备。造园者不见此山，正如学诗者未见李杜，诚占我国园林史上重要一页。”刘敦桢也说 :“苏州湖石假山，当推此为第一”。

这一些专家说，戈裕良叠假山，用的是石涛的“大斧劈法”，石涛是“搜尽奇峰打草稿”，戈裕良和他异曲同工，也可以说，戈裕良是叠假山的石涛，石涛是画画的戈裕良。

戈裕良之前，申时行住在环秀山庄，那时候的环秀山庄，还没有这样精彩的假山。关于申时行，有人还根据他的轶事，写了一部长篇弹词名叫《玉蜻蜓》。

又是好多年过去了，许多的往事也烟消云散了，我们在环秀山庄说戈裕良说《玉蜻蜓》，一园的假山，在默默地听。

听枫园

听枫园是秋天的一粒种子，落在苏州了，就绽放别样的风雅。

听枫园的主人是当时的苏州知府吴云，吴云是很本质的文人，对于金石书画的鉴赏很有造诣也很有热情，所以在苏州做父母官，真是春风得意、如鱼得水。

听枫园的左邻右舍是曲园、鹤园、怡园、绣园、畅园、壶园，吴云和散落在这一带的小园子的主人，是很投机的朋友，经常走动的，还有耦园的沈秉成，网师园的李鸿裔等等。他们像超然物外的仙人，笔歌墨舞一唱一和。清朝的苏州，因为他们，愈发显得书生意气了。

吴云生了个孩子，吴云替孩子请来的家庭教师，是成为一代宗师之前的吴昌硕。向吴云推荐吴昌硕的，是吴云的同乡杨见山，杨见山是很知名的书法家，也是吴昌硕的书法老师。更加凑巧的是，以前吴昌硕还跟俞曲园学过文章，说起来也是俞曲园的学生。所以吴云与吴昌硕一见之下，不仅是似曾相识，简直有点一见如故了。

墨香阁建造在假山上，是听枫园里很别致的一幢楼阁，假山是起起伏伏的波浪，墨香阁就是载着吴昌硕的一叶扁舟。吴云的两个孩子坐在书案前，读着之乎者也的文章时，吴昌硕就在另一边对着一块方砖刻刻画画。

一天一天过着，一刀一刀刻着，墨香阁上的方砖积了不少。有一天吴云走进墨香阁，见到了这一些方砖，就问吴昌硕为什么不刻在石头上，吴昌硕说，我没有钱买石头呀。吴云说，这样吧，我给你加工钱，但有一个条件，你得教我二个孩子篆刻。

吴昌硕刻印，最初学习的是浙派手法，再吸收了邓石如、赵之谦的技巧，最后回归秦汉印玺。

齐白石说吴昌硕 ："放开笔机，气势弥盛，横涂竖抹，鬼神当莫之测。于是天下叹服矣。"

齐白石还说 ："青藤雪个远凡胎，老缶衰年别有才，我欲九原为走狗，三家门下转轮来。"

青藤是徐渭，雪个是八大山人，老缶就是吴昌硕了。

吴昌硕的后人现在依然生活在苏州，不久以前还在电视节目上，认真细致地向大家介绍鉴定吴昌硕字画的一些方法。其实鉴定吴昌硕字画最好的方法是去听枫园看花，在墨香阁喝茶。

石湖别墅

因为范成大之前的范仲淹也是苏州人，而且同样为官清正，还写得一手好文章，大家觉得他们两人有一点仿佛，就把范成大叫作小范。“世称小范多奇才”是大家对范成大三十年宦官生涯的评介。三十年之后的范成大，告老返乡，在石湖春秋战国的古迹上，建造了石湖别墅。范成大称自己是石湖居士，其他人称他是范石湖。

石湖的山水是清瘦的美丽，这样的美丽，不及西湖铺张，也没有太湖浩荡，却是冷静而又节制的，朴素而又紧凑的。返璞归真的范成大，就是在石湖的风景里，将平常生活过得诗意盎然。

范成大知己的朋友是称为“中兴四大家”之一的杨万里，杨万里总是找出机会到石湖来，住上一阵子，外面的世界波翻浪涌，梅花别墅则是云淡风轻。他们趣味相投，诗风相近，石湖的山水，在他们的字里行间美不胜收。

范成大的另一个好朋友，就是姜夔。“自作新词韵最娇，小红低唱我吹箫。曲终过尽松陵路，回首烟波十四桥。”姜夔的这首诗，说的是他去拜望范成大，在石湖别墅相遇了才色双全的小红，并且有点一见倾心。范成大就成人之美，让小红随着姜夔去了。

姜夔和小红的故事，似乎没有唐伯虎点秋香那样起伏曲折，但留在石湖的佳话，却让走过行春桥的后人，真切地感受到流溢在这一派山水间，宋朝的风月。

生活在石湖的范成大，更多的时候就独自一人，四下里走走看看，村庄里的人家，田园里的风光，使他一次次地心有所动，并有感而发地写下了焕然一新的诗句。“高田二麦接山青，傍山低田绿未耕。桃李满树春似锦，踏歌椎鼓过清明。”这是石湖岸边春天的消息。“昼出耘田夜绩麻，村庄儿女各当家。童孙未解供耕织，也傍桑阴学种瓜。”这是乡野村头农家的故事。

范成大将这一些汇编在一起，就是《四时田园杂兴》60 首。

钱锺书读了这一些诗句之后说道：“到范成大的《四时田园杂兴》60 首才仿佛把《七月》《怀古田舍》《田家词》这三条线索打成了一个总结，使脱离现实的田园诗有了泥土和血汗的气息，根据他的亲切的观感，把一年四季的农村劳动和生活鲜明地刻画出一个比较完全的面貌。田园诗又获得了生命，扩大了境地，范成大就可以和陶潜相提并称，甚至比他后来居上。”

所以我们说，因为石湖的田园，范成大的田园诗标新立异，因为范成大的田园诗，石湖的田园风姿绰绰。

眉寿堂

叶天士的眉寿堂，在阊门渡僧桥下塘，宅子东面的是叶家弄，这一条小巷，现在还叫着当年的名字。

阊门是水陆两旺的姑苏繁华地，水上川流不息，陆上车来人往，前来眉寿堂就医的人不少，叶天士应接不暇。

从前的读书人说，我做不上宰相，不能为国家大事分忧解愁，就做个好医生吧。很多的好医生，就是抱着这样的念头，走上悬壶济世的道路的。而叶天士似乎是一个例外，叶天士是中医世家出生，他在很小年纪的时候，就似懂非懂地读《内经》和《难经》。唐宋名家的中医著作，仿佛落在叶天士心里的一粒种子，也使他对中医的兴趣，越发地浓郁了。之后家道中落，供不起他继续在读书科举的道路上走下去了，也就更加坚决了叶天士做医生的志向。

史书上说叶天士过目成诵，史书上还说他在六年之间，先后拜了十七位名医为师，直到他小有声名的时候，听说镇江郊外寺院里的一位老和尚，在治病救人方面出手不凡。叶天士就背起行囊去了镇江，隐姓埋名地蹲在庙里，跟着老和尚学本领。不久之后的一天下午，来了一位看病求医的外地人，老和尚对着叶天士说道，要不你来试试吧。叶天士望闻问切一番，再开出一张药方来，请老和尚过目。老和尚看了方子，笑一笑说，有点意思了，你的水平和苏州的叶天士差不多。叶天士道出实情，老和尚被他的精神所动，将自己的本领一五一十地传授给了叶天士。

一个有钱人家的千金小姐，说起来也没有什么特别的不舒服，就是整天无精打采东倒西歪的样子，请了几个大夫，也说不出个所以然。叶天士去了以后，让人挖了一个大坑，在坑里放了好多垃里垃塌的东西，然后让小姐站到下面去。两个时辰过后，再把已经满身臭烘烘的小姐从坑里拖上来。叶天士说，好了。病家将信将疑，给钱的时候也是十分地不情愿，叶天士也不解释，接过银子扬长而去了。

第二天，一家人带着精神抖擞的小姐来到了眉寿堂，对着叶天士一再感谢之后，一定要问一问叶天士治怪病的来龙去脉。叶天士说，你家小姐得的是香闭之症，所以要用臭来破掉它。

在苏州关于叶天士的段子还有好多，我们难以考证这一些段子是道听途说的子虚乌有，还是有凭有据的确有其事，我们只知道，苏州的老百姓对这一些段子是绘声绘色地津津乐道，他们以这样的方式来寄托自己的想象和愿望。

萧　宅

祖上自是传下一些东西来的，然后，就是自己的勤俭和经营，从而发扬光大。陈从周说："角直为吴县近昆山一水镇，多地主，镇中大小不等之地主计四百户。"萧宅的主人萧冰黎应该是四百中的一户。

萧冰黎的内心里一直认为，在自己家乡过日子是很适应的，所以自江苏高等师范学校毕业以后，就回到家乡角直，在"五高"当起了教书先生。这其间他的一些老师同学，劝他出山从政，他或是托病，或者就婉拒，有关功名，他就是淡然处之。大家替他惋惜，他说，我这样其实也很好的，我的日子过得很充实，我也很开心。大家只好说，萧冰黎的心态不错啊。

现在老式的生活也像水一样流走了，留下来的是一些字画和萧宅。

萧宅建造于1889年，占地一千多平方米，是目前角直镇上保存最为完好的清代民居建筑。这一幢宅院，自前往后分为门楼、茶厅、楼厅、厢楼以及饭厅。茶厅和楼厅都建造了砖雕门楼，门楼上分别镂刻着“积善余庆”和“燕翼诒谋”这两个句子。

“积善余庆”这一句传统意义上的套话是“向阳门第春常在，积善人家庆有余”言简意赅的说法。“燕翼诒谋”说的是要为子孙后代着想，这应该是萧冰黎的一个心思，也是他热衷于甪直公益事业的一个动机吧。

现在的萧宅内，陈设的是“萧芳芳演艺馆”。萧芳芳是萧冰黎的孙女，数十年前，曾经是红透半边演艺星空的明星。

萧冰黎想到了子孙后代，却不会想到在他的后人中会出现这样出类拔萃的演艺人才，因为在他所处的那个年代，留声机还不多见，高科技的影视更是天方夜谭了。

萧芳芳走进摄影棚的时候，总是带一两本书在身边，间隙时就拿出来翻翻，有时高兴了，还画上一两笔水墨。萧芳芳身上，有一种文人色彩。

章士钊、赵少昂、张大千、傅雷、这一些我们现在只能在书本上领略他们神采的上个世纪的大师，都曾经亲自指导点拨过萧芳芳的学习和创作。

1995年，因为在《女人四十》中的出色表演，萧芳芳获取了柏林电影节的最佳女主角奖。这是萧芳芳生命流程和演艺生涯中精彩的一笔，这一个灿烂的瞬间，固定在了“萧芳芳演艺馆”的墙上。

在萧宅，那些逝去的岁月，如一道别致而生动的布景，衬托出萧芳芳决不单薄的美丽，同样因为萧宅，使萧芳芳的艺术生命产生了与众不同的韵味。

甪直是一个常去常新的地方，去的是依旧的地方，冒出来的是

新鲜的感受。有一次在萧宅我这样想，如果这几面清朝的墙上，少了萧芳芳的照片，大家还会不会再一次走进这一幢老宅?

我的答复无疑是肯定的，百余年前的老宅对于我们来说，一砖一瓦的倾诉与表达，都是对逝水年华的追忆。

沈　宅

走进甪直，绕不开的是沈柏寒。保圣寺及其当时的“保存运动”和他有关，叶圣陶就教的小学校，由沈柏寒一手创办，他担任校长，是叶圣陶的上级领导，当年甪直的电讯电气、工矿企业、文体卫生等等，都能带上他一笔，而眼前甪直的旅游景点之一的沈宅，就是他的故居。

沈宅的乐善堂门前的天井里，有一口宋朝的古井，清朝的房子里怎么会有宋朝的井呢？原来呀，以前的富户人家，在买下别人家的房产时，对老井一般都是按照老样子保留的，这样是为了不破坏风水，还能讨一个“财源滚滚”的口彩。

1906 年，这一年正在东京早稻田大学攻读教育学的沈柏寒，接到家里急促催他归去的来电，匆匆踏上了归途。

从正仪下了火车，沈柏寒踏上去角直的小火轮，这时候故乡，近在咫尺。

家里起了一些纠纷，年迈的老祖母一气之下病倒了，老祖母说，男人做主，总要有个男人出来说话的，去把长慰叫回来。

长慰是沈柏寒的名字。老祖母感觉日本就是邻近的一个乡镇。本来的沈柏寒，或许拥有更加广阔的天地，而开拓出来的，或许也是另一番境界，老祖母的一声言语，使他匆匆而归，并从此在角直，展开了自己的人生旅程。

其实沈柏寒所处的时代距离现在并不遥远，只是在我心目中，总觉得站得很高处，也不能望见他的背影，我想，或许是我们的时代发展得太快了，我们站立在时代列车的窗口，来不及细看一眼窗外的景色，时代的列车就"哗"地一下，呼啸而过了。但当我又去角直，再一次走近沈柏寒的时候，渐渐明白过来，不完全是这么一回事情。

这是怎样的一个时代，老法的日子行将终结，新式的生活已经展开，时尚的风气，进步的思想，先进的知识，使留学归来的沈柏寒鲜明地感受到故乡的闭塞和迟钝。

家务之事很快地料理好了，此时，走在老街上的沈柏寒，是一副无所事事的样子。好像是不由自主。沈柏寒走着走着，又一次来到了甫里书院。沈柏寒立在教室外面，透过窗子望去，老先生端坐在讲台前，讲台上放的是一把戒尺和一大圆眼镜，这是惩戒学生的苦口良药和是师道尊严的明确象征。恍惚之中，沈柏寒觉得自己就是十几个孩子中的一个，他的心里不由一颤，紧接着眼前亮出一道光明，走出故乡的沈柏寒，找到了再一次进入古镇的切入点，那就是兴办教育。

教育为本，沈柏寒心里所求的是，不久的以后，当外面的世界走进小镇，小镇已经坦然自若，而不再诧异好奇，当小镇走向外面的世界，小镇已经从容不迫，而不再惊慌失措。

晚年的沈柏寒，已经不能一口气走到小学校了，阳光明媚的日子，他还是走走停停地往学校里去，他的耳朵也有一点背了，也就不能完全听清楚孩子们的朗读，但他知道，孩子们是正在念书呢。

念书就好。沈柏寒心里说道。

王鏊故居

王鏊是东山人，叶氏惠和堂西面，还有王鏊中了解元、会元和探花之后，树立牌坊而留下的残柱，这一些残柱有意无意地昭示了功名如浮云，文章千古事的道理，这样的道理，以王鏊来说明，真是十分地贴切。

“天下奇士”是少年王鏊靠文章挣来的名头，因为独具匠心和妙笔生花，王鏊的文章被大家争相传阅，王鏊也顺理成章地在科举中得心应手。要说美中不足，王鏊最后中的是探花，这似乎是小小遗憾，但苏州虽说是状元之乡，真正入阁拜相担负起国家大事的也寥寥无几。而王鏊是其中之一。

尚书和大学士自然是声名显赫的达官贵人了，王鏊在这个位置上上书提出了“加强边防，整治军队”和“严格科举，以收异才”等一些合理化建议，然后就是和大奸臣刘瑾的斗争。宦官刘瑾，排斥异己，残害忠良，王鏊义正词严地据理力争。这一些在史书上都有记载。苏州人一向温文尔雅与人为善，但在大是大非面前威武不屈一身正气，王鏊这样做，使苏州精神抖擞。

也许是钩心斗角太累了，也许是功名利禄看惯了，或者本质上就是生在苏州的文人，身在京城的王鏊接连上疏乞归，并在61岁那年获准告老还乡。

王鏊的长子王延喆是知名的收藏家，也担任过地方上的一官半职，按着“筑园娱亲”的心思，依照东山旧居景物的式样，为王鏊在现在学士街的西侧建造了一座“怡老园”，王鏊就在“怡老园”里著书立说，《姑苏志》就是这个时期的一部著作。

《姑苏志》是一部地方志，地方志应该是一种体例相对严谨的文字，道理上应该叫《苏州志》，而不能像诗文杂作可以任意取名。这样的批评传到王鏊那儿，王鏊只是一笑了之，文人的情态也在一笑间毕露无遗。更多的时候，王鏊是和文徵明、祝枝山、唐伯虎他们吟诗作画谈笑风生。

这时候朝廷之中刘瑾大势已去，众大臣纷纷推举王鏊再次出山，王鏊说，京城是不去了，相比较朝政，怡老园里的雅集，可要有趣许多啊。

柳如是故居

红豆山庄的那一枝红豆，是钱谦益的祖父从海南带回来植在那儿的，钱谦益和柳如是都是诗人，诗人喜欢多愁善感的风景，他们时常去红豆山庄借题发挥地谈情说爱。

故事老了，风景依旧，三百多年之后，知名学者陈寅恪得到了一粒来自红豆山庄的红豆，有一点触景生情，有一点感慨系之，就动笔写了《柳如是别传》。

从前旧事把人世间的沧桑细细诉说，娓娓道来，而风景，则是这人世间沧桑的留影和形式。

这是梦醒时分的感怀，人们不愿意忘记艳绝风尘的柳如是，不愿意忘记回眸一笑百媚生，更不愿意忘记芳心侠骨在风起云涌中的长歌当哭。

在那一个动荡的时代，柳如是的命运，经历了更多的风风雨雨，轻歌曼舞稍纵即逝，当明王朝岌岌可危的时候，“闺中病妇能忧国，却对辛盘叹羽书”。

清军南渡，家国沦陷，柳如是劝说自己的丈夫钱谦益自杀殉国，并表示自己紧随其后。钱谦益犹豫再三，终于同意了，于是二人载酒水上，声言欲效仿屈原，投水自尽。直到天色已晚，钱谦益探手水中，说了声，水太凉了，怎么办？柳如是气急之下，纵身要往水里跳去，却被钱谦益死死拖住。

数天后，钱谦益屈节降清，而柳如是，开始了她漫长的反清复明生涯。

在给自己女儿的遗书中，柳如是说，将我悬棺而葬吧，我一生清白，不沾清朝的一寸土地。

这时候国家兴亡，匹夫有责的担子，竟是落在风尘女子的肩头，这时候琴棋书画和金戈铁马合成了动人的交响。

柳如是十五岁沦落风尘，后来赎身脱籍，和吴江才子陈子龙谈过一阵恋爱，陈子龙描写她的句子是：“娟娟独立寒塘路，垂柳无人临古渡。”二十四岁那年，女扮男装，驾一叶扁舟去常熟菱塘，拜会钱谦益，才子佳人，互道倾慕，这一年钱谦益六十三岁。

如是这个名字取自《金刚经》中：“一切有为法，如梦幻泡影，如雾复如电，应作如是观。”按照她起起伏伏的人生，如是，也是一种宿命。

柳如是在苏州的住所是拙政园，但不是拙政园的全部，仅仅是园之一隅，而且居住的时间也不是太长。按照吴骞《尖阳丛笔》里的说法是“柳靡芜亦尝寓此，曲房乃其所构。”

雅邻旧宅

柳亚子故居里，一份南社社员名单中，有个叫范镛的，就是范烟桥。烟桥是个笔名，出自姜白石的《过垂虹桥》。“自作新词韵最娇，小红低唱我吹箫，曲终过尽松陵路，回首烟波十四桥。”范烟桥对“回首烟波十四桥”一句情有独钟，认为它潇洒飘逸回味无穷，就取了这样的一个笔名。

在苏州范烟桥的名字，总是和周瘦鹃提在一起的，苏州是一幢老宅，范烟桥和周瘦鹃就是挂在老宅门前的一对红灯笼。

和周瘦鹃一样，范烟桥也喜欢花花草草，不同的是，他老是忘记浇灌，似乎也不太好好伺候，花草自生自灭，范烟桥也坦然处之。

还有和周瘦鹃仿佛的是，20 世纪 30 年代的范烟桥也是在沦陷的上海做事，除了教书，还担负《文汇报》的编辑工作。

《新申报》和《大陆报》是日本人在上海经营的华文报纸，日本主编三番五次递话来，请范烟桥加入他们的编辑队伍。范烟桥是一副王顾左右而言他的样子。日本主编就发来请柬，邀请范烟桥赴宴。临出门前，范烟桥说，这一回不一定能逢凶化吉了，但你们放心，对不起国家，对不起父母，对不起妻儿的事我是不会做的。

酒过三巡，说到了加盟的正题，范烟桥对日本主编说道，中国和日本都推崇孔孟之道，讲究的是名节，如果文人无行，他的文章也是分文不值的，这样的人，你们要了也没什么用处啊。临到最后，范烟桥借着酒兴，写了唐诗“秦时明月汉时关”，说时初次见面，留个纪念。

作为老派作家，对于当时的新文学行动，范烟桥是敬而远之，但在大是大非面前，却是毫无疑问地义正词严。

和不少的苏州文人一样，除了艺擅多能，范烟桥还喜欢喝茶聊天，他在笔记文字《烟茶歇》中说 :“苏州人喜欢茗饮，茶寮相望，坐客常满，有终日生息于其间不事一事者。虽大人先生亦都纡尊降贵入茶寮者，或目为群居终日，言不及义。其实则否，实最经济之交际场俱乐部也。”这样的心得，是从泡在茶里的一个又一个日子中得来的。

范烟桥是同里人，同里的老宅有一点破落了，却依然有人居住，苏州的故居是他父亲花了 9000 元买下的一幢宅园，修复之后精神抖擞，但现在因为天长日久，有点老态龙钟了。

门楣上“雅邻旧宅”是范烟桥手书，我们只能从这样的字里行间，体会一些曾经有过的风骨和趣向了。

章　园

1901 年，章太炎前往曲园拜会自己的老师俞樾，本来是要叙叙师生之情的，说着说着却话不投机，有了高低，俞樾说，我怎么收了你这样大逆不道的学生呢。章太炎说，有你这样食古不化抱残守缺的先生，我也没什么光彩。俞樾勃然大怒，章太炎拂袖而去。

相对来说，文人还是比较较真的，倒不是在人来客往中，他们较真的是文章，文人是温和的兔子，而他们的文章是老虎屁股。

三十多年以后，章太炎定居苏州，开办了章氏国学会，和他老师一样，教书育人做学问，岁月时过境迁，人生殊途同归。

在定居苏州之前，章太炎是一个反帝反封建的革命战士，依照鲁迅的说法是："七被追捕，三入牢狱，而革命之志，终不屈挠者，并世亦无第二人。"后来在苏州住下来，退居为"宁静的学者"了，还是鲁迅的说法是："既离民众，渐入颓唐"，但"这也不过是白圭之玷，而非晚节不终。"鲁迅一向是心直口快，有什么说什么的样子。

章太炎在苏州没住上几年就因病去世了，因此章园真正的主人，也可以说是章夫人汤国梨。

汤国梨自小家境贫寒，靠着自学打下了结实的学问功底。“生小不知愁，闲花插满面头，自怜颜色好，弄影对清流。”这是当时她写照自己的诗句，长得好看，能持家务又通文墨，也是大家对她的评价。

长成大姑娘以后，汤国梨上了开明的女子学校，并对进步思想和活动身体力行。汤国梨和章太炎的媒人是孙中山的秘书张通典，张通典说，你也到了女大当婚的年纪了，现在有一个人，一穷，二老，三是脾气古怪，唯独学问是当今第一，你要不要考虑一下。

汤国梨的考虑是学问当今第一是难能可贵的，不要错过了。最后婚礼是在上海的哈同花园举行的，他们的证婚人是蔡元培。

之后也有人问起章太炎究竟是怎样的古怪，汤国梨笑一笑说，比如他穿皮鞋左右搞不清的，还比如他吃饭，总是只搛放在最前面的菜，搞得家厨以为他就是喜欢吃那个菜，次次都把它放在老先生面前。

晚年的汤国梨，在章园回忆着这些往事，然后就是坐在窗下的写字台前，整理和编辑章太炎的著作。阳光透过窗子上的玻璃，照耀着她的一头银发，这时候的章园，平和而美丽。

曾　园

青年曾朴曾经在京城稍作停留，当时直来直往的两户人家，一家是常熟老乡户部尚书翁同龢，另一家就是兵部尚书洪钧。曾朴去到洪状元府，自然也是见过赛金花的。这或许是他创作《孽海花》的一个缘故吧。

《孽海花》在上海出版之后，一版再版，读的人很多，说法也不少，比较特别的一种，是感觉到书里面有一些对洪状元的怨气，这是因为赛金花是曾朴从前的女朋友。小报的记者特地赶来采访，已经回到常熟曾园的曾朴，坐在虚廊村居前面的阳光下，笑一笑然后平静地说道，自己的父亲与洪状元是有交情的朋友，自己的老师是洪状元的学生，论起辈分来，自己还要称赛金花太师母呢。

其实《孽海花》最初的作者是吴江的金松岑，金松岑写到第六回了，寄给曾朴看，曾朴提出自己的意见来，主要是两点，一是要有创意，不能写成第二部《桃花扇》，二是不如以赛金花为线索，从人物的命运出发，展现一个时代。

这期间有人牵头，要金松岑和赛金花碰一次头。金松岑笑一笑说，只听说过老名士，没听说过老美人，就不见了吧。进一步想，觉得写《孽海花》其实也不是十分地有趣，听到曾朴的意见，就顺水推舟地交给曾朴去完成了。

回到常熟，做了第三十三回的《孽海花》，也忽然起了一个念头，想把《孽海花》一气呵成，一天做二千字，四个月就可以完成了。

这是曾朴记在日记里的一些话，只是最后却没有完成。

曾朴从过政也经过商，但骨子里是个十分纯粹的作家，所谓作家，不是说写过什么或者写着什么，而是念念不忘要去写的那些人，这是很累人的一种生活，有点作茧自缚的意思，但他们的心底里，永远有一只振翅欲飞的蝴蝶，一只振翅欲飞的蝴蝶，永远地在那里破茧而出。

曾园之中，有一棵樟树和一棵杉树，据说也是曾朴种下的，一百多年了，他们依旧在四季里生长。

曾朴住的屋子里，挂一张相片，相片上是他从前青梅竹马的恋人，岁月的流逝，也把曾经的故事带走了，故事走远了以后，心底的情感天长地久。

现在，我们不忍心惊醒一个沉醉而深情的梦，当我们从梦的边沿走过，已经鲜明地感受到了遥远年代流传开来的忧伤和感动。

高义园

高是高风亮节，义是义薄云天。

范仲淹是穷苦出身，父亲去世之后，母亲就改嫁了，几乎是无家可归的范仲淹，蹲在破庙里将四书五经的功课做下来，然后考中进士，或许就是因为这样的苦难，天下人的贫寒就更与他休戚相关了。

文庙曾经是著名的苏州府学，说过先天下之忧而忧，后天下之乐而乐的范仲淹，本来想在这里建造一幢私宅。一位阴阳先生看了风水之后说，这条街像是龙的身体，北寺塔是龙尾，这里就是龙头，在这里建宅，后人自是科甲不绝。范仲淹听了之后说，与其让我一家兴旺发达，不如在这里建造一座学校，让苏州出更多的人才。

范仲淹的仕途上，有过一段意气风发的日子，为了推行以改革为目的的庆历新政，由他牵头整顿吏治。这一天枢密院副使急匆匆赶到范仲淹家里，苦口婆心地对他说道，这事应该从长计议啊，官员罢去了职务，会使他们一家人哭天喊地的呀。范仲淹回答说，如果不把他们一笔勾去，天下的百姓就要哭天喊地了。

高义庄是回到苏州的范仲淹一手建造的义庄，一个能够将国家大事处理得井井有条的人，安排家族里的事情也是头头是道。

只有家族和家庭兴旺发达了，国家才能安定，这是范仲淹最明确的想法。

宗族里的人过失犯了错误，首先就是宗族内部的批评教育或者严厉惩罚。宗族的说法是，我们管教不了了，再把他交给官府去办。

这样的工作，在义庄的祠堂里进行，因为祠堂是祖宗神灵所在之处，冥冥之中，祖宗正深情地看着你呢，再一点族长在这里是代表了祖宗，对你批评教育，你要不好好认识，还有木棍竹板，再要执迷不悟，那就只好移交官府了。

义庄维系着整个宗族的利益，进士状元，和义庄在教育上的投入，有很大的关联。加官晋爵实在是义庄开放出来的美丽花朵。

先天下之忧而忧，后天下之乐而乐。是照亮前世今生的一句话，范仲淹说这话的时候，天平山层林尽染。

辛　亥

狮子回头望虎丘，这是流传在苏州的一句俗语，狮子山和虎丘山，藏着一些久远的神话和传说，守口如瓶地遥遥相望。我们的故事，就从这里说起吧。

1903年10月28日，十几个年轻人，乘着一艘小船，顺流而下，一路来到苏州西郊狮子山下，然后弃船登山，向着突兀在田野之中的山上走去。秋天的狮子山，有一点零乱的枯枝和杂草落下来风风雨雨的痕迹，几头野山羊惊异地望着打扰了它们的不速之客。

到了山顶，走在前面的年轻人，展开一面白幡，然后高高举起，白幡上写的是“招我国魂”，并且绘了怒目狰狞的雄狮。

白幡在秋风里飘扬，年轻人向着北方的天空高声朗诵“维有胡儿登大宝，岂无豪杰复中原。今朝灌酒狮山顶，请洗腥膻宿世冤。”随后大家高声唱起《招国魂歌》。

只有切肤之痛，才会耿耿于怀，只有沉重的失落，才会殷切

地呼唤，这一声呼唤余音袅袅经久不散。唱歌的年轻人已是热泪盈眶。

举着白幡的青年，就是朱梁任。

好多年之后，一起前往狮子山并且创作了《招国魂歌》的南社作家包天笑说起了过朱梁任："他排满最烈，剪辫子最早，剪辫而仍戴一瓜皮小帽，露其鸭尾巴于背后；身上长袍，御一马甲，拖一双皮鞋，怪形怪状，因此人呼为朱痴子"。

排满就是反清，这时候满人一统天下和封建帝制，已经成了许多进步青年和有识之士挥之不去的心病。有一年苏州官府为慈禧太后做寿，戴着白帽子穿上白衣服的朱梁任旁若无人地去了，一副哭笑不得的样子，宴席间官吏们一下子不知所措地狼狈起来。他把清朝政府赏给其父的诰封不屑一顾地扯得粉碎，最后父子反目，朱梁任一走了之去到日本留学，并且在日本加入了同盟会。

所以说朱梁任的痴，实在是以天下为己任的志士风骨。

山雨欲来风满楼的岁月，旧的世界摇摇欲坠，新的时代呼之欲出。当燕子和蝴蝶穿街而过，需要有人在楼下，招呼大家打开窗子，需要每个人都能看感到春天和春天的鸟语花香。

狮子回头望虎丘。曾经飘扬着招魂大旗的狮子山，望见了几年之后的虎丘山下的呼应和流传。几年之后，和朱梁任一走在虎丘山下山塘街上的就是柳亚子。

"性情古怪，虽然是苏州人，却硬邦邦的，绝无吴侬软媚的习气，学问很好，诗文都来得，精于小学，能写篆书，又自命为音乐家，对音律别有研究。"这是柳亚子关于朱梁任的评说，

朱梁任和柳亚子是在同里自治学社相识的，同里自治学社的主办者是金松岑。早在中日甲午战争后不久，金松岑便与同乡陈去病

和柳亚子的父亲柳念曾组织了“雪耻学会”，他们将活动的地点取名天放楼，天放的意思就是要以文章唤醒天下民众。当时同里风气开放，志同道合的反清志士汇集在一起，用柳亚子后来的话说，是“风虎云龙，一时会合”。

21 世纪，再提革命二字，已经恍若隔世，但一百年前，吴江分湖的柳亚子，却正是以一个革命少年的姿态登场的。当时的情形也是满东南都是革命的暗潮，吴江黎里，虽不算交通发达之处，即使近在上海，假如乘船，风平浪静，亦须花费两三天时日，不过革命没有阻挡，上海的报纸一样把革命消息传达到这样的江南小镇。这就把柳亚子这样的少年热血鼓荡起来，由不得他不向往革命了。

这一年考中秀才的柳亚子，自称维新党，书架上放的是四书五经，贴身携带的却是梁启超呼唤改造国民性的《新民丛报》，他称后者是“枕中鸿宝”。之后没多久，将自己更名为人权，字亚卢，也就是亚洲的卢梭的意思，以此表达对提倡天赋人权的卢梭的崇敬。这“亚卢”，后来被写作了“亚子”。

从此进京赶考的路上，少了一名之乎者也的秀才，而中国革命漫长的进程中，有了一位义无反顾慷慨悲歌的士兵。

之后，柳亚子由同里金松岑介绍，加入了“中国教育会”，并去了设在上海的爱国学社。蔡元培主理的爱国学社，当时被誉为东南学界鼓吹革命的堡垒。这时候，“革命军中马前卒”邹容，正好带着一腔热血和他的著作《革命军》从日本回到中国。

《革命军》以澎湃的激情、通俗的语言第一次旗帜鲜明地宣传革命和民主共和。邹容说，中国的出路不是改良，而是推翻满清皇朝的专制统治。

柳亚子咏读再三，不禁击节赞赏，并相约朋友一起出资，刊印了这部著作。这本由章太炎作序的《革命军》，一经上市销量达到了110万本，成为中国近代第一畅销书。

与此同时，章太炎、柳亚子在《苏报》上为《革命军》推波助澜，撰写了一大批反对满清反对保皇的文章，鼓动建立“中华共和国”。

“磨剑室”是柳亚子为自己起的斋名。

“十年磨一剑，霜刃未曾试，今日把示君，谁有不平事？”

唐人贾岛的这一首《侠客》诗，应该就是“磨剑”的由来了。

1906年春，任教于健行公学的柳亚子由蔡元培介绍加入了光复会。时隔不久，柳亚子又在同盟会会员高天梅和朱少屏的介绍下加入了同盟会。20岁的柳亚子称自己是“双料革命党”。

在上海，柳亚子继续主编同里自治学社时期创办的《复报》，在发刊词上，柳亚子以弃疾署名开宗明义，宣称刊物宗旨是反清复国、光复中华。他就想着要靠文字，文字呼号救出我这个庄严的祖国来，也就是说，从那以后，柳亚子开始以一个民主思想的宣传家、一个传播者、一个鼓动者鼓吹者自认，之后他的一生基本上是按照这样一个方向走的。

就在一年之前，孙中山在日本东京成立了同盟会，提出了三民主义学说，创办了机关刊物《民报》。《复报》与《民报》遥相呼应，被称为第二个《民报》。

今天的黎里，保存着相对完好的柳亚子纪念馆，说起有关柳亚子的故事，大家也是津津乐道，讲到底他是一个充满诗人气质的革命者，他是一个满怀革命情操的诗人，而这样的人物，是古镇的光荣。

现在，关于柳亚子的故事一路走来，又到了虎丘山下七里山塘。

“他们就雇了画舫，从阿黛桥出发，循七里山塘，一橹双桨，摇到虎丘。上了岸，直趋张东阳祠，……”这是后来加入南社的郑逸梅先生对南社秘密结社的记叙文字。

一路而来的船上备着菜肴，一共两桌，大家一边喝酒，一边选举职员，计划出版发行《南社丛刻》。

1909 年 11 月 13 日，这一年是宣统元年，这一天是旧历的十月初一。柳亚子、陈去病、高天梅等，仰慕明朝末年几社、复社在此结社反清的壮举，将南社的成立放在了虎丘山下的张东阳祠，这是一种纪念，也是一种继承。

高天梅说：“南之云者，以此社提倡于东南之谓。”

陈去病说：“南者，对北而言，寓不向满清之意。”

柳亚子说：“它的宗旨是反抗满清，它的名字叫南社，就是反对北庭的旗帜。”在曾经复社和张公祠的苏州虎丘，中国近代史上最大的一个革命文学社团南社成立了。这是遥远的呼应，既是文人流风所被，也是民族气节的同气相应，是某种地域文化精神的绵延不绝。

南社是中国历史上、中国文化史上，第一个全国性的近代性文学团体。南社的很多社员为创建民国维护共和，奔走呼号，乃至关进监狱、就义，应该说是功垂青史的。

也许，当时的天地过于的黑暗，所以他们生命的光辉和文字的神采，就更显得耀眼和醒目了，也许当时的社会过于动荡，所以他们人格的固守和意志的执着，就更显得坚毅和神圣了。

复社和张公似乎烟消云散了，那个时代也一去遥远了，而他们留下来的，是文章和精神，美妙灿烂的文章和超凡脱俗的精神。张公祠里，柳亚子、去病他们，依旧把酒临风地站着，站成雕塑。

1911 年 10 月 10 日，辛亥革命爆发，武昌起义的枪声震惊了全国，各地纷纷呼应，沉寂之中的古城如梦初醒。然而面对跃跃欲试的革命，书院巷里的江苏巡抚衙门，似乎是一副不露声色的样子。江苏巡抚程德全当然明白革命光复已经是箭在弦上和大势所趋，但是两江总督张之洞和江防总督张勋都是铁杆的保皇派，苏州如果起事，杭州、南京和镇江的清政府和旗兵三路围剿，势必凶多吉少。

武昌起事后十四天，正在上海的柳亚子收到一封寄自苏州的信："当此之时，正丈夫用武、英雄得志之秋也。……窃以为江苏巡抚究属汉种，有胆大心细之士，入其署而游说之，不白旗遍地者，吾不信也。"信署名"亦是同胞"。破旧立新的时代来了，革命者有了用武之地，江苏巡抚一样是个汉人，如果有人出面晓之以理，苏州光复指日可待。看得出来，在苏州的"亦是同胞"对南社书生充满了期待。

11 月 3 日，上海民军攻克江南制造总局，成立了沪军都督府，上海光复。程德全认为时机已经成熟，于 4 日深夜召集官员士绅，宣布反清决定。

这一夜，苏城注定是焦虑而不安静的。城内外各图的地保通宵通知各商店住户，一律悬挂白旗；巡抚衙门改成都督府，府门前的旗杆升起巨幅白旗；白旗上的字已经写就："中华民国军政府江苏都督府兴汉灭满"，程德全觉得"灭满"二字太扎眼了，又提笔将"灭满"改成"安民"。

第二天一早，革命党人的军队在阳光照耀下列队入城，没有发生对抗，抚台衙门和所有的居房和商店都扯起了白旗。

这是当时居住在苏州的一位外籍人士的记载。

辛亥革命时期插白旗，据说是杭州革命党人的发明。杭州革命军准备在凌晨时分攻占浙江巡抚衙门，黑灯瞎火，彼此之间需要一个标识，而白色在黑夜里最显眼，于是规定：革命军左臂一律缠上白布，以便指挥。这样白旗成了民间庆贺革命胜利的标记。

革命必须破坏，已经由巡抚变为总督的程德全让人用竹竿挑下抚衙大堂的几片檐瓦，表示革命了。

波澜不惊的革命，使此前心神不定的洋人舒了一口长气，就在此前几天，苏州海关的洋人已经把家属送去上海，有的人把家里的女人儿童送到美国人办的东吴大学校园里。

这一年著名作家叶圣陶还在中学念书，他在《苏州光复》中写道：

倒马桶的农人依然做他们的倾注荡涤的工作，小茶馆里依然坐着一壁洗脸一壁打哈欠的茶客。只站岗巡警的衣袖上多了一条白布。有几处桥头巷口张贴着告示，大家才知道江苏巡抚程德全换称了都督。那一方印信据说是仓促间用砚台刻成的。

这一方用砚台刻成的印信落在安民告示上，苏州进入民国时代。

1912 年元旦，南京临时政府成立，孙中山就任临时大总统，定国号为中华民国。

辛亥革命的成功、民国的建立，浸透着无数革命党人的鲜血，也凝聚了南社成员的心力和功绩。在同盟会不屈不挠地进行武装革命的时候，绝大部分革命宣传工作都由南社成员承担了下来。

辛亥革命前后，短短数年间南社社员由最初的 17 人迅速发展为一千多人，其中很多骨干是同盟会会员。浙江、广东、湖南等地先后成立了南社分社，鲁迅就是浙江分社的会员。

南社社员控制了当时全国近一百家新闻报纸杂志作为战斗阵地，他们以笔为旗或投笔从戎，以激昂的文字和烈士的鲜血，铸就了南社最具光彩的一段历史。

也可以说那个风起云涌的时代距离现在并不遥远，在我们心目中，总觉得站在很高处，还能望见那一些仁人志士的背影。

在山塘街，在黎里或者在同里，那些逝去的岁月，如一道别致而生动的布景，衬托出南社决不单薄的美丽，同样因为南社，使柳亚子、朱梁任、陈去病他们的生命产生了与众不同的韵味。而我们的倾诉与表达，都是对逝水年华的追忆。

人走远以后，故事还在。

近　代

最初的时候，租界称为夷场。当时的租界呢，就是中国人了解西方文化的窗口。

1860年6月，李秀成率领的太平军兵临城下，慌忙和仓促之中，冯桂芬逃离了岌岌可危的苏州，并且在上海暂时安顿好全家老小。

中英《南京条约》签订之后，上海这个普通的滨海小城，没有多久便成了中国最大的通商口岸。开埠以来，频繁的中外贸易，使上海呈现光怪陆离的繁荣。一位美国记者说，“罗马不是一天建成的，而上海却是这样。”

这一天，英租界的惇裕洋行邀请冯桂芬前往作客，冯桂芬带着儿子冯芳辑如约而至，他们眼前的惇裕洋行楼广且洁，净无纤尘。房间里铺着地毯，炉火方炽。墙上挂着洋画，画上的人物栩栩如生。洋行里的英国人彬彬有礼地接待了这位名流乡绅，他们按着东方的习俗抱拳作揖，然后用不太流利的中文，向冯桂芬介绍洋行里正在进行商务，接着，继续上二楼参观。

“兰卿导登”，冯芳辑记载说，陪着他们一起的是兰卿。

这个兰卿，正是当时在墨海书馆工作的王韬。

古老的中国，从封建帝制走向现代文明的路途中，经过了两个重要的路标或者站台，就是冯桂芬和王韬。

而现在，走上惇裕洋行二楼的冯桂芬和王韬邂逅，却又是擦肩而过。这一别之后，两个人开始了不同的人生，经历着不同的命运，从这里走过，既是身体的一次漫步，也是心灵的一次跋涉。然后在历史的十字路口，他们竟然又有了不期而止的殊途同归。

“校邠庐”是冯桂芬在上海的书斋，从租界回到书斋的冯桂芬心潮难平，自 1840 年开始，中国历经两次鸦片战争、一次甲午战争，国运日衰、外辱频仍，在一片凄风苦雨中。代表清廷与侵略者签订了丧权辱国的《辛丑条约》的李鸿章，把自己比作一个裱糊匠，而大清帝国是“一座四面透风的破房子”。

针对清咸丰朝以后的社会大变动，以及当时科技水平落后于西方国家的状况，冯桂芬提出了一系列改革方案，这就是著名的《校邠庐抗议》。

“抗议”二字语出《后汉书·赵壹传》，即位卑言高之意。

《校邠庐抗议》表达了对清朝的腐败统治有所不满，建议改革时政。重视西方经世致用之学问，主张采用西学、制造洋器。“以中国之伦常名教为原本，辅以诸国富强之术”。解决现代化过程中的中西矛盾、古今矛盾的方法，就是“惟善是从”。

校邠庐是冯桂芬临时住宅里的书斋，略微有些简陋，却不妨碍冯桂芬著书立说。然而这时候，已经在苏州安营扎寨的李秀成开始进攻上海，远远近近的炮声，令冯桂芬和上海官绅焦虑不安。情急

之中，他们商量出了一个对策，就是和湘军统帅曾国藩联系，从而乞师援沪。

“天祸吴民，陆沈一旦焚烧，夷戮之惨远接宋建炎四年金阿之祸。请奇兵万人，以一勇将领之间道而来，旬日之间苏常唾手可得，大军一至可保全之”，冯桂芬又在众人的催促下，开始连夜起草了致曾国藩的告急文书。这就是著名的《公启曾协揆》。好多年之后，李鸿章在为冯桂芬请建专祠的奏折中阐述了先生一生中两件大事，一是为苏州减赋不遗余力地呼吁，其二就是乞师援沪。

曾国藩被冯桂芬入情入理的文辞打动，而他派出的“一勇将领”就是日后担任江苏巡抚并且倡导主持洋务运动40余年的李鸿章。

之后曾国藩在金陵见到了冯桂芬，又一次提起了那一封告急文书，“厥后东南事，不出君一书。”

这是一封至关重要的书信，某种意义而言，这一封书信，竟影响了之后中国近代历史的走向。

当冯桂芬写下《公启曾协揆》，差不多也是这个时候，正在甪直乡下的王韬，也写下了一封几乎影响了他一生的书信。

去到上海那一年，王韬二十岁，此后的十三年，他就在上海墨海书馆从事宣传教义和西方文化的编译工作。字里行间的日子是平静的，不平静的是王韬的内心。接触了西方文明的王韬产生了救亡图存、变法自强的思想。

1862年春天的一个下午，远在故乡的母亲病倒了。王韬一听说，就急忙回故乡而去。

回家的日子是幸福的，天伦之乐，其乐融融。只是，望着开开心心的家人，王韬的心里掠过了一丝忧虑。当时的甪直，正是太平天国的势力范围，太平天国反的是洋人，而自己正是在洋人的书馆里讨营生，想到一家老小的安危，王韬在后园的回廊里来来回回踱着步子。

夜渐渐深了，一轮明月投在水中，池塘里反映出来的是一池清凉。王韬反过身，走进书房，在案前坐下，他想到了太平天国苏福省的将领刘肇均，他要给刘肇均写一封信。

刘将军，王韬写道，我是苏福省的儒士黄畹，根据上前的情形，太平军攻打上海已经是箭在弦上，但我认为你们不如以不攻打上海为前提，与清廷谈判，以外国停止向清朝提供军火为条件，如可行，你们可以集中兵力在于长江上游作战，并一举消灭湘军主力。

事后王韬说，我的原意是为一家人安全的考虑，这其实是一种策略，我用的是反间计呵。

只是从信的内容而言，他是脱不了为太平军献计献策的干系的。

现在，就是在王韬纪念馆，穿过深宅庭院穿过长廊，我们看到淡淡的青布长衫一闪而过，这应该是王韬正在远去的背影，在我们心里，似乎一下子明白了他的心思。

王韬为文却不甘为文，王韬参政却不能参政，时局的动荡和世事的变迁使本来举棋不定地走在人生平衡木上的他，更加左右为难了。

太平军并没有采纳王韬的想法，一个月以后，就开始攻打上海。让我们绕开战事，继续跟踪王韬的这一封书信。太平军在攻打上海的时候，这一封书信落到了清军的手上。“黄畹”的真实身份很快查清，李鸿章将此定为“通贼”并下令通缉王韬。而这时正在书馆里校对着一册有关西方地理图书清样的王韬，闻讯以后，不知如何是好了。还是当时的英国领事伸手相助，王韬匆忙扔下书稿，仓促逃亡到了香港。

“翌日午后抵香港，山重赭而水泥域，人民椎鲁，语言侏离，乍至几不可耐。后来虽然一居在山腰，多植榕树，窗外芭蕉数本，嫩绿可爱。”

这是王韬在《香海羁踪》里有关自己初到香港的记载。

又是一个月夜，独在异乡小屋的王韬，望着窗外的晴空，远处传来似断似续的二胡演奏的声音，还伴着生涩难懂的粤语歌唱，王韬忍不住想起故乡，想起故乡的亲人。

在香港，这样令人生悲的时日，没有经历太久。凭借着对中西方文化的把握和了解，王韬找到了一份于上海墨海馆相类似的工作，协助英华院院长理雅各翻译中国经典。五年后，王韬应邀赴欧洲翻译经书，同时游历了英国、法国、俄国。身在异国他乡，“览其山川之诡异，察其民俗之醇漓，识其国势之盛衰，观其兵力之强弱”。领略了科技和进步的王韬，对于祖国的落后和闭塞感受更切。后来，他率先喊出了“振兴中国”的口号，就不难理解了。

在香港在欧洲的日子是充实的，王韬的心情也是畅快而自然的，唯一的牵挂就是故乡，这是永远存在王韬心里的隐隐的痛。

春来春去，雁归雁飞，走在他乡街头的王韬，就是见到了一片树叶掉在地上，也会勾起内心无限的乡思。

在英国，他羡慕的是英国人的“实学”精神和制度；对中国，他期望的是经济建设：“舍富强而言治民，是不知为政者也”。伦敦画馆请他摄影留念，他在像后题的律诗有一联是：“尚戴头颅思报国，犹余肝胆肯输人？”虽然不是什么佳句，气节是有的。

1884年，经知己朋友丁日昌从中周旋，得到李鸿章的默许，王韬终于结束了流亡生涯，回到阔别二十余年，也是二十余年来，魂萦梦绕的故乡。

1862年以后，王韬多次在自己的文字中提到给太平军写信一事，王韬说，当时我有意和太平军套近乎，为的是打入他们内部，从而达到消灭他们的目的。而在太平天国运动失败以后，传言四起，说王韬就是太平天国的“长毛状元”。

王韬的白纸黑字和众说纷纭的莫衷一是留给从事考证工作的同志做功课吧。我们的想法是，这是王韬个人的一种经历，也是王韬内心的一个秘密，我们不要打扰了一个动荡时代一生奔波的老人最后的休息。

之后，在上海，王韬继续进行着自己的新闻生涯，为《申报》撰稿，并出任上海格致书院的负责人，还创立弢园书局，从事教育和出版事业。

作为改良主义的先驱，王韬有关变法的主张，比康有为、梁启超早了二十年。1874年，王韬在香港创立《循环日报》，这是中国新闻史上第一份由中国人创办的中文报纸，林语堂先生称王韬为“中国记者之父”。

1998年，中国人民大学新闻学研究生入学考试试题中，有一个论述题是“简述王韬的办报活动及办报思想”。

中市街6号，王韬纪念馆。这是一幢典型的清式宅园，大厅叫作“蘅花馆”，蘅花就是杜蘅，老式的人物，以此比作贤德之人。大厅的四根立柱上是两副对联。

“短衣匹马随李广，纸阁芦帘对孟光。”

有可能我要上战场保家卫国，没有这样的机会，就在家里好好

过着朴素和睦的日子。这是王韬写给自己的句子。

王韬回来的那一年，《校邠庐抗议》正式出版。这已经是冯桂芬去世九年之后了。而科学进步，发愤图强再也不是简单的纸上文章了。

假如我买来一艘船，然后再雇来船员，我永远只能被动地听命于别人，如果我能造，能修，能用就不一样了。

这话是冯桂芬说的。

刚刚从西方人谈判桌上走下来的李鸿章，对于冯桂芬的一番话，应该有更加深刻的感悟吧，所以，当太平天国的硝烟还没有完全散尽，李鸿章就着手于苏州洋炮局的建设了。这是 1863 年的故事。

苏州洋炮局是一家制造现代枪炮的工厂，是苏州乃至于中国第一家现代意义上的兵工厂。从英国全套购进了机器，聘请外国技师指导生产。当古老的城市第一次响起蒸汽机的轰鸣，这方水土如梦初醒。

男儿何不带吴钩，从当年干将莫邪到洋炮局，这一路走来竟是二千多年。多少风起云涌的大浪淘沙，多少前赴后续的行者无疆，多少义无反顾的取义成仁，多少可歌可泣的奋发图强。远方是一个忽隐忽现的地址，而道路和脚步却是永恒的解释了。

然而，苏州洋炮局在苏州的日子并没有很久，当机器的轰鸣再一次在这座城市响起，三十年又过去了。

“山中藏古寺，门外尽劳人。”

这是挂在常熟兴福寺门口的对联，对联的作者是常熟老乡翁同龢。

两代帝师翁同龢把清朝的事情忙完之后，就告老还乡了，当他

走进兴福寺，然后回过头来，很颐享天年地看看门外，他说那些东奔西走的都是劳人。风起云涌的岁月之后，是风平浪静。

1889年，还在京城的翁同龢读到了《校邠庐抗议》，激动不已，第二天就将这部著作呈进光绪皇帝，光绪看了此书，认为“切中时要”，正是百日维新进入高潮之时，光绪谕令昭发了二部私人文选，要求各衙门签注和评论，以备采择。这两部著作，一部是张之洞的《劝学篇》，另一部就是冯桂芬的《校邠庐抗议》。

《校邠庐抗议》流传开来，并且影响越来越大，后人的评说是“言人所难言，实为三十年变法之萌芽。”

40多年前，翁同龢还在苏州紫阳书院读书的时候，曾经听过冯桂芬的演讲，而当年与翁同龢一同在紫阳书院聆听冯桂芬演讲的同学中，还有陆润庠。和翁同龢一样，陆润庠之后也中了状元，并且在京为官，1896年因为母亲病故，陆润庠回到苏州守制，正值两江总督张之洞在苏州大兴洋务，陆润庠遂以绅士身份被委以组织商务公司，担任总董，筹办苏经丝厂和苏纶纱厂。

从来纺纱都用手摇，机器怎么操作，苏州人充满了好奇。因为不了解机器性能，操作也不熟练，两家工厂一直亏损，最初的工业，就是这样磕磕碰碰步履维艰缓缓向前。

也是这个时候，天赐庄建造了博习医院，三元坊开办了江苏师范学堂，天库前高立了电报局。

1906年五月二十五日，沪宁铁路上海至苏州段通车，当日在苏州站，举行了隆重热烈的通车典礼。两年之后，南京到上海的铁路全线通车。值得一提的是，这一条沪宁铁路，是建造在明、清驿道之上的，现在唯亭边上的“十字铺”，就是沿用的当时驿站的名称。

当第一列列车驰进苏州站站台，千百年来生于斯长于斯的古城

的民众，迟疑或惊奇，兴奋或忧虑，他们心底涌起的情感，我们无从知晓，但在当时国外的报章上有着这样的记载："苏州人很快习惯了这一新的交通工具，这至少说明，他们的保守并不是长久以来的一种抱残守缺，而是对几千年来没有变化的环境适应的结果。一旦认识了新的交通工具的实际好处以后，便整体上接受了这一切，而所有迷信、保守、陈旧的观念也随之烟消云散了。"

太湖记

前世今生

这是最经典的江南和最纯粹的自然了，历史和文化以日常生活的姿态，生生不息地流传，山水和花果以平常人家的本色，熠熠生辉的灿烂。

每一个清早，是太湖上的一个码头，每一个黄昏，是太湖上的另一个码头，最初升起的太阳顺流而下，日子就这样一天一天地过去了。当我们转过头来，打量太湖，四季枝头，依旧硕果累累，而潮来潮去，竟已经是数千年的光阴了。

假如太湖是一种别致的生命，生生不息的流水，就是年轮。

考古工作者说，太湖曾经是东海的一部分，这是六七千年之前的事情了。六七千年之前的一个清早或者黄昏，东海中的太湖是义无反顾地脱缰而去，还是身不由己的依依惜别，我们已经说不清楚了，我们能够说清楚的，就是那一派烟波浩渺的奔流，依旧是大海的姿态，他们把一路走来的经历，记在太湖石上，他们衣袂飘飘地

立在风里，这时候岁月就是一艘没有码头的老船了。

河对岸的古人，是河对岸的晓风残月。

仿佛就是一页书的正面和反面，遥远年代的历史，似乎这样轻轻一翻，就到了今天。今天，我们遥望从前，看到的是古人遥远的背影，在湖光山色中忽隐忽现。

最初的开始，应该就是这片刻着图案的碎瓦了，这是一片不规则的残块，平整的一面留下了拍击的印痕，和一点儿苇草的图案。考古学者说，苇草是我们的先人在制作土坯时，不小心沾上去的，但我们心里更相信这是我们先人忽发奇想的有意为之。当烧成褐红色的土坯再一次展现在我们的先人面前时，他不由自主地觉得这一枝苇草真美啊，同时，一个有关家的想法在心底里渐渐清晰了起来，这是在太湖之滨，在距离现在几千多年前的旧石器时代，我们的先人风雨兼程，竟是这样一个充满诗意的开始。

三山岛是生在太湖中的一个小岛，差不多是二十年前吧，耕种的村里人，就在自己脚下的田地里，翻出上万件旧石器，这是旧石器时代的家当，旧石器时代就是一家搬走的人家，他们的旧居，就是我们追根穷源的线索。

这一颗几千年前的稻谷，如果种进泥土里，依旧会有一个收获的秋天吧。或许就是飞鸟从或远或近的山上衔来一粒种子，最初的耕种在风雨中一唱三叹。

这一片几千年前的葛布，如果织成衣服，依旧是最动人的时装吧。我们的古人，脱下身上的树叶，穿起最初的纺织，季节里的容颜，仿佛不老的传说。

辽阔的太湖和太湖边用树叶遮掩着身体的先民们，他们抬头仰望天空，天上是斗转星移，他们低头摆弄土地，地上是一年四季。

因此鱼米之乡和衣被天下，应该是太湖矢志不移的性格和品德了。因此太湖其实就是我们自古以来的家园了。

地方志上说：“政和而和，中原云扰，乘舆南播，达人志士入山唯恐不深，于是乎，荒洲僻岛多为名流栖托之地”。

这是南宋时候的事情了，南宋初年，北方士族纷纷南迁。他们顺流而下或者逆流而上，他们在逃避，逃避天灾和人祸，他们也在寻找，寻找梦中的归宿。然后，他们在太湖里面的岛屿上，建立起一个又一个村落，这一个又一个的村落，仿佛生长在太湖上的鸟巢，达人志士不是徒迁，是一次美丽的回归，假如没有太湖，他们举目无亲。

安家落户的士族避世自安，在他们的观念中，主张经商重于仕进，到了明清时期，洞庭商人集团崛起，大批商人也应运而生。因为他们意气风发样子，当时的社会上称他们是“钻天洞庭”。

最初的时候，他们离开家乡东奔西走或者南来北往，他们走在离家的路上或者回家的路上，他们大富大贵或者小商小贩，他们经历不同的人生，感受一样的颠簸。

现在，他们渐行渐远，他们如一片树叶，飘落枝头，而大树还在，也就是说一个时代、一个时代，如太湖上的过客来了又去，但太湖还在。

太湖是达官贵人衣锦还乡的故居，走遍天下的风光，因为最初的朴素而叫人怦然心动。太湖是穷困潦倒倦鸟归巢的老宅，浪迹天涯的漂泊，因为最后的依恋而叫人热泪盈眶。

乡关何处

假如插上一枝桅杆，这一些生长在岛上的古老村庄，会不会像船一样飘走呢？

现在，在太湖上的古村落，从前的孩子已经长成了风烛残年的老人，岁月留下的风雨沧桑，在他们的叙述中依旧是栩栩如生，说来话长，就是从前的风华绝代，因此一步之遥的外面的世界，似乎千里迢迢了。

日出日落的日子日出日落，南来北往的人们南来北往。

西山是太湖上的一个岛，明月湾是西山岛上的一个村。

高启说："明月处处有，此处月偏好。"

明月湾这个名字，应该就是由吴王的典故生出来的，风流潇洒的皇帝，遇上太平盛世，好山水就可以为国泰民安锦上添花，比如乾隆和江南。风流潇洒的皇帝，遇上外忧内患，好山水就平白无故地落下了不是，比如吴王和西山。

和所有生长在江南的村落仿佛，明月湾的村口照例是一棵参天大树。这是一棵生长了二千年的樟树，旧的叶子落在地上，新的叶子又长上枝头，它的枝枝叶叶，其实就是村子里的人家，一家一家的家谱。

一千二百年前的一场大火是怎么生起来的，已经说不清楚了，能够说清楚的，是樟树现在的样子，就是这场大火烧出来的吧，大火将半棵樟树烧成木头，另外半棵从火堆里爬出来，拍一拍身上的泥土，继续生长，长成二千年以来的枝繁叶茂。可以说生长在太湖山水里的一草一木，对生命是一种矢志不移的热爱，也可以说，太湖山水对生长在这里的生命，是一往情深的怂恿和关怀。

老宅果园，还有石板长街，长街是乾隆三十五年铺设的，四千五百六十块石板，仿佛就是走过来的年月吧，沿着石板长街往村里去，感觉不远处就是古代了。

我们就是沿着这样曲曲弯弯的石板路，走过东村的锦绣堂。

街头的老人一再地说起，锦绣堂其实就是敬修堂啊，发音差不多，后来的人就以讹传讹了。敬修是一种提醒，高兴时不要得意忘形，不开心也不用垂头丧气，踏踏实实做好每一件事情，兢兢业业过好每个日子。锦绣是一种暗示，是千辛万苦之后的功成名就，功成名就之后的美不胜收吧。而再一次打动我们的，不是曾经有过的内敛外露，也不是依旧风采的雕梁画栋。而是空空落落的厅堂上的半副对联和一架长梯。

对联是清朝人的笔墨，从前锦绣堂的主人随意的一次张帖，就把古代的一家书香门第久久地刻画在墙上了。长梯是现在锦绣堂里的人家，用来摘果子用的，还没有到收获的季节，也是挂在锦绣堂的厅堂之上，看上去就是和清朝的那一幅上联相对应的下联了。耕

读传家，是古村落持之以恒的观念。

走过太湖上的古村落，和看到的比较，我们听说了更多。

后坞，也是岛上的古村落，也是另一个老人，指一指家门前的古井说道，这是宋朝留下来。苏东坡和宋词的宋朝，仿佛老人嘴里的一句家常。

井圈和盖石是整块青石雕琢而成的，井圈一边的勒痕，是系在辘轳上的绳索落下的痕迹。辘轳是北方生活的一个明显细节，生在后坞的古井，应该是宋朝的北方人家南渡之后，在后坞安下家来，最初的日常生活了。

坞是山坞，山坞是太湖岛上清溪潺潺古树森森的地方，如果山峰是抛头露脸的风光，山坞就是深藏不露的景色，藏是隐藏，藏龙卧虎。藏是收藏，兼收并蓄。这样仿佛是得道高僧和隐士名流的姿态，是南渡的名门望族理想的家园。

横山孙氏是孙武的后人，秉汇村葛家坞，是葛洪第四个儿子定居的地方，慈里曈里，住的是苏东坡的子孙，秦家堡的人家是秦观的后代。

家谱上的字里行间，是一些通向古人的线索，曾经是中国历史上呼风唤雨声名赫赫的古人，记在家谱中，就是古村落人家中的一员了。

这个时候，历史就是一座张灯结彩的戏院，古村落里的乡亲们，平静地看着自己的先人，担任一些生旦净末丑的角色，演绎一些天地君臣的故事。直到散场之后，他们走出戏院，走进自己的家园。

舞台上是瞬间的辉煌和风光，重要的还是踏实朴素的日常生活，平常人家竟是名门之后，名门之后，原来就是平常人家。我们走过古村落，在依稀可辨的痕迹中，看到了忽隐忽现的从前。

天下鱼米

船在水上，人在船上，在广大的太湖，船就是水上人家造在水上的房子了。

不远的地方是村庄，但现在渔船要去太湖撒网捕鱼。

山不转水转。太湖里的水上人家说一路顺风是顺风顺水，有时候最简单最朴素的祈祷，是心底里最实在的安慰。

然后船帆冉冉升起，在太湖里，船帆就是一面关于天下鱼米的大旗。

网是撒在天空里的，再缓缓落下来，落在水里，这时候的收获可望可及。太湖是一种孜孜不倦的生长，所有的劳动都能如愿以偿，因此太湖上的水上人家生生不息。

《太湖备考》说，“春后银鱼霜下鲈”，银鱼、白虾和梅鲚鱼是通常所说的太湖三宝，还有白鱼和鲃鱼，还有太湖大闸蟹，他们依次出现，使一年四季的太湖生机勃勃。

白虾就像是戏曲里的丫鬟，清新活泼还有一点小小的心机，因此也更加有趣了。梅鲚是童儿吧，穿过大街大大大咧咧碰翻摊子的童儿，书房里磨墨毛手毛脚将墨汁溅在衣服上的童儿，这个童儿呀，最麻烦的是不小心，最可爱的也是不小心。

银鱼呢？银鱼是素卷青灯暮鼓晨钟下一句欲说还休的经文，银鱼只在忆起数千年前的那个传说时，才有了超越红尘的飞升。而白鱼更像是一身白褂立在船头上的侠客。吴越春秋不过是过眼烟云，青山绿水才是醉里挑灯看剑的一片风景。

太湖上的人说，“梅鲚头上七道蓬”，八月到十月的梅鲚济济一堂又穿梭如飞，所谓七道蓬说的就是捕鱼时的船帆，七帆船乘风破浪，和梅鲚鱼比的就是谁更快一点，因此七道蓬和梅鲚鱼是约定好了在太湖上一决高低的武侠，这一个回合令秋天英姿飒爽。

七帆船是太湖上的老船，现在，这样的老船已经退出江湖，留下来的也不派捕鱼或者运输的用途了，而且寥寥无几，他们像子孙满堂的前辈，看着湖上船来船往，有一点众望所归的功成名就，也有一点无所事事的冷清落寞。

这样的感觉，和太湖上的禹王庙有些儿仿佛。

洪水是一匹脱缰的野马，大禹是骑在马上的英雄。传说大禹在治理太湖的时候，曾经在西山林屋洞北钿函中，得到了“天书”，大禹就是按照“天书”上的治水方法，开凿三江的，这就是所谓的“三江即入，震泽底定”。

大禹是一个和洪水奋斗了一辈子，悲壮而寂寞的英雄。大禹东奔西跑，他是一个活在路上的人，因此哪里有水，哪里就有他的家了。建在风口浪尖上的禹王庙应该是太湖水患平息之后的建造吧，而现在，禹王庙像太湖中的七帆船一样，听潮来潮去，看日出日落，因为风平浪静和风调雨顺，香火随着从前的岁月越飘越远。

沿着岛上成熟的稻田向前走，不远的地方就是万亩鱼塘了，挨着万亩鱼塘的太湖里，是很仙风道骨的“水八仙”。“水八仙”是生长在太湖里的八样特产，莲子和藕、茭白和水芹、慈姑和红菱、芡实和马蹄，这一些可以入诗又可以入菜的特产，和鱼虾一搭一挡，一唱一和，因此就有了以时令和精巧而闻名的苏帮菜，因此就有了绘声绘色红红火火的苏帮菜。

苏式菜肴的风格就是从船菜的基础上发展而来的，太湖上鲜鱼活虾资源丰富，这是船菜的主要原材料，船菜的选料十分讲究，新鲜时令，而且是一菜一味。船菜的加工制作也是精巧细腻。船菜不用爆、炒而是以蒸、炖、焖、煨这样一些烧煮方法进行加工，一般就以火候菜为主了。

最早发明船菜的，应该是一个生在苏州的诗人吧，诗人也不是嘴巴很馋的样子，诗人在家里的时候，想到了不远处的太湖，就背起行囊出门去了，然后诗人在水上走着的时候，却有了在家里的感觉，诗人想到了要一壶酒，和一些清淡的小菜，船家说，有的有的，我去去就来。说完，船家就架起小船去了。

因此将船菜和船点发挥得淋漓尽致的，肯定就是水上的人家了。

船不是太新了，却揩洗得干净，前舱的当中，是一张方桌，边上是几张小凳，后舱是有靠垫的铺位，一边是茶几，客人来了，先在这里坐下，喝茶谈天，看两岸移动的风景。船尾是厨房，船尾上还拖着一叶小船，这真是很小很小的船了，便利于在水巷里穿来穿去，大船上要添什么东西了，船家解开小船的缆绳，小船就利利索索地去了。

小船，从明朝或者清朝的水上来了，又向着明朝或者清朝的水上去了，我们在太湖上，看到了遥远年代一粒色香味的种子。

流年写意

在更广大的背景下，苏州仿佛是一座园林，假如太湖是生在园林里一泓清泉，那么太湖石就是得天独厚的风景了。

就是在苏州园林里，走过远远近近的假山，我们听到了流水的声音，这是太湖石的心里话，深院高墙里的太湖石，像春天里的宫女，想起了民间的太湖。

太湖石是长在咸水湖边的石灰岩，经历了几万年岁月的风化和波浪的冲洗，出落成了现在的样子，风化和冲洗是日积月累的精雕细刻，也是地久天长的漫不经心。这样的精雕细刻和漫不经心，使平常生活超凡脱俗，使石灰岩成长为太湖石。

苏州园林和太湖石，是一种今生约定的宿命，太湖石让一览无余的园子成为峰回路转的园林，园林使平淡无奇的石头成为风流倜傥的太湖石。

冠云峰、玉玲珑、瑞云峰，这是太湖石中的代表，他们的名字好比唱戏的梅兰芳，好比画画的齐白石。

留园里的冠云峰，按照王国维的说法是“奇峰颇欲作人立”，亭亭玉立的样子，就是苏州女人，因为太湖她们柔情似水。苏州女人比较显著的特点是很懂得宠男人，打一个不恰当的比方是，她们把苏州男人都当成自己孩子来对待，她们的真心关爱，使苏州男人有点任性并且更加如鱼得水和风调雨顺起来。第二显著的特点是苏州女人特别在意或者说特别需要男人的疼爱，她们把含辛茹苦什么的当成身外之物，她们在吃苦耐劳的日子里，只要你一句体贴的话语，一个会心的眼神，她们就会重新抖擞精神，孜孜不倦地扛起日子走下去的。

上海豫园里的玉玲珑，是红尘中的仙人，那一副看破红尘爱红尘的，更像是江南才子，比如唐伯虎和文徵明，他们衣袂飘飘地走过苏州的大街，他们和明朝的女人擦肩而过，他们在回头一望间，市井的女人，成了仕女。他们驾一叶扁舟在太湖上飘来荡去，或者在湖光山色中击节而歌，这一些青山绿水，就是他们走进书房的瞬间，成了“万里江山笔下生”的吴门画派了。

苏州十中，是清朝的苏州织造署，乾隆下江南，织造署改成临时的行宫，瑞云峰就是的这个时候从留园搬运过来的，也可以说，没有瑞云峰的，这里也就是一所普通的行政机构，添了瑞云峰，这里就是皇帝的行宫了。

瑞云峰和宋朝有关，宋朝的时候，宋徽宗赵佶忽发奇想地要在现在的开封建造万寿山，并且在苏州设立了“苏杭应奉局”，负责搜集奇花异石。瑞云峰就是当时在太湖西山开采出来，只是在运输的过程中，石盘掉进太湖里去了，瑞云峰就不了了之地搁在岸边，后来流落到湖州一户人家的手里，这个湖州人碰巧和苏州人联姻，知道自己的亲家是个奇石爱好者，便将瑞云峰作为陪嫁装在船上，送到苏州来。

从湖州到苏州，自然要经过太湖，船在水上行走，竟然是连着瑞云峰一起沉落下去了。最后打捞时候，却又把数百年前沉下去石盘也捞上来了。这样的失而复得，似乎给故事增添了起承转合的意义，也似乎沧桑传奇变成了故事。

因此对于我们来说，太湖石是蓦然回首欲说还休的等候和寻觅，是百转千回千呼万唤的牵挂和理由。是我们周而复始年复一年的沉思和参悟。

明朝的文震亨写了一部名叫《长物志》的图书，《长物志》说的是怎样艺术地生活和什么是生活中的艺术。这一个景致里应该放一些什么东西，什么东西应该怎样来摆设，才能自然、古朴、风雅，才能避开俗气和匠气。文震亨娓娓道来。《长物志》是日常生活事无巨细的一种安排，又是“寒不能衣”“饥不能食”的超然物外。有关太湖石，《长物志》中有一段这样的说法：“石在水中为贵，岁久为波涛冲击，皆成空石，面面玲珑。”

文震亨是文徵明的后人，应该就是太湖和太湖石的缘故吧，文徵明对这一派山水也是情有独钟，应该就是这样的情有独钟，才使长一笔短一笔的太湖风光，成为开门见山的吴门画派，所以我们读文徵明的山水，就是读太湖地图。

这样的阅读，使我们的心情有了起伏，这样的起伏，使我们再望太湖多了一种感慨，这样的感慨，使我们再一次回望数千年的从前以来，如回望迷失在烟雾里的故乡。

堂堂人家

归去来兮是从前的燕子说的吧，从前的燕子，是在哪一个春天到这里来的呢？

东山西山的人家，建造起房子来，总要为自己的家起一个堂号，是一些风调雨顺的吉祥话，或者是鼓励一家人不断进取的意思。凝德、明善、春熙、瑞霭，他们把这样的名字一笔一画地描上门楣，也在心底里描出了一段一段锦绣风光。书香门第或者钻天洞庭，村庄儿女或者大户人家，他们活得信心十足和精神抖擞。

王鏊的故居是陆巷的惠和堂，关于王鏊，唐伯虎说他是："海内文章第一，山中宰相无双。"王鏊和唐伯虎、祝枝山、文徵明素有往来，作为德高望重的前辈，听一些好话受一些恭维也是人之常情，但唐伯虎白纸黑字地写下来"第一"和"无双"，在当时是很有面子，于后来是百年风光。

就在惠和堂西面，还有王鏊中了解元、会元和探花之后，树立牌坊而留下的残柱。苏州虽说是状元之乡，真正入阁拜相担负起国家大事的也寥寥无几。而王鏊是其中之一。功成名就之后，等不到七老八十就着急着要告老还乡的，依旧是王鏊。因为太湖，游山玩水比起上朝下朝，诗词文章比起奏折公文，更加妙趣横生了，所以再一次回到惠和堂的王鏊如鱼得水。

现在的惠和堂，差不多还是从前的样子吧，书桌上那一册旧书，应该是王鏊转身离开时，来不及合上的，我们追出门去，赶到太湖边，还能看到立在船头衣袂飘飘的王鏊，在缓缓地向岸上挥手。

也许不能说清楚王鏊又去了太湖上的哪一片风景，他在哪一个山头上走走停停，在哪一片风景里说说唱唱，大家只是知道，因为太湖，王鏊在大家心里，少了一点正襟危坐，多了一份浪漫抒情，少了一点道德文章，多了一份风花雪月。

《洞庭两山赋》是王鏊关于太湖东山西山的文字，从自然景观开始，说起风土人情和历史地理，再拿天底下的湖与太湖一一比过来，得到一个也只有太湖是山水兼胜灵秀独钟的结论。

回到太湖的王鏊除了写一些有关太湖的诗词文章，还题写了许多名胜风景，这样的题写，和后来行走太湖的人们，时时邂逅。

比如启园里的《柳毅井》碑石，王鏊的题写告诉大家，一个凡人和仙女的故事，可以从这口井说开去的。

启园也就是席家花园，席启荪原来在上海开办钱庄，他的先祖曾经在自己家里接待过微服私访的康熙，为了纪念这个典故，席启荪在家乡建造了启园。按照对联上的说法是，启园是“脉接莫厘七十又二峰，波连五峰三万六千顷。”也就是说建造启园的席家，很借景抒情地将启园和太湖融和成了一个整体。

与启园比较相近经历的建筑，就是木渎山塘街上的严家花园了。上个世纪四十年代，刘敦桢曾经两回千里迢迢赶到苏州，在粗看细看的基础上。写出了《苏州古建筑调查记》，《苏州古建筑调查记》说，环秀山庄的湖石假山和木渎严家花园的布局结构，应该是苏州园林和江南私家花园比较典型的代表了。

严家花园最初的主人是清朝乾隆年间的苏州名士沈德潜，沈德潜考中进士，已经六十七岁了，在此之前他参加过十七次乡试，可以说他的大半世人生，是在复习迎考中度过的。但是这样丝毫没有妨碍他诗名远扬并且有口皆碑。

为了多一些清静，少一些应付，告老还乡的沈德潜退隐到木渎古镇著书立说。沈德潜在木渎选编了《唐诗别裁集》《清诗别裁集》和《归愚文集》。乾隆皇帝下江南的时候，在木渎下船落脚，一般也是住宿在他家中。

乾隆皇帝说，沈德潜和文徵明相比，书画上虽然略逊一筹，但文章诗歌却高出来不少，两个人一样是老寿星，但沈德潜的功名却要比文徵明大了许多。乾隆皇帝还说：“我爱德潜德。”并且还给了他一个“江南老名士”的雅号。自视甚高的盛世之君，能接二连三地说这么多动听的好话，可见他们的君臣之交不同一般。

严家花园是在1902年传到严国馨手上的，严家是比较知名的生意人，也知书达理，因此落到他们手上的严家花园打理得头头是道别具一格。

而现在，走过太湖上一幢一幢的堂堂人家，我们恍若隔世。这是和前世今生有关的追根穷源，这是和从前以来有关的睹物思人。

古镇白话

如果说寺是宗教供奉礼拜论经说道的场所，庙就是供奉先祖闻人名士神灵的所在了，比如司徒庙，司徒庙供奉的就是东汉名人邓禹。司徒庙里有四株古柏，是邓禹当年种下的，已经有将近二千年了。

据说是因为风雨雷电使古柏长成了现在的样子，现在样子的古柏，像是一个遭受过陷害的忠良，有一点磨难，有一点沧桑，还有一点不屈不挠的生长。

乾隆皇帝下江南的时候，来到光福司徒庙，见了这四株古柏，不由得眼前一亮，乾隆皇帝说，朕以为这四株古柏，简直就是清、奇、古、怪。大家细想想，这清、奇、古、怪四个名字还真道出了四株古柏的物质精神，是比较恰当的，就到处流传了。

清是戏曲里英姿飒爽的书生，奇是话本里跌宕起伏的传说，古是史册上真知灼见的哲理，怪是神话中超凡脱俗的想象。

清是山清水秀，奇是奇思妙想，古是古色古香，怪是峰回路转，我们转身离去，回过头来再看一眼，清奇古怪，其实说的也是光福啊。

沿着山水向前走，不多远的地方，就是木渎了。木渎有一条街，叫山塘街，木渎的大多数名胜古迹都在这条街上。

靠在山塘街一边的河，也称作香溪河。

沿着香溪河，在山塘街上走一走，就是凭吊。历史其实就是春来秋去的风平浪静中，蕴含着你争我斗的风起云涌。而山塘是一位最特殊的观众，仿佛置身事外，其实身在其中，它在沐浴春风后春风得意，它在阅尽沧桑间饱经沧桑。

娓娓道来或者从头说起，和木渎相关的应该还有好多故事和人物，这其中保留至今并且依旧蓬勃兴旺的，应该就是石家饭店了，石家饭店是一家已经有了二百多年历史的老字号了，石家饭店最知名的招牌菜就是“鲃肺汤”，“鲃肺汤”曾经是爱国老人李根源津津乐道的一道名菜，尝过“鲃肺汤”文人墨客和各界名流也有许多，1929年秋天的时候，摇着船去太湖赏桂花的于右任赶到木渎石家饭店，一口气喝了三碗“鲃肺汤”，还是有点意犹未尽，就笔饱墨浓地写下四句句子：老桂花开天下香，看花走遍太湖旁。归舟木渎犹堪记，多谢石家“鲃肺汤”。

也可以说，在木渎吴越春秋是一段英雄美人的评话，鲃肺汤是一曲风花雪月的弹词。

经典刻划

东山首屈一指的名胜古迹，应该要算雕刻大楼了，雕刻大楼是民间说法，比较规范的名字是东山雕花楼。

在东山雕花楼，除了雕梁画栋，还有就是雕梁画栋的说法，抬头是喜从天降，落地有平升三级，推门是福从中来，关窗是美不胜收。精雕细刻，是雕花楼的特色和精华，而繁复堆砌，或许也是雕花楼的不足和遗憾。

雕花楼的主人是金锡之，在东山造一幢宅子，是金锡之母亲的意思，本来金锡之在上海生活，生意做得流畅，日子也过得滋润。但老母亲生出了落叶归根的念头，一来是义不容辞的孝道，二来金锡之觉得这实在也是一个不错的想法，就添砖加瓦造起了雕花楼。

雕花楼造好了，泊在太湖里的东山多了一道风景，也多出来一些和雕花楼有关的故事。爱情题材是说雕花匠人手艺惊人，大小姐心里的爱慕之情油然而生，楼造好了，大小姐就随着老师傅私奔去

了，侠义题材是雕花楼内机关重重，太湖强盗趁着月黑风高三进三出，却是一无所获。

说起大小姐私奔，倒是确有其事，不过男主人公是东山镇上一个游手好闲的公子哥儿。至于太湖强盗一说，雕花楼树大招风，碰到几桩小偷小摸，再被人传一传染一染，声势不大才怪呢。

比较确切的一件事情是，金锡之的老母亲在世之时，经常是有一搭没一搭地向自己的儿子要钱，积下的银圆也要有好几万呢，老太太的心思是积沙成塔和积谷防饥，日后万一家道败落，子孙没得钱花了，也能救一救急。

上了些年纪的老人，住在这样的深宅大院里，总要做一些前思后想的功课的。

和雕花楼人间烟火比较而言，紫金庵相对就是超凡脱俗了。紫金庵建在东山中部西卯坞的群山环抱之中，好风景里总有一二座古刹，而古刹大凡是建造在好风景里的，这应该是和出家人的职业有关，既然是不能入世入到男欢女爱，干脆就是出世出到天高云淡。

有关紫金庵的建造年代，似乎有点众说纷纭。本来古刹建造于何年何时是用不着如此细致地考证研究的，都是过去了的事，无非是说明历史悠久些或者是历史比较悠久些，只是紫金庵出名的是罗汉塑像，这一些罗汉塑像分开了看，一个个性情分明别具神采，合在一起看是浑然一体珠联璧合。而且特别值得一提的是细节，细微处的刻划活灵活现惟妙惟肖，比如望海观音头顶祥云托着的华盖，比如罗汉手中按着的经盖，分明泥塑，却似丝绸，看上去是微风过处缓缓飘扬的感觉。华盖、经盖和十六罗汉像称作“金庵三绝。”这“金庵三绝”出自谁人的手笔，倒是值得考究的问题。

按照《苏州府志》上说：“金庵在东洞庭西坞，洪武中重建，内大士及罗汉像，系雷潮装塑，潮夫妇俱称善手，一生止塑三处，本庵尤为称首。”白话一些的说法是雷潮夫妇一生比较大规模的出手只有三次，而紫金庵是最成功最出色的一次了。

大家通过古刹建造的历史，来应证雷潮夫妇的创作，也通过雷潮夫妇的创作，将紫金庵的来龙去脉说清楚，应该就是这么一回事情吧。

紫金庵的大殿后面是净因堂，净因堂前的天井里有两棵古树，一棵是金桂，另一棵是玉兰，这二棵古树比较明显的寓意是金玉满堂。天井门楼的砖额上是“香林花雨”四个大字，传说这四个字是文徵明的笔墨。那一年，一个秋高气爽的日子，文徵明和唐伯虎一起，去东山探望退隐回乡的山中宰相王鏊，王鏊就兴致勃勃地领着他们去紫金庵游玩，一行人来到净因堂前，面对着纷纷扬扬洒落的桂花，文徵明热情洋溢地挥毫写下了“香林花雨”。寺里的住持真是喜出望外，大家也纷纷夸赞，说了些笔饱墨浓龙飞凤舞之类的术语，却冷不丁地一阵风过，将文徵明刚写好的字吹到寺外的半山坳，披挂在橘树上，实在是前不搭村后不搭店，大家费了好大工夫，将那页纸捡回来，那一个“香”字却是已经破损掉了。后来住持请来当地书法名家，补了一个“香”，但终究不是那样理直气壮，终究没有“林花雨”三个字挺拔。

茶来茶去

碧螺春就是泡在杯子里的太湖吧。

各式各样的绿茶汇集在一起就要排定一个座次，排名是天底下的一种认可，碧螺春在绿茶中名列前茅，这已经有数百年的历史了，从前就是它，将来应该也不会有什么变化了，因此碧螺春就是铁打的营盘。

清明前的春天，是还没有站稳脚跟的样子，没有多久，碧螺春把春天的消息传开来，面对如期而至的季节，大家仿佛松了一口气。

把土生土长和矢志不移用在碧螺春身上，是再妥当也没有了，园林和丝绸，苏帮菜和评弹，几乎就是苏州的代名词，碧螺春也是，因了时令来照章办事，一年就这么一回，美得跟牛郎织女似的。也不是很冲，却有滋味，风骨和气质像一个风雅的文人。

东山西山的碧螺春，并不是一种连篇累牍的生长，而是零星地散布在花果林里，因此和花果是“枝连叶碰”的亲密无间了，或者就是这样的缘故，碧螺春有一种特殊的花香和新鲜的水果味。

地理环境是依山傍水，东、西山的地质地貌是风和日丽鸟语花香的境界，碧螺春交织在花树和果树之间生长，碧螺春躲在高高大大花树果树下面，阳光和雨露透过花树和果树的枝叶，有一搭没一搭地落在茶树上了。当现代社会的农业文明开始关注并且实施各类植物交差种植的时候，太湖在好几百年前就开始了这样的实践了呀。

如果说碧螺春是一出地方戏，那么喝茶就是太湖人家挂在嘴上的曲调了，在太湖人家，喝茶仿佛就是和日常生活形影不离的哼哼唱唱。

茶亭，曾经是从前的山山水水村口路边特别的风景，南来北往的行人，喝一口茶是歇歇再走，街坊四邻的乡亲，喝一口茶是停停再说。

建造在西山唯梅益村双塔头的茶亭，现在还在，亭子里的两块石碑，一块是建造茶厅的碑记，另一块是“清雍正皇帝永禁洞庭西山茶果税收”的布告。

茶亭造起来了，乡村里的老老少少多了一个喝茶的去处，也多了一个说长道短家长里短的场面。皇帝发话了，说是老百姓也不容易，以后茶果的税收不用交了，大家如释重负，围在茶亭里你一言我一语地七嘴八舌，后来说口说无凭，干脆立一块碑吧，大家七手八脚地张罗树碑立传的事情。

现在，那一个时代烟消云散了，那一些乡亲也渐行渐远了，岁月是一本常翻常新的相册，唯梅益村双塔头的茶亭，就是有关太湖的一张老照片。

我们在太湖两岸行走，再也没有见到过另外的茶亭，我们想起茶亭的时候，在古镇的大街上小巷里，见到了各式各样的茶馆。

茶馆是一间房子，碧螺春和洞庭水是茶馆里的一对夫妻，其他地上放的桌子椅子，桌上摆的茶壶茶杯象棋围棋，墙上贴的书法绘画，这一些全是茶水的孩子。走进茶馆里来的，极少的几个冲着茶水，他们上茶馆里喝茶，俗话说叫泡茶馆和孵茶馆，泡和孵是一种消磨，年纪一点点添上去，火气一点点降下来，茶一点点淡下去，时间一点点流过去。他们不在意茶馆里的什么，茶馆里的什么是过眼烟云，是身外之物，他们在意的是自己和自己正在进行的故事。

老朋友重逢，茶馆是从前记忆，多少楼台烟雨中，一杯清茶是喋喋不休和欲说还休，是老故事的添砖加瓦，是老朋友的锦上添花。新朋友聚会，茶馆是曲径通幽，相逢何必曾相识，一杯清茶的这一口是陌路，一杯清茶的那一口也许就是知己了。生意谈成了，茶馆是一纸合同，这是互惠互利，是你好我好大家好。生意谈不成，茶馆是来日方长，有一点遗憾，但是买卖不成人情在。

少男少女的眼里，茶馆是媒妁之言；行会组织眼里，茶馆是求大同存小异；公子少爷眼里，茶馆是吃喝玩乐；吃讲茶的眼里，茶馆是翻云覆雨；唱戏的眼里，茶馆是花雨弥漫；贩夫走卒眼里，茶馆是脑子里以后的生活；达官贵人眼里，茶馆是脚下的仕途；三教九流眼里，茶馆是五花八门的天地；七老八十眼里，茶馆是岁月里一个永恒的码头。

太湖上的古镇，古镇上的茶馆，实在是一部风吹哪页读哪页的书本，随便翻开一页，就是一个娓娓道来的开始，就是一个常说常新的话题。

枝头时令

大湖上的千年古树老了，古树上的片片叶子还是绿着。

走过太湖的时候，我们难以说清四季时令是一成不变，还是推陈出新？是时过境迁还是一如既往？是已经渐行渐远还是依旧根深蒂固？

吴时德说：“万树梅花三里路，断人行处一人行。”春天的时候，太湖其实就是一枝牵引着春风的梅花。

沈周说：“谁铸黄金三百丸，弹胎微湿露溥溥。”夏天的时候，太湖其实就是一枚沾着阳光和露水的枇杷。

葛一龙说：“尝新掘泥笋，代饷剥枯栗。”秋天的时候，太湖像板栗似地蹲在坚实朴素的壳里面，破开来丰腴和肥实的收获了。

白居易说：“浸月冷波千顷雪，苞霜新橘万株金。”冬天的时候，太湖是从橘子里一瓣一瓣剥出来的，冬天不紧不慢，太湖又甜还酸。

太湖人家的日子，一年到头在果树和果树间绕来绕去，所以他们的生活是鸟语花香的生活。

香雪海是观梅的好去处，是野外土生土长的风景。赏梅也从古时的文人墨客之间来到了现在的寻常百姓家了。

然后是枇杷杨梅，枇杷是“秋萌、冬花、春实、夏熟”，这样的反串，使季节里的唱本有一番别具韵味的平平仄仄了。杨梅是从前的贡果，和鲥鱼并称“冰鲜”，按照王鏊的说法是：“杨梅为吴中佳品，味不减闽之荔枝。”在王鏊眼里，荔枝是他乡故知，杨梅是乡里乡亲。

然后是银杏板栗，太湖上的人家称银杏为白果，在太湖白果就是银杏的小名了。太湖上的民谣说：“要吃新鲜热白果，香是香来糯的糯，一颗白果鸭蛋大，一个铜板买三颗。”秋天里的辉煌和光彩，在太湖人家的眼里，竟是这样的素面朝天。如果说银杏是太湖的童儿，板栗就是管家了，是太湖这一户大户人家的老管家，是把细腻和机敏藏在心底里的敦厚朴实，言之有物，脚踏实地。

然后就是冬天的橘子了，橘子是子孙满堂其乐融融的乡村人家，满山遍野的橘树，就是一户一户张灯结彩的人家，大红灯笼意气风发地挂在屋前屋后，来来回回的季节，做了一个喜气洋洋的小结之后，又是新的开始。

栀子花开

也可以说香山匠人的建筑是水木苏绣，而苏绣呢，其实就是丝绸上的建筑了。

有时候我们真的以为，蒯祥和沈寿，其实就是身绝技的武林高手吧，因为生在太湖，化实为虚的一招一式，竟不由自主地美轮美奂起来了。

走过太湖的时候，我们一次次地和香山匠人的建筑不期而遇，数百年前的大户人家或者书香门第，数百年后的名胜古迹或者庭园深深，这一些旧旧新新的亭台楼阁，仿佛就是太湖脱口而出的方言。

“天井依照屋进深，后则减半界墙止。正厅天井作一倍，正楼也要照厅用。”这是香山匠人在建造中的约定俗成吧，比如清代的古松园、春熙堂、榜眼府第，比如民国时期的春在楼，比如现在的古樟园，这一些不一样的建造，是一些相同的风貌和气概，它们是

香山匠人的代代相传和子孙满堂啊。

香山渔帆村的蒯鲁班园，也是典型的香山匠人的设计和建造，这里是蒯祥最初出发的村落，也是他最后安息的家园。一生的东奔西走太漫长了，漫长如滴水成河，一生的南来北往也太短暂了，短暂似白驹过隙，而现在，就是在蒯鲁班园里，漫长和短暂之间，故事和传说仿佛栖在枝头的鸟儿，看天边外一回一回地日落日出。

数百年前，香山渔帆村的一户普通的木匠世家，也会产生让自己的后代读书进仕的想法，历史如果沿着这样的思路发展下去了，太湖人家也许会多出一个状元及第的书生，而中国历史上，注定会少一位出手不凡的建筑大师。

蒯祥的父亲蒯福，曾经在明朝洪武年间参加过南京明故宫的营造，或许在他眼里，砖木石瓦就是最精彩的四书五经了。

那一个立在一边似懂非懂的孩子，看着自己的父亲，在新刨好的木材上，用墨斗划上简简单单的直线，这一条直线，是最超凡脱俗的武林秘籍，是通往一代宗师的图上的道路。

永乐十五年，蒯祥和全国数以万计的工匠前往北京，参加皇家宫城的营建，蒯祥担任总设计师兼工程师，设计并建造了故宫太和殿、中和殿、保和殿、北海、中海、南海以及天安门。

天安门，一个国家和民族的标志性建筑，也是太湖之滨香山匠人的代表作，这时候太湖，似乎也有了遥远的具体和生动。

数百年前的参天大树，数百年后的绿树成林，声名赫赫和贩夫走卒，仿佛就是挂在树上的叶子，春花秋月，人生一次次老去，永远不老的，是这一片叫太湖的森林。

如果说蒯祥是挂在太湖之树上的一片绿叶，那么沈寿就是挂在这棵树上的另一片绿叶了。

沈寿的故居，坐落在木渎山塘街上。或者就是因为刺绣吧，这一座老式庭院里走出来的小家碧玉，注定将成为太湖人家中最女人的女人。

沈寿原来的名字叫雪芝，和蒯祥仿佛，沈雪芝最初的辉煌也是和京城皇宫有关。光绪三十年十月，慈禧太后七十寿辰。沈雪芝绣寿屏进献。慈禧见到大加赞赏，称为绝世神品。除了授予沈雪芝四等商勋外，还亲笔书写了“福”“寿”两字，分赠沈雪芝夫妇。这以后，沈雪芝就成了“沈寿”。

《牧羊图》《观音像》《美国女优倍克像》，这一些是沈寿的传世之作，一针一线和一生一世，其实一个女人纤巧细致的心思和情感，是以文化艺术的方式，含蓄而周到地体现出来的呀。

仿佛蝴蝶的翅膀拍打春天。

因为太湖，一些古人在我们心里像风一样飘然而至，因为太湖，一些古人在我们心底像云一样展翅而去。衣袂飘飘地来来去去间，他们振振有词或者击节而歌，他们掷地有声或者一唱三叹，这样远远近近长长短短的吟咏，令我们也无比风雅起来了。

现在，我们走过太湖，因为走马观花，也就有了好多遗漏，一些遗憾，如影随形，使我们在今后漫长的岁月里一次次慢慢地忆起太湖。

我们走过太湖，一丝惆怅泛上心头，因为，对于太湖，我们不是知道得太多，我们的了解，似乎还没开始，太湖已经隐约地隐进历史长河，在其间闪烁其词，我们难以寻觅她清晰的面容。我们所能看见的仅是她的背影，即使背影，也是丰姿绰约的样子，丰姿绰约的背影已经让我们惊喜不已，感慨万千。

古镇记

周 庄

为了解决居民的吃水问题，周庄当地政府准备建造一个水塔，但现代化的水塔竖起来，周庄古朴的风貌就会受到损害，因而这件事迟迟不能落实。

水塔是不能不建的，风貌也是不能破坏的。

终于有人想出一个办法，在水塔的外面罩一座古塔。这样的设计，不是节外生枝，这样的设计是锦上添花。

建造的古塔，飞檐翘角，看上去古朴庄重，和周庄的山水混为一体了。

“九百岁的周庄”，这样说比“具有九百年历史的周庄”更加生动，也更有感染力。九百年过去了，和沈万三有着似是而非联系的沈厅恍若隔世，和南社有关的迷楼也是人去楼空，九百年的周庄，依然生机勃勃的，是风土人情。

最初的周庄称作摇城，也叫贞丰里，自春秋战国到汉代，吴王

少子摇和汉越摇先后君封在这里，少子摇和汉越摇没有把建筑或者一些器皿作为文物留下来，他们留下的是他们曾经耕种过的田园和田园里生生不息生长的庄稼。

一直到了宋元祐元年，应该是1086年，差不多就是距离现在900多年吧，里人周迪功郎在这里设立田庄，经营农业生产，应了周迪功郎的这一些活动，也就有了周庄这个名字。

接下来就是元朝了，元朝的时候，浙江南浔有个名叫沈祐的生意人来到周庄，沈祐打发好田里的农活之后，就开始了他的老本行集市贸易工作，船进船出，人来人往，没有多久，周庄就成为当时粮食、丝绸、手工艺品生意兴隆的集散中心。

这个沈祐就是现在我们大家去周庄之后经常提起的沈万三的父亲，来到周庄的沈万三，先是协助父亲安排一些买进卖出的工作，到了长大成人，他就独当一面地主持起沈家的生意，并将前人留下的事业发扬光大起来。

经营有方的沈万三自然是生财有道，生财有道接下来就是财源滚滚了。这时候明朝政府修建南京城墙，朝廷和衙门分别发下话来，要沈万三出资出力分摊一些费用，沈万三一边连连点头，嘴上说着义不容辞，一边大大咧咧地掏出一大笔钱，交到有关部门手上，这一笔钱，相当于修筑整个南京城墙三分之一的费用。大家说，这个沈万三啊，真是有点富可敌国了。这话听起来是对他公而忘私义举的赞赏，却也有一点拖泥带水的弦外之音，实在是不好把握。偏偏沈万三没往心里去，更没有进行一番夜深人静后的深思熟虑。

由沈万三出资修建的那一部分，就是现在南京中央门一带的城墙，看起来应该是保存相对完好的一部分吧。在当时这一部分是率

先完工了，这个消息传到沈万三那里，他是一副很有成绩的心情，连忙张罗着准备礼品和大量的银两，像一个先进模范或者建城功臣似的，他要上南京去犒赏三军。这是忘乎所以，有点在花钱买不自在了。

豪富曾同石季论，村居东蔡溷齐民。慢藏金穴偏侔国，流戍刀环竟殉身。幽圹荒余三亩地，穹碑阅尽百年春。输伊阿弟先几哲，遁迹终南作散人。

这是清朝人陈松瀛在凭吊沈万三墓时写下来的句子，陈松瀛的意思是沈万三的繁华如梦，不如他弟弟沈万四的淡泊宁静独善其身。

对于沈万三的说三道四，能够让沈万三听到，也同样会更快地传进皇帝的耳朵里，当时的皇帝是朱元璋，穷人出身的朱元璋先前就在想，这个沈万三一出手就是这么多钱，家里还说不定有多少呢，以后有什么开销，倒又多了一个报销的地方，接下来听说沈万三负责的那一片城墙先完工了，他就有点不高兴，这些个民工，对国家的事情不起劲，对沈万三的带动倒是这么卖力气，其实这全是国家的事情啊，但朱元璋不开心了，就有点小心眼了。最后听说沈万三上南京来犒赏三军，这使他有点受不了了。这是什么地方呀，天子脚下，你上天子脚下来神气活现，存的是什么心思呢？犒赏三军是皇帝的工作，又有你什么事呢？你沈万三应该不是想做沈万岁吧？朱元璋想着，别看你有钱，我把你杀了，把你家抄了，这钱还全归我花的呢。有了这个念头，朱元璋就意气风发地下达了将沈万三赐死的圣旨。

这时候，一些说三道四的人又有点过意不去了，他们觉得自己的确有一点不平衡，却也是随便一说，虽然朱皇帝不是听了他们的

话才下杀手的，但多少也是起了些作用，大家和沈万三本来无冤无仇，再说沈万三也不是大奸大恶的人，他们说这沈万三啊，其实是一个找不着北的生意人，他要真有篡党夺权的心思，也就不会这样明目张胆的了，再者说人家刚掏了建城墙的钱，却落了一个死罪，这也太卸磨杀驴了吧。

这话传到朱元璋耳朵里，皇帝老儿觉得自己的确是一时冲动，真要这一刀砍下去，再遇上花钱的事，还有哪个人敢买单呀，但就此放过沈万三却也消不了心头之气。

朝廷最后发布的说法是，沈万三犯的是杀头之罪，但他在修城墙这件事情上还是有贡献的，故而死罪免去，发配充军。这一招实在高明，不仅将沈万三一棒子打了下去，而且还起到了鼓励大家积极为国家掏钱的作用，行得春风有夏雨，你要多花一些银两，说不定在哪里能买回一条小命呢。

踏上天涯路的沈万三是幡然醒悟还是无怨无悔？我们不知道，倒在他乡的沈万三是视死如归还是死不瞑目？我们也不知道，我们只知道周庄人把沈万三始终认为自己的乡亲，富可敌国的时候是乡亲，一文不名的时候依然是乡亲，他们以一种别致的形式，纪念这位几百年前的周庄人，他们在沈厅里设下万三宴，让远道而来的朋友在这里吃吃喝喝。尽管沈厅已经是沈万三之后的建筑了，尽管万三宴其实就是周庄特色的农家小菜，大家落座下来之后，依旧是津津有味的吃喝。

大家这样的态度，一是冲了沈万三的故事和传奇，二来还是因为周庄的特色菜。周庄的特色菜，除了颜色浓妆艳抹滋味丝丝入扣的万三蹄，还有就是三味圆了。

所谓三味圆，实际上是水面筋包肉，陈从周说这三味圆“味兼

小笼、汤包、馄饨之长”这应该是一个比较贴切的注释。

从前是在新麦登场之前，之前的十多天吧，周庄的人家就要将石匠师傅请来，把家里的石磨收拾利落，石座稳稳当当了，磨子转起来也行云流水了，只等着新麦登场了，将麦子撮进石磨上的圆洞里。

新麦磨好筛过之后，面粉和麸皮各自分开了，面粉是余下日子里的一日三餐，麸皮汰过之后，就是制造三味圆的水面筋了。

三味圆是清清爽爽的滋味，也是心灵手巧的样子，这一道周庄的美食，应该与当年在迷楼痛饮酣歌的柳亚子他们很趣味相投的。

“贞丰桥畔屋三间，一角迷楼夜未关，尽有酒人倾自堕，独留词客赋朱颜。”这是柳亚子《迷楼曲》中的句子。

迷楼就在周庄镇西的贞丰桥畔，最初的名字叫作德记酒店，德记酒店的李老板是镇江人，李老板有一手好厨艺，因为同行之间的过不去，于光绪末年带着老婆来到周庄，并开设了德记酒店。之后没多久，年过四十的李老板夫妇又生下了女儿阿金。阿金一天天成长，出落得竟是意外地如花似玉风姿绰约。踏上德记酒店提亲的人不少，李老板夫妇都是婉言谢绝，一来是老来得子，终究疼爱有加，一下子嫁人，实在有点舍不得，二来是阿金在的时候，上酒店消费的人更多，阿金的一举手一投足，是那样的有滋有味，简直是酒不醉人人自醉啊。

柳亚子上迷楼是 1920 年 12 月里的事情，那时候的南社成员柳亚子邀了陈去病等人聚在迷楼，亦诗亦酒，日夜忘返，三天之后才散去。

我们现在还能见到当时南社的文人吟咏阿金的诗作，通过这些句子可以想象，滴雨的檐下，小镇的少女沽酒归来，纤巧的身影，在悠长的巷子里飘逸，而那一把油纸伞，仿佛就是周庄最诗意的岁月里，正在盛开的莲花。

“我们尽日沉醉于此，差不多像入了迷楼，从前隋炀帝的迷楼是迷于色，我们这个迷楼是迷于酒，所迷不同，其为迷一也。”

这是柳亚子说的。

柳亚子应该是一个很诗人气质的革命者，或者可以说他本质上，是一个才华横溢的诗人。在当时，不少人读了柳亚子写给阿金的诗作，都叹息说“柳子之志荒矣。”而走出迷楼的柳亚子，却是一种意气风发的样子了。

“从前种种，譬如昨日死，以后种种，譬如今日生。此日新又新之说也。潮流澎湃，一日千里，吞养吐炭，舍故取新，苟非力自振拔，猛勇精进，欲不为时代之落伍者，乌可得哉！”

这是 1921 年的柳亚子在《新黎里》半月刊发刊词中说的话，这是走出迷楼之后的柳亚子。

“才子居然能革命，诗人毕竟是英雄”是柳亚子和郭沫若随口吟的对句。这是 1945 年的事，当时郭沫若和柳亚子在重庆一同经过一家豪华酒楼，柳亚子见不少国民党权贵成群结队来酒楼摆阔，飞扬跋扈，不可一世，十分气愤，说：“这些吸血鬼刮尽民脂民膏，只知花天酒地，祸国殃民，我要革他们的命。”然后随口吟了一句：“才子居然能革命。”郭沫若一听，觉得这是一句现成的好上联，于是马上对出下联：“诗人毕竟是英雄。”柳亚子十分佩服郭沫若的才思，立即请金石名家曹立庵把这两句联语刻成一枚印章，以资纪念。

这也是走出迷楼之后的柳亚子。

早在 1929 年朱毛在井冈山奋战时，柳亚子便把当年“饮茶粤海未能忘"的"润之老友"称为中国的列宁。1945年8月，毛泽东到重庆谈判时，柳亚子赶到曾家岩50号"周公馆"与其相会并当夜赋诗云："阔别羊城十九秋，重逢握手喜渝州。弥天大勇诚能格，遍地劳民乱尚休。"柳亚子崇拜毛泽东以"弥天大勇"敢于亲赴重庆，长谈之后又感慨道："与君一席肺肝语，胜我十年萤雪功。"毛泽东曾亲自到柳家回访，柳亚子也请来名家为自已崇敬的这位重逢老友刻印画像。在重庆期间，柳亚子还向毛泽东索诗，得到《七律·长征》后，分别前又接到了毛泽东特意赠来的《沁园春·雪》，上面还写着"录呈审正"。柳亚子捧读再三，马上被"北国风光，千里冰封，万里雪飘"的气概所感染，直呼"大作，大作"。说是毛泽东"为中国有词以来第一作手"，认为苏东坡、辛弃疾也"未能抗手"。连日激动之余，柳亚子步毛词之韵做了和词，连同原词送到重庆《新华日报》。周恩来领导的中共代表团却只同意刊登和词而婉拒发表原词。柳亚子明白这是担心有人会以"类似帝王口吻"为由进行攻击中伤，不过他认为润之既然把词相赠便不应禁发。当时，重庆各界在报上见到柳的和词而不见毛的原词，纷纷好奇地打探。柳亚子便"不自讳其狂"，把原词向一些友人传发。当时《新民报晚刊》副刊编辑吴祖光抄到词稿后，即在该报副刊发表，并加"按语"称其"气魄之大乃不可及"。此词轰动山城，影响波及全国。蒋介石的侍从室马上组织御用文人，在《中央日报》等报刊上发表了二十余首"和词"，咒骂毛泽东是黄巢、白起，"杀人掠地，自炫天骄"。柳亚子、郭沫若等人则奋起撰写响应和词，斥责反动文人"朽木之材未可雕"，并自豪地宣称要"上下天地，把握今朝"。因蒋介石腐朽统治下的反动文化颓废没落，在这一诗词咏唱战中始终居于下风。毛柳的词意气风发，使大多数知识分子

倾心，表明革命力量已赢得天下归心。

这依旧是走出迷楼之后的柳亚子。

差不多也是这一年，柳亚子登门造访了居在重庆的周庄人，南社社员徐弘士，他们谈起周庄，兴致勃勃意犹未尽的依旧是迷楼，分手之际，柳亚子即兴赋诗。

旧梦迷楼二十年，报书经岁感缠绵。
松海同视双春寿，冰雪终看异代妍。
残寇衡汀宁大敌，壮猷管乐忆前贤。
平倭饶吹吾能健，一夕吴淞万里船。

这一年的柳亚子还无限感慨地说道，那个蒋介石根本不懂诗歌的，毛泽东是有诗才的，但他忙于革命，也很难抽出形象思维的工夫了，所以天下诗歌的重任，基本上是落在我的肩上了。

而现在，走过周庄，走过周庄的迷楼，从前旧事和这一楼的风雅和浪漫，仿佛全在叶楚伧的《汾堤吊梦图》中了。

当年的柳亚子陈去病和苏曼殊往周庄去，很重要的一个缘由，应该就是因为叶楚伧，因为他们是很知己的朋友。

已经修复的前后五进的祖荫堂就是叶楚伧的故居，在周庄，说起曾是周庄人的叶楚伧，大家会再一次回忆起当年周庄的那一次划灯。

收割的日子里，出门在外的手艺人纷纷放下手边的活儿，回到乡村。农忙以后，丰收的喜乐和劳作后的休顿，还有，就是对乡村对家的眷恋，使得手艺人将离乡的日程一再推迟，闲暇日子，他们不由自主地想到了划灯。他们希望为家乡的亲人制造一些欢乐，而

留在家乡的亲人，更是希望他们将家乡的欢乐收进行囊，收在出门在外人的心底。

像以往一样，村里的男人伐来竹子，制好了竹篾，再将竹篾编串成各式各样的架子，村里的女人，织起了绢花，再将调好了的五颜六色涂在上面。这一架子，安装在船上，再放好蜡烛，然后，他们在等待着一个清风明月夜的来临。

就在乡村的人们为划灯忙碌的时候，"八·一三"战事起，上海激战正酣。

消息传到距上海数百里的乡村，不少人觉得，划灯的事就算了吧，也有人不同意。正在这当口，国民党元老叶楚伧回乡省亲。这一件事传到他耳里，老先生想了想说，还是搞，日脚照样过，让小日本看看中华人的精神。

船儿连成一排，蜡烛点燃起来，水面上顷刻间万紫千红，流光四溢。大家汇集在沿河二岸，全是一付意气风发、精神抖擞的样子。

最后一刻，第一条船上突然将竹篾架子点上火，抛进河里，接着连在后面的船也依样而行。这是一个前所未有举动。

一条火龙在水上行走，它要告诉人们，这是我们的家园，在这里，水也能燃烧。

叶楚伧号小凤，长得是高高大大的样子，而写的文章却是秀丽清雅，郑逸梅说他是："以貌求之，不愧楚伧，以文求之，不愧小凤。"

现在的文人墨客，也三三两两地往周庄去，或者是初来乍到或者是旧地重游，他们去沈厅张厅，去迷楼和祖荫堂，而更多的时候，就是在老街上走走，在老桥头站站。他们看到的，是怎样的风景啊。

古老的周庄和古老人山水，使看在眼里的文人墨客不能平静了，他们有了艺术创作的冲动，他们找到了心底里的家园，比如陈逸飞。

陈逸飞去周庄是1984年的事情，这时候从昆山通向周庄的公路还没有开通，陈逸飞先是去的锦溪，再从锦溪下船，沿着水路去周庄的。

陈逸飞揣着一只照相机和一大袋子胶卷，在周庄待了一个星期，待一大袋子胶卷全部照完之后，陈逸飞才有点心满意足又好像意犹未尽似地离开。

之后陈逸飞以周庄的景致为原型，创作了一系列的油画作品，这一些油画作品中，最著名的一幅，就是《故乡的回忆》。这一幅油画的画面上，是周庄的双桥，两座桥在水上联袂而筑，一座是世德桥，另一座是永安桥，一座是石拱桥，另一座是石梁桥，一座桥的桥面横着，另一座桥的桥面竖着，一座桥的桥洞是方的，另一座桥的桥洞是圆的。因为这样的构造与古代钥匙的形状仿佛，周庄人称双桥是钥匙桥。创作《故乡的回忆》时候的陈逸飞刚好在异国他乡，应该就是这个缘故，他的一笔一划就不是单纯的描述了，他的一笔一划是一种一唱三叹的倾诉。

到了1994年，美国西方石油公司董事长阿曼德·哈默访问中国，他从陈逸飞手中买下了《故乡的回忆》，然后作为礼品赠送给了邓小平。大家就说其实双桥不仅仅是周庄的一道风景，双桥还是一种交往和沟通的寓意，还是一种友谊和文化的象征。

现在，我们再经过双桥的时候，总是看过不少学习美术的男男女女在那里写生和描绘，他们把周庄画在纸上，而更多的人，把周庄画在心里了。

同　里

同里距苏州 18 公里，开着车去，不紧不慢地走，也用不到半小时。

同里最初的名字叫“富土”，意思就是这方水土真是人杰地灵丰衣足食，但富土这个名字有点“显摆”，也容易引起不必要的麻烦，有识之士就将“富土”二字拆开来，重新拼装一下，富土就成了“同里”。

从前的同里富成什么样子，只能在从前的书中领略了，从前的书上说，宋元时期的同里是 :“民丰物阜，商贩骈集，百工之事咸兴，园池亭榭，声技歌舞，冠绝一时。”从前的书上还说，到了明代，同里更是一派承前启后的欣欣向荣了，“地方五里，居民千余家，屋宇丛密，街道逶迤，市场沸腾，可方州郡。”

生活是热热闹闹的，日子是有滋有味的，同里的富足还体现在从宋代到清末，先后出了状元一名，进士四十二名，文武举人九十

多人。读书人多，至少可以说明有闲钱的人家不少，取得功名的人多，至少可以说明读书读出头的人不少。这是家族的希望，也是祖宗的光荣。从前的同里人做各行各业的生意，他们相同的个性是亦商亦儒，他们相同的志向是使自己的后代业儒入仕，这样同里就有了更广阔的发展。所以我们现在见到的同里，依旧是有一点书卷气的古镇，我们走过的老宅，可能就是当年的书香门弟。

同里最著名的风景就是退思园了，建造退思园的是个名叫任兰生的同里人。任兰生的官职是安徽省六泗兵备道道台和凤阳关监督。道台相当于现在的军区司令，应该是一个很高的级别了，监督在当时是一个被人送红包的差事。从日后任兰生建造退思园的情况来看，这一些红包基本是收下来的。但大家在这一点上不斤斤计较，原因就是他在任上为老百姓也干了一些实事。

平反冤假错案，整顿社会治安，建造学校并开展义务教育，修路和疏通河道，说起来也算是一个有所作为的领导了。

任兰生的风光是与捻军作战，任兰生的挫折也是因为这个缘故。有一种说法是任兰生水平有限带兵无方讨伐不力。任兰生并非等闲之辈，作战也是节节胜利，但是这样的说法也不是空穴来风，真实的情况是，两军阵前的任兰生，看到尸横遍地，便一念之仁，下达了停止追杀的命令。事情传到京城，慈禧勃然大怒。朝廷之中，大堂之上，发完一通脾气的慈禧要任兰生抬起头来，任兰生抬起头，慈禧觉得这个人鼻正口方的样子，也不像是个奸臣，就问道，你今后想干什么呀。任兰生回答说："退而思过，进而报国。"这时候左宗棠和彭玉麟从中周旋，任兰生才得以逢凶化吉。

回到同里的任兰生，开始了退思园的建造。他的老朋友彭玉麟怕他有情绪发牢骚，特地写了一副对联给他，"种竹养鱼安乐法，

读书织布吉祥声。”这一副对联，现在还在退思园里挂着。

大凡园子，都是一井一井前后贯穿，退思园却是横向的布置。按照一般的说法，任兰生是为了藏富，其实园子不是柜子，藏起来是很一厢情愿的想法。退思园的构造，与其说是为了不显山露水，不如理解成标新立异的艺术创造。

“闹红一舸”这个名字，是陈从周起的，停在水上的石舫，却是只有船头和船身，但舱顶是与回廊的屋檐连成一体的，粗一看是绵延不绝，细想起来还是寄托未来，立在天桥上的任兰生，看着一园风景，心里想的是，往后的日子长着呢。

退思园的内宅是四周浑然一体的“走马楼”，也叫“四水归堂”，这是典型的徽派风格，依照徽州人的说法是肥水不流外人田，任兰生想的是从前工作和生活的纪念，和溢于言表的缅怀。

好几年前，苏州有关部门制作一册关于苏州园林的宣传图册，图册要选一幅经典的园林景致做封面，最初录用的是留园冠云峰，接着又选定拙政园里的荷花池，而最后定稿的却是退思园的天桥和天桥前老人峰顶端的灵壁石。

天桥不是直来直去的样子，小小巧巧斜斜的身子，像一个扭着细腰的女子，扭着细腰似乎有一点故作姿态，但这样的姿态却使她更加楚楚动人了，大家就觉得她天生就应该扭着细腰的，她扭着细腰是自然而然的，而换了别人才是东施效颦才是故作姿态呢。

灵壁石是任兰生从安徽带回来的，从安徽到同里，可以说是千里迢迢，运输的盘缠就是一笔不小的开支了，这真是有一点“千金一石不为痴”的味道了，也从一个侧面说明了这一块石头别具一格的生动和高贵，而这一番经历，又使它意外地增添了几分光彩。

有故事的风景才经得起看，不少人是为了看退思园的风景才到

同里去的，他们到了同里之后，才知道风景之外，还有一片好看的天地，或者说同里是和退思园连在一起的更广大的风景。

比如说退思园之外的老宅吧，有人说同里是一幢明清建筑的博物馆，古镇已经是千余年的历史了。一千多年来，这里官宦隐退，商贾置业，文人雅居，真是有点“你方唱罢我登场”的意思，岁月如流，这一些唱戏的人渐行渐远了，同里这一座戏台还在呢，这一座戏台上的园、堂、居、室，寺、观、祠、宇还在呢。所以话说同里，从任何一幢老宅说起，都有一个引人入胜的开始。

一方水土仿佛一篇文章，一幢建筑就是一个句子。如果把这个句子删除了，文章依旧风采，这幢建筑对于这方水土而言，其实可有可无。在同里，老宅就是无法删去的句子，是关于同里的画龙点睛。

耕乐堂在上元街陆家埭北首，堂主是明朝的朱祥。朱祥比较著名的事迹是曾经协助修建过“宝带桥”，后来衙门准备授予他一官半职，朱祥却是婉转地拒绝了，然后收拾好行装，叫了一条船，回到老家同里，因为做的是安居乐业的打算，朱祥开始修筑耕乐堂，耕乐堂是前宅后园，园里的一棵白皮松，已经生长了400多年。还有崇本堂，还有嘉荫堂还有世德堂等，这一些晚清年代建造的老宅，与在耕乐堂的白皮松相同的是阅尽沧桑，不同的是他们是一种没有绿叶的生长。

然后就是珍珠塔景点了。珍珠塔景点是由残存的陈彩娥书楼再按照戏曲《珍珠塔》里的线索修筑起来的，这一段发生在同里的爱情故事因评弹和锡剧在江南一带广泛流传。落难公子中状元，私定终身后花园，这是古典戏曲的基本程式，《珍珠塔》大致上也是这个意思吧。

有关《珍珠塔》的故事，严格地说起来，应该是确有其人查无此事，陈家老爷做寿的时候，前来恭喜道贺的人有点前呼后拥，陈家的方女婿挑着寿桃寿糕也赶在这个当口来到了，看到进正门还要排队的样子，他就拐进弄堂从边门进去了，一边看热闹的说，到底是自己人，可以开后门的，另一个却说，这就是你不懂了，这个方女婿是乡下来的，陈家人是势利呀。

后一种说法传到说书先生耳朵里，觉得可以拿来说事，编出来了这么一个段子，并且不断加工发展，成为传统曲目的保留节目了。

据说从前的戏班到同里来演出是不演《珍珠塔》的，说书先生跑到了同里这个码头，也是如此，同里人也不会点这个曲目，同里人要听要看《珍珠塔》，就叫了船去苏州或者去别的乡镇，演员和观众都有一点心照不宣，因为陈翠娥不弃贫贱，忠于爱情，赠塔许愿是值得歌颂和夸赞的，但作为同里媳妇的陈母，有点势利眼，再加上作为同里女婿的方卿后来中了状元之后，说唱道情羞辱陈母，作为晚辈这也有点过分。《珍珠塔》对于同里人来说，是家长里短，所以演出《珍珠塔》多少有点说三道四的意思。

这一段传说，有点和《玉蜻蜓》相似。苏州人说起申时行考状元做宰相的事情，有一点三言二语敷衍了事，说起《玉蜻蜓》就眉飞色舞喋喋不休了。

《玉蜻蜓》是一部长篇弹词，说的是申家少爷和老婆拌嘴之后，负气一走了之。在法华寺与尼姑智贞相狎，生下一个小孩子后，自己因病一命呜呼。几经周折，小孩子长大之后中了状元做了宰相，最后各方团圆皆大欢喜。

《玉蜻蜓》人物有血有肉，情节有起有落，说的人绘声绘色，

听的人津津有味。只是申家的后代不高兴了，为什么呢，因为他们觉得《玉蜻蜓》里的小孩子，说的是申时行。他们的家庭背景有点相似，他们的人生命运有点接近。因此这样的说唱有损申家门庭，也太不严肃了。《玉蜻蜓》就这样被当时的府衙禁掉了。

现在，是好多年过去了，许多的往事也烟消云散了，苏州人照常弹唱《玉蜻蜓》，有剧团要去同里演出《珍珠塔》应该也没有什么顾忌了，比如将演出安排在同里南园茶社的戏台上。

南园茶社的戏台在二楼，不是太大，演出锡剧有点转不过身，但唱评弹是一个很地道的场子。

从老街去南园茶社，要穿过一条悠长而逼仄的弄堂，弄堂的名字叫穿心街，穿心街刚好一个人直面而走，脚步踩在街石上，街石发出“咚唐，咚唐”的声响来，这样如歌的叩击，使去喝茶的心情也绘声绘色地美妙起来。

老虎灶对着南园茶社的正门，重新砌过了，因之少了些旧气，也没有和着茶叶清香的水蒸汽冒出来，烧开水再也用不到老虎灶了，老虎灶只是一种标志和摆设。就像民俗博物馆里陈列的轿子，再也不用它代步了。

要是可能呢，最好还是用老虎灶烧水，在这样的小镇这样的茶楼，自然与风土人情所构筑而成的气息应该更纯粹一些，这样纯粹的气息应该更弥漫一些。

是几年前的一个春天，一位老作家到同里来，见了有点破落的茶楼，不由感慨万千。

要修复，按原来的样子修复。老作家说，就是一张旧画，重新揭裱一下，而不是重新画一张。

重新揭裱一下，就是原来的气息和韵味还在，历史的沉淀还在，历史沉淀的光芒还在。

然后同里镇镇政府会同有关部门，投入资金50多万元，就是按着“揭裱”的要求，修复了茶社。

茶楼的另一端，是一方戏台，戏台上架着一把二胡，一把琵琶和一杆笛子。二位老人上台去演奏。是笛子和二胡。他们是器乐爱好者，退休了以后，来这里消闲，说是为茶客助兴，但他们脸上的神情，分明是自己的开心更多一点。

曲子过半，弹琵琶的也来了，笛子却是坐在他的座上，就边吹边起身来，坐到中间去，琵琶在自己的位子上落定，跟上拍子合奏起来。

演奏的依稀是名曲，却不是大家风范，民间故事和街头小唱的感觉更强一点，还有丝丝随便哼哼的味道。这于茶楼反而更适合。来这里的人坐得更是自在了。

南园茶社最初的名字叫“福安茶馆”。开办福安茶馆的是同里镇上一家小户人家，本来男耕女织，日子也是小康。有一天家门口路过一个算命先生，妻子说，我们的日子会不会更好过呢，不如请算命先生算算吧。丈夫说，万一算出来越来越不好过怎么办。算命先生说，所以要我来指点迷津呵，比如你们家，你们家的问题是严重缺水，不管如何，你们应该换一个沾“水”的生计。福安茶馆就这样开出来了。

同里人喝茶的风气盛，茶馆的市口也好，再有了小夫妻热情周到的招待，生意也真是不错。

这一天，是五年以后了，店老板送走最后一位客人，盘点起一天的收入，正想着算命先生的话倒也不无道理，一场大火突如其来，冲天而起，仓促之中的店老板只是从火堆中抢出了一只盛放茶叶的锡铸罐子。

常在福安茶馆喝茶的，有个叫顾达昌的生意人，顾达昌做的是古董生意，收进来，卖出去，再收再卖，闲暇之间，就是上福安茶馆泡壶茶，说一些话。生意顺手的时候，茶馆店的老板跟着高兴，遇到麻烦的时候，老板就放下手中的事情，过来陪着顾达昌说说话，宽宽他的心。现在茶馆付诸一炬，走过废墟的时候，顾达昌的心里也是空落落的。

顾达昌经过废墟，是去熟食店买酱肉，熟食店的酱肉味道好，这是其一，顾达昌看上的，还有盛酱肉的那一只瓷盘。顾达昌收好了酱肉对店主说，不如将这一只盘子也买给我吧。

这盘子？不行。店主说，这是镇店之宝，大热天酱肉放在这只盘子里，四五天也不改味道的。

顾达昌笑笑，转身走了。过一天再来，买了酱肉还是开口要瓷盘，店主自然还是不答应。顾达昌说，你生意这么好，犯不着要一只能放四五天的盘子呀。顾达昌还说你说酱肉放在盘子里四五天，会有酱肉卖不出手的负面效应的。等等。这样接二连三以后，店主终于松口了。

瓷盘落到顾达昌手上，顾达昌连夜去上海，然后，揣着一包银圆回到同里，找到了福安茶馆的老板，顾达昌说，我要把福安茶馆再造起来。

福安茶馆梅开二度，还在原来的地方，还是原来的风貌。每逢大年初一，还是免收茶资，这一天顾达昌还会将自己收藏的唐伯虎的《双雀图》挂出来，新的一年，有一个开心和灿烂的开始。

福安茶馆的故事，仿佛是泡在白瓷杯中的清茶，让坐在楼头的品茗的人久久回味。福安茶楼改成南园茶社，是后来的事。当年南社的陈去病、柳亚子常来喝茶，推究起来“南园茶社”取代“福安”，也应该是陈去病、柳亚子的建言，“南园茶社”四字的头尾刚好是“南社”，这也不是巧合了。

南社的创世人陈去病是同里人，1909 年 11 月 3 日，他和柳亚子一起，在苏州虎丘雅集，成立南社。雅集前的一个星期，陈去病在报纸上发表了一篇《南社雅集小启》，这一篇文章说道：“孟冬十月，朔日丁丑，天气肃清，春意微动。詹尹来告：重阴下坠，一阳不斩，芙蓉弄妍，岭梅吐萼。微乎微乎，彼南枝乎，殆生机其来复乎？爰集鸥侣，觞于虎丘。踵东坡之逸韵，载展重阳；萃南国之名流，来寻胜会。登高能赋，文采彬焉；兹乐无穷，神仙几矣。凡我俦侣，幸毋忽诸！敬洁清尊，恭迟芳躅。”

短文的意思似乎还有点隐隐约约，但到了雅集之际，大家的说法就铿锵明确了，“社以南名，何也？乐操南音，不忘其旧。”这个时候民族危机令人忧心如焚，致力于提倡铮铮铁骨和民族志气。

这是在虎丘的张东阳祠，当时柳亚子即席赋诗：寂寞湖山歌舞尽，无端豪俊又重来，天边鸿雁联群至，篱角芙蓉晚艳开。莫笑过江典午鲫，岂无横槊建安才。登高能赋寻常事，要挽银河注酒杯。这是柳亚子心里，最快乐的一次结社集会了。

1935 年 11 月的一天，柳亚子和其他的一些老友再一次来到虎丘，他们前来安葬他们的朋友，南社的发起人之一陈去病。

与陈去病同时期的知名文人就是金松岑了，1930 年的时候，陈去病在日本创办《江苏》杂志，向金松岑约稿，金松岑写出了《孽海花》第一、二回，但是后来因为机缘巧合，剩下的部分就交给曾朴完成了。

在陈去病和金松岑之前，生长在同里的名人还有许多。比如叶

茵，他是南宋文人，他得意并且流传的句子是“顺时不作荣枯想，适意元无胜负心。”比如明朝著名的书画家王宠，他处的朋友是唐伯虎祝枝山，当时的知府对他很关照，他们的关系也很是可以，知府对他的书画赞赏有加，王宠偏是不送，知府的手下知道了这个事情，在市场上花钱买了王宠的画，去送给知府。比如创作了我国第一部园林专著《园治》的计成等等。更多的文人墨客是驾一叶扁舟，提半壶老酒，潇洒地来来回回，他们聚在同里走走停停说说笑笑，并且留下了好多关于同里的诗文。

两桥横处放潮回，桥外花村涨晚埃。省事老禅门闭早，焚香对月礼如来。江流环合路纡回，香火千年路少埃。佛法本从方寸起，逢人刚道自西来。

这是宋朝叶茵吟咏的诗歌。

依微同里接松陵，绿玉青瑶缭复萦。为咏江城秋草色，独行烟渚暮钟声。黄香宅里留三宿，甫里门前过几程。借书市药时来往。不向居人道姓名。

这是元朝倪瓒的句子。陈去病的母亲就是倪瓒的后裔，这样，倪瓒与同里又多了一层关联了。

潮生阁里握文犀，吟榭联吟压卷题。林下风来工咏絮，清溪家住小东溪。

这是清朝人刘守忠的文字。

去到同里的人，心里面装着这样的句子和从前的同里，在现在的小桥流水间感受醇正江南和旧时水乡。

还是同里之民居客栈

如果说一些风景和名胜，是同里的情节或者树干，而平常的日子和街头巷尾才是细节和枝叶。

比如民居客栈。

在江南众多的古镇中，好像只有同里有民居客栈，同里的人家增加了创收，外地的游客，有了一个真切体会的机会，这真是一个很好创意啊。

不久前的《苏州杂志》上，有一篇关于同里民居客栈的文字，写出来了投宿在同里民居客栈的味道。

> 去同里的前一夜，客人住在城市的宾馆里，深夜了客人要等电视里的球赛，就捧一本书磨时间，偶一抬头，不由一阵恍惚，这样的房间，这样的陈列，长窗帘下的圆茶几，茶几上的青瓷杯，写字台边的电视，电视边落地台灯

和台灯柔柔的光泽，还有依靠着的软软的席梦思，你要说此时身在苏州在南京，或者是在广州在北京，也能成立也就如此。现代文明使现实生活现代化，现代文明也使现实生活千篇一律和大同小异。平常生活中的独到和别致悄悄然和我们不辞而别，再回首已经恍若隔世。

客人是第二天傍晚来到同里。

天色暗下来时，落起了细蒙蒙的雨来，沾在脸上，是一种毛茸茸的感觉。这样走在同里的老街上，心思也是渐渐地羽化。

任意地记起一个深藏在心底的古人的名字，苏东坡或者是王维或者是丰子恺或者是郁达夫，想着你是来拜访他或者他将要来探望你。就是在这个地方。实在遇见或者不遇见都是无所谓的，甚至记起了或者不记起也是不在乎的。也可以轻便地找个话茬，找个熟悉的朋友或者是不熟悉的过路人，或者就是你和你自己聊上几句，就在同里，就在同里的老街上。

而现在，他们正走访客栈。

客栈与民居融为一体，就开设在镇上人的家里。一间小客房，还有带厨房和油盐酱醋的，你想过小日子，可以自己到街上去买菜，再自己下厨，你要吃大锅饭，就在房东那搭伙，自己仿佛是大家庭中的一员，吃着吃着，不知不觉竟也觉得和同里更近了。

沿街偶然有声音从窗子里漏进来，是经过的镇上人有一搭没一搭的攀谈，过去了又是清静，想到个句子，是“小楼一夜听春雨，深巷明朝卖杏花”，就忍不住绕到窗

口，打开了探出头去，只是敷着绒绒夜色的老街，和依傍着老街的小桥流水。

再走访一家客栈时，客人就毫不迟疑地决定，要住下来了，就是这一家。

房东是一对老夫妻，这时候丈夫指指点点着，妻子便忙忙碌碌，一副笑吟吟的样子。

泡茶呀，也为我泡一杯。丈夫说。

你也泡，你吃了茶夜里要睡不着的。妻子说。

你泡就是，有客人来，这是待客之道嘛。丈夫又说。

客人只好说，没有关系，没有关系的。

客人要买几条毛巾。妻子正在为客人登记，说不急不急，登记好了就去买。丈夫说，买好了再登记不是一样的嘛。妻子放下本子去了。

客人对丈夫说，你威信真高。

丈夫喝一口茶说道，是呵，也没办法，这摊子虽小，管理也很重要，管理不好了，就是一盘面粉，管理好了，面粉就能做成团子糕了。

毛巾早已买回来，老夫妻也上楼去了。大家坦坦地聊天，已是半夜，竟有一点饿了，这时候房东的妻子刚好下楼来。她为我们煮了一锅子的米烧粥，下粥的菜是嫩姜和切小了的长条老萝卜。

客人们吃得意气风发。他们将最后的几片条萝卜夹进粥碗时，忍不住想着，生活呵，真美好。

后来，回到家里时，客人特地去南酱商店买了些一样的条萝卜带回家去，再吃时却没有了同里的滋味。家人对之也是冷落。客人问儿子，这样好吃的条卜，为什么不吃呵？儿子看看条卜，你自己为什么不吃呵？

不用去理会别人在想些什么，也不怕人家读懂你的心事，轻轻松松，散散淡淡，真真切切，甚至是退后一步三思而行也不要，这一夜客人就这样，在同里，在同里的客栈。那样的独到和别致使平常生活升清降浊，气韵生动。

苏州一带的水乡小镇，真的是很好，从同里回来的客人只想着让这样的很好像同里一样更本质一些，更久远一些。

不久前客人去了另一个小镇，那儿的朋友不住地介绍，谁在这拍了电影，有一个已故女作家在这玩了半天，什么什么的，客人只想说，他就冲着这土地来了，冲着这块土地上的风土人情来了，而其他的都和我无关。

清风明月本无价，不要把清风明月也标上价格，远山近水皆有情，不要将远山近水也染上矫情和虚情。

再想起同里的民居客栈，住过的人有了这样的联想。

将这一段文字录在这里，除了文字本身的精彩和生动，主要的意思，是怂恿到同里来的人，产生出住下来的念头，体会同里，最好就是先住下来，在同里住上一、二天。一日游太像吃快餐了，就是为了填饱肚皮，却尝不出更多的滋味。同里是一户人家，你是这户人家的儿子或者女儿，住下来，做一回从早到晚的同里人。

角　直

竖立在角直镇口广场上的雕塑，是一种名叫角端的神异之兽，传说之中的角端有两个过人之处，其一是日行一万八千里，因为这个缘故，从前的人将它的样子刻成印章，盖在公文和信函上，存的是快速到达的心理，也有一点邮戳的意思。另一点是博学多闻，因此不少读书人将它做成小摆设，置放在书房里，是一份美好的寄托吧。

角直人把角端作为古镇的标志，是保境安民的愿望，而日行万余里，是与时俱进的日新月异，博学多闻呢，也是信息时代耳聪目明的基本。

角直这个名字的来历，还因为是河流三横三纵穿过古镇，同时吴淞江沿镇西流过，这样的结构，恰似一个天然的“角”字。

因为河流，无论是从前和现在，角直古镇，一如既往和一成不变的就是和水有关，也可以说角直就是种植在水中生长在水中的一

株莲花。

一个地方，往往因这个地方的一处风景而著名，比如甪直。甪直是因保圣寺而声名在外；保圣寺呢，是因为寺里的雕塑；保圣寺的雕塑，又是唐代“塑圣”杨惠之的作品。

在唐朝，和甪直有关的人物还有就是陆龟蒙了。

保圣寺西侧有一扇边门，门外是一片空旷，这里曾经是白莲寺的原址，白莲寺的一旁，就是陆龟蒙祠。

去往甪直的路上，陆龟蒙坐在船头，他感到甪直其实就是一户风雅的人家。因此他毫不犹豫地住了下来，并在甪直终老一生。

甪直的古迹与名人有关，甪直的名胜，依旧是和名人有关，比如前面提到的沈宅、萧宅、王韬故居、叶圣陶纪念馆。

关于甪直，地理书上还说道：古镇区面积 54 公顷，镇外湖、荡、潭、池星罗棋布，镇内由东市河，西市河，中市河，南市河与西汇河形成“上”字形水网体系，河道两侧形成一河两街桥梁纵横的道路格局，河流交汇处形成桥头或埠头广场，形成“西市”“中市”“东市”。是古镇区内重要的人流和商品集散地。甪直古镇有 10 条长街，69 条狭巷，13 万平方米的传统建筑，150 米长的沿河廊棚，33 座古桥，4700 多米长的石砌驳岸上有各种河埠踏渡江 44 个，雕刻精美的缆船石英钟 87 个，保圣寺的泥塑罗汉是江南水乡古镇工艺文化的杰出代表。

还是甪直之水乡女子服饰

有关水乡女子服饰的传说，听说过四种。一是说吴王领着西施在乡间散步，看到水乡的女子，穿着很别致的衣服，西施有点好奇了，也套了一身这样的衣裳，竟让人觉得越发的美丽动人。二是说越王臣服吴王以后，遣西施进宫里来侍杂，西施劳动的时候，就是穿着这样的工作服。第三说孙武受命操练宫女，宫女们脱去长袖罗绮，换上这一身打扮，英姿飒爽。还有一说是水乡女子下湖去采菱踏藕，时有溺水者，这一些无辜的女子，实在是被龙王抢进宫去了。江南水乡，水天一色，大家就想出办法，让下湖的女子穿上这样的衣服，龙王以为是天上飘过的云彩，落在水里的倒影呢。

水乡是充满想象力的水乡，水乡的想象散散淡淡，随心所欲、轻而易举，但有一点是可以论证的，水乡女子服饰，肯定是有着悠久的历史的。

《旧唐书》“江南则以巾褐裙襦。”《吴越春秋》则说：“越王勾践入臣于吴，服犊鼻，著樵头，夫人衣之裳，施左阙之襦。”所谓的裙襦，就是现在的作裙和围裙了。

“女的往往裹着白地青花的头布，虽然赤脚却穿短短的夏布裙，躯干固然不及男的这样高，但是别有一种康健的美的风姿。”

这是叶圣陶的记录。

我们随意地在甪直街上走一走，还常能见到穿着别致的水乡衣裳，摇着小船，哼着吴歌的船娘在水上悠然而来又悠然而去，也有三三两两的农家女子，轻轻盈盈地走过老街。

现在，甪直沈宅西前厅内，设立了“吴东水乡妇女服饰馆”。盘盘头、包头巾、拼接衫、作裙、裹卷膀、绣花鞋，陈列着的这一些水乡女子服饰，将一个一个乡村的日子，打扮得平和清静、鲜艳动人。而蕴含在平和清静鲜艳动人之后的，是怎样辛苦和勤奋的劳动啊。

耕耘和收获，这是一个主题。所谓的水乡女子服饰的别致和美丽，实在出自于艰苦的稻作生产。

青袱蒙头作野妆，轻移莲步水云乡。裙翻蛱蝶随风舞，手作蜻蜓点水忙。紧束暖烟青满把，细分春雨绿成行。

清朝人笔下的《插秧诗》，将叙事的劳动和抒情的服饰揉和在了一起。

在江南的乡村，夏天的凌晨也有一丝淡淡的风飘来荡去，村妇大抵已经起身了，这时候她们正坐在老式的梳妆台前，精细地梳盘盘头，先是头把、正把，再是勒心、转变心和勾头线，梳得光正一些，丰满一些，缕缕青丝分明一些，然后在发髻和两鬓之上，插上几枝野花。野花是刚从屋前的院子里摘的，所以还沾着丁丁点点的

露水。

正是种植水稻的季节，田野里是双手沾着泥水，弯腰曲背的乡村女子，她们的长发散落在眼前，挑也不是，不挑也不是，这时候，梳扎紧密，纹丝不乱的盘盘头就产生了，同时产生的还有包头，包头除了固定一下盘盘头，避一下田野里飞来飞去的小虫，还能遮一遮太阳，挡一挡风寒。包头时，发髻是露在外面的，发髻和饰物既是年岁、婚否的标志，也是花俏和持重的说明。

然后，是关于拼接衫。

最初是自织土布幅宽的限制和对边角料及破衣服中较好块面的利用。田间的劳动，使衣服的肩部和肘部出现了破损，穿上织补过后的衣服，大家明确地感觉到因为颜色、花纹和图案的变化，而焕发出来的别具一格的美感。于是，村庄里的女子在制作新衣服时，直接用不同颜色和花纹的布料拼接肩头衣袖，于是，就有了“拼接衫”。

大襟、襻纽、衣长、腰宽，袖口是特别的小，袖底是意外的大。拼接衫，是水乡的创造和光彩。

然后是拼接的裤子和裙子，村里的女子发明了拚接技术并将这一种技术发挥得淋漓尽致。

在水乡角直，通常的裙子称为“作裙”。作裙是由二幅布叠压而组成，于左右齐腰处打褶裥，四角上缝的是“如意纹”，裙腰头两边是称为“顺风扣”的如意垂子，这是一种装饰，也是手艺的展示。

还有，就是红肚兜了。

红肚兜有两则传说，一是说从前有个童养媳，完婚以后想念父母了，要回娘家去探望双亲，偏是做婆婆的不允，婆婆说，媳妇

啊，我这里有二尺布，你拿去裁裁剪剪，要是做出来我要的东西，我就让你回去。媳妇说，婆婆你要我做什么呢？婆婆朗朗上口地说道，日当衣服夜当被，好擦手来好揩汗。媳妇抱起二尺布回到自己房里，红肚兜就在这一个夜晚诞生了。

另一说是公子哥和村妇的故事，公子哥骑着高头大马经过村子，看见村妇的时候，他将一只脚跨下马背来，然后问道，你说说看，我是上马还是下马？村妇笑眯眯地将一只脚落在屋里一只脚跨出屋外面，也用这样的口气问道，你先说说看，我是在屋里还是在屋外？公子哥说不出话来，又很服帖村妇的机智聪明，就拿出一只小包裹送给了村妇。村妇打开包裹，看到的就是红肚兜。旧时的说法，女子无才便是德，村妇太聪明了，不好，公子送一个红肚兜，含义就是让她挡挡心窍，所以红肚兜又称“拦智”。

这两段关于红肚兜来龙去脉的传说，实在都有一些欠缺。当年的婆婆是何等了得，她要不让儿媳妇回娘家，说一句不许去就行了，没有必要这么样地转弯抹角，再去贴上二尺布，没来由的。

第二段就更是有一点儿牵强了，公子哥的问题是七不搭八的，一只脚在马上，一只脚在地上，撑在那儿，什么样子，累不累呵？关键的一点，人家的老婆聪明糊涂和你有什么相干，大家素不相识的，红肚兜这样内衣一类的衣服，怎么好意思送人，你送得出手，人家也不一定就收得下来，真是。

有的用布料，有的用绸缎，菱形，上边为平口，顶端和中部缀着用于系结的布条，这就是红肚兜。

红肚兜还有一个名称，叫作“胸褡”。胸褡这个说法，太文气了，没有红肚兜来得鲜活，也少了乡村的韵味。

采莲南塘秋，莲花过人头，低头弄莲子，莲子清如水。

让我们看一看从荷塘里走来的乡村女子，盘盘头、包头巾、拼接衫、作裙、裹卷膀、绣花鞋，在水乡啊，水乡的女子仿佛就是盛开着的莲花。

锦　溪

1976年夏天，唐山大地震之后，余震不断，并波及周边，和不少北京人一样，沈从文家也搭了防震棚。防震棚搭得有点局促，缩在里面更是捉襟见肘，张兆和就提出来还不如回苏州去吧。

苏州是张兆和的娘家亲戚家，居住条件一般，多了沈从文夫妇，几乎没有周旋的余地了，这时候他们想到了锦溪的亲家。

当时从苏州到锦溪的公路还没有开通，坐在轮船上的沈从文似乎忘记了连日来东躲西藏的苦恼，心情一下子好起来了，这应该是老先生对水的情有独钟吧，老先生说："我所写的故事，多数是水边的故事，故事中所最满意的文章，常用船上岸边作为背景。"

住在锦溪的沈从文由张兆和陪着老街上走走，古桥旁看看，简直有点颐享天年的意思了。

沈从文最会心的，依旧是流水，他说，家乡的沅水，好比是赤膊拉纤的男子汉，而锦溪的流水，仿佛睡梦中的少女。

但七八天之后，地震的余震一消失，他就急着提出来要回北京去了。

亲家见他住得很自在，也比较开心，就热情地提出来挽留，沈从文摇摇手说："自己做不了主的时间被浪费掉是没有办法的，自己能够做主的时间如果浪费掉可就太不应该了。几十年了，周总理交给的任务至今没有完成，心中有愧啊。"

沈从文指的任务，就是中国服饰研究，好几年之后，他想起了锦溪，想起在锦溪见到的别具一格的水乡女子服饰，他就关照再去锦溪的孙女，要她带一套回来。要旧的，穿过的那种。

要旧的和穿过的，更是一种很文人的情怀，就这一点来看，研究服饰的沈从文骨子里依旧是本质的文人。

这是二十多年前的事情了，二十多年之后的锦溪，也已经是物是人非。

古砖瓦馆、陶瓷馆、钱币馆、古董馆、篆刻馆等等，锦溪人说锦溪是中国的博物馆之乡，其实锦溪本身，就是一座关于水乡古镇的博物馆，一座在江南生长着的，没有围墙的水乡古镇博物馆。

锦溪也叫陈墓，宋室南渡后，孝宗的爱妃陈妃病逝后水葬于此。孝宗下旨在陈妃殒玉之地五保湖畔，建造了一座禅院，设寺僧为陈妃诵经超度，从那时开始，镇名由锦溪改为陈墓，并一直沿用了 830 年。

这一座为陈妃而兴建起来的禅院就是莲池禅院，莲池禅院最大的与众不同是大门朝北而设的，传说是朱元璋登基之后，他的军师刘伯温到江南各地调研，路过锦溪的时候，觉得这里真是一片风水宝地，那横贯古镇的锦溪河犹如一条巨龙，锦溪河在镇区的四条支流是龙爪，镇南河面开阔的菱河塘是龙嘴，而莲池禅院就是含在龙嘴里的夜明珠，这是可能出现真龙天子的迹象。朱皇帝刚坐定天下，再冒出个真龙天子来，也太节外生枝，也太乱套了呀，这一想刘伯温不由得大惊失色。于是神机妙算并有点装神弄鬼的刘伯温下令在锦溪河四条支流上，建造了八座对称的石牌楼，这一层意思是将龙爪锁住，在龙嘴上，建造起一座朝北的庙宇，这一层意思是锁住含在龙嘴里的那颗夜明珠，最后一招是在古镇四周建造起数百个制坯烧窑的作坊，这一层意思是锦溪本来要出千军万马的，现在只能出千砖万瓦了。这样，锦溪就有点将错就错地成了砖瓦之乡。

接下来的人说起锦溪时，比较简洁明了的说法是三十六座桥和七十二只窑。

七十二只窑其实是一个约数，锦溪是砖瓦之乡，开设在锦溪的中国古砖瓦博物馆，汇聚了不同历史时期的古砖古瓦。因此，故事和传奇，就可以从岁月长河中的一砖一瓦说起了。

这一块“良渚砖”在古砖瓦博物馆里十分醒目，“良渚砖”是在秦砖汉瓦之前。这是一方不规则的残块，平整的一面留下了拍击的印痕，和一点儿芦苇的图案。考古工作者说，芦苇是我们的先人在制作土坯时，不小心沾上去的，但大家心里更相信这是我们先人忽发奇想的有意为之。当烧成褐红色的土坯再一次展现在我们的先人面前时，他不由自主地觉得这一枝芦苇真美啊，同时，一个有关家的想法在心底里渐渐清晰了起来。

从文昌阁出来，沿着老街西去，过了南塘桥和廊棚，就是镇中心了。中国古砖瓦博物馆高在镇中心的“丁厅”。

民居古宅的主人，过去是锦溪镇上四个大姓家族中的一个。丁宅之中曾经经历的日常生活，已经离我们远去，留下来的古镇的风情和气息，笼罩着存放在厅堂里的古砖古瓦。

最初萌生出收藏古砖瓦念头的，是锦溪一家砖瓦厂的老厂长，最初是哪一块砖哪一片瓦引起了老厂长的想法，说不清楚了。但每一次穿过锦溪老街，看到一些故居旧宅上的花砖明瓦，老厂长总是不由得怦然心动，而多少年来锦溪七十二只窑中生产的砖瓦，更是锦溪生长和发展的见证。

也许就是和砖瓦打了大半辈子交道的缘故，在老厂长眼里的一砖一瓦，有生命也有情感。

东奔西走，南来北往，寻砖觅瓦的路途很长，从很长的路途中归来的老厂长，肩上背着背包，背包里是几十公斤重的砖块。

六朝古都南京的城墙砖，是由江南一带二百多个县分别监制的，老厂长收藏的品种，竟是比南京博物馆还多出许多。

“东风不与周郎便，铜雀春深锁二乔。”这是唐朝诗人杜牧的句子。古砖瓦馆里的一张简瓦，和这句诗有关。曹操当年建造的铜雀台早已经湮灭在岁月的风尘之中，这一张简瓦，历经一千七百多年沧桑，完整地保存了下来。

老厂长说，一块砖一片瓦，就是一幢宅子一户人家，就是一番经历一段故事。

丁宅一侧是一条百米多长的陪弄，悠长的陪弄从丁宅的后院直通沿河，锦溪人称之为丁家弄堂。

因为中国古砖瓦博物馆，丁家弄堂，可以穿越历史。

西　山

其实，这样的山水，没有文人墨客的妙笔生花，也是世外桃源，这里的人家，没有从前以来的源远流长，也和超凡脱俗的古人心心相印。

去往西山的水上，从前的古人坐在船头，他们吟一些“荷花碍月舟不前，花气熏客宵难眠”之类的句子，他们的心情，恍若天上人间。

两岸山水尽得风流，一叶扁舟顺流而下。船靠岸的地方，就是洞庭西山了，从前的古人，读着先期而止的文人墨客，刻在山上山下的对联，他们感到西山其实就是一户风雅的人家。

山和山之间，是一弯浅浅溪流，沿着溪流，是绵延不断的鸟语花香，这样的意境，就是出色的山水画。

而古村落就在这一片明晃晃的山水之间了。

为了更好地保存古村落的风貌，西山人决定将建造在古村落及

其周边的新房子拆去。

新房子是直挺挺三楼三底的样子，更多的要好看一些，是通常意义上的别墅了，农村人家最大的寄托和追求莫过于儿子和房子，多年如一日起早摸黑地干活，省吃俭用地过日子，房子造好了，心里面踏实，脸面上也风光。现在说拆就要拆了，心里知道这是顾全大局的长远之计，做起来总有点一步三回头的感觉。

离开新居的老人把屋子打扫干净了，然后很仔细地将窗子一扇一扇关好，儿子说，这一幢房子终究是要拆去的，窗子开着或者关着已经没有关系了。但老人没有理会。

最初是说好自己的房子自己拆，但大家都是下不了手，情愿多花一些钱，请外地的工程队来完成这一项工作。他们搬出去之后的第二天，戴着安全帽的建筑工人往村里面来了，用不了多久，老宅老街的老村落，将比较原汁原味地展现在我们面前。

老房子是西山古村落的从前以来，新房子是西山古村落的节外生枝。

洞庭西山岛是太湖中最大的岛屿，后埠、明湾、东蔡、西蔡、东村、绮里、慈里、堂里、甪里、镇夏、衙里、后堡、前湾、涵村、鹿村、秉场、梅益、植里、东河，是古村落的名字，这一些西山岛上的古村落，保持着相对完整的明清古建筑，还因为水土和物产的缘故，生活在这里的人们，保持着与从前仿佛的生活和生产方式。

按照地方志上的说法是，根据岛上俞家渡遗址出土的新石器时代的遗物分析，早在六千多年前的马家浜文化时期，西山已经有人居住了。六千多年前的先人是从哪里漂来的，他们过的是什么日子，实在不好说，这一些遗物是他们留下的还是风吹浪打之后从别的地方落在岛上的，也不好说，可以肯定的是，这里既可以靠山吃山，也可以靠水吃水，四处漂泊东奔西走的古人，遇上这一片安居乐业的山水，当然是会在这里生根开花的。

之后到了春秋之际，西山是吴王消夏赏月的所在，消夏湾和明月湾这二个名字，应该就是由吴王的典故生出来的。

还有北宋时期，北方士族为逃避天灾和人祸而南迁。安顿下来的士族避世自安，在他们的观念中，主张经商重于仕进，到了明清时期，洞庭商人集团崛起，西山的大批商人也应运而生。

最初的时候，他们离开家乡东奔西走或者南来北往，他们走在离家的路上或者回家的路上，他们大富大贵或者小商小贩，他们经历不同的人生，感受一样的颠簸。

好多年在“独在异乡为异客”的行走，和“千帆过尽皆不是”的守望之间过去了，一些人在“青春作伴好还乡”的心情下回到西山。

西山古村落里的老街旧宅，应该就是他们衣锦还乡之后的建造了。

特定的历史和自然环境，使得升官或者发财以后，营造宅院的人开始小而精的打算，他们将更多的精力投注于雕梁画栋，通过丰富的乡土语言，巧妙地组合出令人愉悦的形态和风貌。

而现在，精雕细刻有的已经剥落，墙内墙外也留下了一些断垣残柱，毕竟是一二百年的岁月了，一二百年的风雨一天一天地过来，总有一些沧桑留下来，也有一些遗憾留下来。

“我们弃车走过石牌坊，从此由一条石板路穿村而东，约四五百米而尽。路旁全是民宅，石板路下便是阴沟，雨天山水下泻入湖，也从阴沟泄出，所以走在石板上常能听到潺潺的流水声。”

这是作家高晓声记在《重访明月湾》中的文字。西山的古村落质地结构和明月湾相似。

西山人说干净、整洁和秀美是“山青水绿”，衣服穿戴得“山青水绿”，环境收拾得“山青水绿”，人长得也是“山青水绿”。“山青水绿”是比较标志性的西山话，也是流传至今富有特色的西山方言。

我们走过西山古村落，是在春天以后，梅花开了又落。

除了梅花，还有荷花，除了梅子莲子，还有枇杷、橘子、杨梅、粟子、银杏，还有碧螺春。

漫步在青枝绿叶间，我们不能够分辨出来这些树谁是谁，只知道他们是确确实实地在这一片小岛上生长着。

这时候我们还看到有一些枯萎了的果子，还挂在生机勃勃的枝干上。这是橘树，那枯萎的果子，是橘子。

这里的橘子，有一个很抒情的名字，叫早红。秋天来的时候，漫山遍野红灿灿的，游客们随手摘下一只橘子来，说进嘴里，然后说甜的或者是酸的，村落的人们就笑眯眯看着他们说甜的、酸的。

这样的日子悄然而逝。

早红橘因品种不具备优势、产量又高，而在市场上供大于求。与其化一番功夫摘下来，不如让它在枝头上自生自灭了。

村里的人，正为果树的嫁接的事忙碌和兴奋着。嫁接的是枇杷，这是一个新品种，市场前景看好。

好多好多年前，当早红橘第一回在湖畔山上结果的时候，大家也是这样忙碌和兴奋的。

种花栽果捕鱼捉虾，是古往今来西山人相差无几的劳动。

日出日落的日子日出日落，南来北往的人南来北往。

而和看到的比较，我们听说了更多。

生命中的一些经历和创造，是照亮了这方水土的流光逸彩，而时间又轻描淡写把它抹去。曾经的从前依稀可辨。我们走过西山古村落的时候，在依稀可辨的痕迹中，看到了忽隐忽现的从前。

叶山岛是隶属于西山的一座小岛，先前是因为岛上的居民都是姓叶姓余，所以也称是叶余山，之后余姓的居民迁往别处居住了，山的名字也改成了叶山。

突兀苍波里，金庭玉柱间。叶余长在水，人老不离山。鸥鸟群群集，渔舟个个闲。晚来人唤渡，买畚向城还。

这是明朝人谢晋的《过叶余山口占》，人老不离山，应该是很多叶山岛上的居民的生活状况了，当初是因为交通不便利，不少叶山人一生都没有离开过小岛。1994 年，太湖大桥开通之后，叶山人兴致勃勃地开发了游泳场、旅馆和别墅，有关叶山的宣传图册上介绍，四方游客流连忘返。

和留下的比较，或许失去了更多。

现代文明无比诱惑，我们向前进，历史仿佛就是沉重的行李包袱，丢却了感觉好像是轻装上阵，但当大家明白过来，历史不是负担而是契机，文化非但时尚而且光荣，回过头再要去寻找，却已经是人间天上了。

从这个意义上说，保护比建造更加重要。也可以说将建造在古村落及其周边的新房子拆去是一种功德和最好的建造。

洞庭西山，因为四面被湖水环抱，从前也称之为“包山”，还因为道教洞天福地洞天“天下第九洞”林屋洞的关系，也称作林屋山。从前的人说“具区之胜，洞庭为最，洞庭之胜，包山为最。”

这一些最，明朝的袁宏道具体概括为山、石、居、花果、幽隐、仙迹、山水这样七个方面，也是七个索引吧，单独去看，有每一个独到的精彩，合在一起，就是七彩西山了。

东　山

东山人的日子，一年到头在果树和果树间绕来绕去，所以他们的生活是鸟语花香的生活，而东山的名胜古迹，因为这样的鸟语花香，也有了一番别样的滋味了。

东山首屈一指的名胜古迹，应该要算雕刻大楼了，雕刻大楼是民间说法，比较规范的名字是东山雕花楼。

“食不厌精烩不厌细”这个用在餐饮上的说法，来比喻东山雕花楼，应该也是十分贴切。

从前的时候，青年的齐白石学的是木匠手艺，将近黄昏了，青年的齐白石随着师傅，走在乡间的小路上，这时候迎面走来三个人，师傅将齐白石拉到一边立停，待对方走近了，师傅就很谦微地含着笑脸点头。

他们是干什么的？齐白石问道。

师傅说，他们是木匠？

那我们不也是木匠吗?

不一样，我们就做家具，他们还雕花呢。

师傅的话久久地打动了齐白石，这一年，走在乡间小路上的齐白石内心里最灿烂的梦想就是当一个好木匠，一个能雕花的好木匠。

建造东山雕花楼的工匠，应该是一个和青年齐白石一样的志向，他们的不同之处是一个阴差阳错地成为一代艺术大师，一个却顺利成章地做了出色的雕花匠人。

这一幢宅子造了三年，实在当时的包工头和工匠根本也没有想到要留下建筑工艺的瑰宝，他们只是想把事情做繁复了日子拖久了工钱也就赚得多了。

雕花楼的主人是金锡之，金锡之在上海做生意，造楼的事委托给了自己的亲弟弟金植之，金植之和匠人把建造规模和规格大大提高，当金锡之收到十多万银圆的账单，觉得有点离谱，气就不打一处来了，但当他走进精雕细刻的雕花楼，看到了看不过来的精彩，不仅心平气和，而且喜上眉梢。

这是 1925 年的事情，1925 年建造的雕花楼，是民国时期江南民居中的上乘之作和杰出代表。

除雕花楼外，王鏊的怡老园也是东山的一处具有鲜明东山色彩的园子。王鏊的旧宅就在东山的陆巷古村，整修过后，当年的风采几乎是历历在目了。从陆巷码头登船，可以去三山岛，三山岛上有良渚文化的遗迹，但更多的人，是冲着古老村庄里的农家乐去的，吃住在村民的家里，除了刚起水的“太湖三白”，还有就是“墨涂鸭”，红烧墨涂鸭是三山岛上一道比较经典的菜肴。

墨涂鸭的学名叫墨西哥野鸭，最初是湖州引进的，却没有繁殖成功，放到三山岛之后，这些野鸭快乐地在太湖边飞飞停停，它们觉得这儿真不错，好像回到了老家似的，它们决定待下来不走了。

木　渎

木渎这个名字的由来，说起来还是春秋末年的故事，春秋末年，吴王夫差在灵岩山建造离宫，同时在紫石山建造姑苏台，这是大规模的基建，史书上的记载是“三年聚材，五年乃成。”这三五年间，越国献给吴王的木材，沿着水路滚滚而来并且源源不断，“积木塞渎”，就是说一茬接着一茬的木材，把河道也堵塞得严严实实的了。

因为地处苏州太湖的水陆要冲，而且是苏州城西重要的商贸集散地，所以南来北往买进卖出的木渎一向是交通便利十分繁华。清朝乾隆年间徐扬描绘的《盛世滋生图》，说的是苏州的滋润快乐和热闹祥和，《盛世滋生图》的很大一部分，就是关于木渎的内容，苏州是木渎的足本，木渎是苏州的持续。

现在，名胜古迹的木渎基本集中在山塘老街上，山塘这个名字，与苏州山塘街一致，构造也和苏州山塘街仿佛。

七里山塘，走到一半三里半。这是流传在苏州的一句俗语，也是一副对联的上联，因为嵌了几个数字，这一句老老实实的大白话，一下子平中见奇了。后来的人费了工夫，也想不出用什么名字将数字捎带得这样顺理成章，大家只好说，这是一副绝对。

一座古镇仿佛一篇文章，一条街就是一个句子。如果把这个句子删除了，文章依旧风采，这条街对于这个古镇而言，其实可有可无。

在木渎，山塘街是不能删去的句子。

一头是奇幽古朴的高山流水，另一头是柴米油盐的枕河人家，而将他们连系在一起的，就是山塘街。

一头是人间红尘，滚滚红尘，另一头是莲花佛国，立地成佛。也许做人太累了，所以想到成佛，也许成佛太苦了，所以依旧做人。我们芸芸众生就在山塘街上来来往往。

春色明媚，山塘是饱满而艳丽的，鲜鲜亮亮的绿水青山，丰丰满满的姹紫嫣红，一切是那样充分，充分得少了一点含蓄。

细雨迷蒙，水上和岸上笼罩着薄薄的一层光晕，这一层光晕，让山塘有了一些黯淡和冷淡，艳丽就在这黯淡和冷淡之中成为妩媚。

冷月如霜，风景是时隐时现的风景，心事在棹响声里荡开，今夕啊何夕，只有你和山塘了，你和山塘月下的相遇，竟有了一丝缘定今生的感觉。

飞雪连天，飞雪连天下的风景，是清清瘦瘦的风景，心情也是淡泊而爽洁，所谓超然物外，不就是这么一回事吗？

时而兴致高昂，声似银铃，时而语间哽咽，老泪纵横。

太多的春花秋月，太多的故事传奇，沿着岁月的走向或者情感

的脉络顺流而下，我们只能像个不识愁滋味的少年，纵然是折尽了堤上的杨柳，也难以将这一条长街的底蕴参透。

深秋的时候，山塘街上的树叶子已经稍稍染了一点黄色，但远远地看过去，又仿佛是初生的嫩草。

只是，我们心中的山塘，在秋天之外。我们心中的山塘，仿佛也在季节之外。也在阴晴和日月之外，当我们从唐诗宋词的字里行间，当我们从工笔写意的山水花鸟中，当我们从真草隶篆的铁划银钩中体会山塘，山塘就是我们可亲可近的家园了。

靠在山塘街一边的山河，也称作香溪河，木渎雅称作香溪，也是由来于这么一说。

吴越春秋的时候，吴王夫差很殷勤地为西施在灵岩山头建造了一座馆娃宫，居住在馆娃宫里的西施每天的主要功课就是香汤沐浴，这一些放了香料的流水穿过木渎一路而来然后，胭脂气久久不能散去，天长日久地满溪生香，香溪这个名字，也自然而然地叫出来了。

《木渎小志》说："香水溪本在吴宫中，吴王宫人洗妆于此，故又呼为脂粉塘，今通称山塘水为香溪。"另外，明朝有个名叫周南老的也有感而发地写了这样的一首诗歌："吴宫香水溪，俗称脂粉塘。暖波浮涨腻，晴渚泛红芳。美人曾此浴，魂销水又香。可怜清冷泉，照此妖冶妆。只今开宝林，曹溪源更长。"

这一些诗文，应该全是借着香海的话茬说西施的吧。

是在春末夏初。

春末夏初这个季节，就是青蚕豆刚刚饱满的季节，就是小街上槐树花挂在枝头等待女孩子们摘拮的季节，就是梅子开始黄了梅雨开始飘了，江南的小河开始涨水的季节。

栀子花开六瓣头。

这时候，走过木渎山塘街的人意外想到了西施。栀子花开六瓣头，这一句平平淡淡朴朴素素的话语，让大家想到了西施。

春天的栀子花开了，河水也涨起来了，带着栀子花的气息，环绕着村庄潺潺地流过。

这是江南的乡村，燕子们在堂前屋后，飞来绕去，她们环绕着乡村的生活飞来绕去。

她们放弃了一种贵族化的背景，彻底地依存于民间，并且终于成了民间的儿女，她们从远方飞来，都会成为无数家庭的盛典，她们向远方飞去，也都是无数家庭的依恋。还有哪一种鸟儿，像燕子一样与我们的乡村贴心相连，受我们的乡村千般呵护，万般怜惜。

就是“飞入寻常百姓家”的那一天，燕子们一下子和民间生活紧密地联系在一起了。

这样的关联，其实仅仅流露了一种世俗的情怀：乡村需要安居。

过平安的日子是乡村最切实的理想，乡亲们打开自家的门扉，接纳飞来的燕子，意味着乡村的生活安定，意味着乡村的日子虽然庸常但也过得和平顺利，意味着可以有平安的家园，来保全乡村的日常生活。

然而，江南的小河开始涨水了，小河边的浣纱女走远了。

其实，我们不能确切地知道，“女桑”这个词始于什么时候，但采桑无疑从一开始就是与女人有关的事业。

春天的桑田里，女人采摘桑叶，这是她们的日常工作。农桑时代，男耕女织，女人们采桑适时养蚕，养了蚕缫丝，有了丝织绮织帛，“女织”就是从采桑开始的，所以桑田里的工作，是女人最基

本也是最重要的工作。

采桑赋予女人的日常生存以一种最早且持续最久的姿态，虽然劳作艰辛，但并不妨碍女人在桑田里表现她们工作中的欢愉，这样出自内心的欢愉，通过她们轻曼的腰肢和灵活的双手表现出来，并且化作“桑林之舞”。

还是在春天的桑田里，女人采摘桑叶，她们年轻的生命被春天的雨水打湿了，被春天的和风柔软了。

而她们的爱情，就像娇嫩的桑芽，也开始从枝条上慢慢抽长，慢慢抽长，长成一片鲜艳的桑叶，然后，她们把自己的爱献给自己的情人。

桑田里的桑树啊多么茂盛，见到我的爱人啊多么高兴。

桑田里的桑树啊绿沃沃，见到我的爱人怎么不快乐？

桑田里的桑树长成了阴，见到我的爱人，爱人的声音记在心。

因为有了桑田，有了自己的空间，女人们敢于公开吐露自己的情感欲求。如果说桑田代表了女人的爱，那么这样的爱反映了女人生命本真的冲动，应该极其茁实，极其健康的。

虽然有时候，女人的命运，女人自己难以掌握，比如西施。

春蚕到死丝方尽，吐了丝以后，春蚕化蝶而去。

现在开始浣纱。

西施和村庄里女子一起裸着双脚，踩在水中，她们的身姿和容颜印照在水面上，青春的美丽温顺而柔软。

但是后来，西施被一种叫作历史的强力，从浣纱的地方掳走了，并且从此成为一个人人都知道了的女子。

然而人们再也看不到，她姣好的容颜，怎样让一池的春水，流动着花一样的美丽？再也看不到，她洁白的手指，怎样随纤细的纱

丝优美地飞动，再也看不到。她的双脚怎样在浣纱的石头上，留下款款温柔，所有这些和乡村的劳动联系一起的优美和优美蕴含的品质，人们再也看不到了。

历史对于西施蓄谋已久，历史把西施从浣纱的村庄带到了吴国的王宫，历史要求她以她的美丽，承担起一项神圣的使命。

历史似乎从来都看不起日常生活中那些普普通通的人，更不会轻意看上一个劳动女子，所以，历史一旦选中了西施，就贪偏要叫她去书写美女救国的传奇了。

西施离开了村庄，从越地走向吴地，一路向西，到处都可以看到浣纱的溪水和石头，可她不能停下来，历史绝不会让西施再去浣纱，哪怕她在浣纱时，表现的，是人世间绝无仅有的生动和美丽，历史也要带走她。

然后，历史阴险又肆无忌惮地把她扮演成一个深宫娇姬，一个朝着金碧辉煌的庙堂翩翩起舞的假美人。

历史向人们宣传西施作为美丽的女人为国献身的命运，这样，西施便永远落在了历史的悲剧的阴影里，永远也不能回到栀子花开春水明媚的日常生活中去了。

历史就是要在西施回家的路上，堆满迷人的障碍，让她永远流落他乡。因为西施，山塘街竟是有一点儿苦涩有一点儿酸楚。

西施之外，山塘街上比较著名的风景就是王家桥畔的严家花园了。严家花园最初的主人就是清朝乾隆年间的苏州名士沈德潜，为了多一些清静，少一些应付，就退隐到木渎古镇著书立说。沈德潜在木渎选编了《唐诗别裁集》《清诗别裁集》和《归愚文集》。乾隆皇帝下江南的时候，在木渎下船落脚，一般也是住宿在他家中。

乾隆是很风雅的皇帝，乾隆与沈德潜的相识相知，也是因为诗

歌，乾隆读了沈德潜的作品，不由得暗暗叫好，接着又连连称绝。然后他要沈德潜有了新作就呈给他看，他要先睹为快。同时也把自己的诗作拿出来，和沈德潜交流。

对于沈德潜而言，可谓是成也诗歌败也诗歌。从一品尚书到千古罪人，是沈德潜百年之后的事情了。最初的起因是苏北的一桩毫不相干的田宅官司，诉讼一方的呈堂证供是另一方先人的一部名叫《一柱楼集》的诗集，诗集中有“重明敢谓无天意”，诗集中还有“江北久无干净土”和“乾坤何处可安家”，他们说，这一些句子不是反清复明是什么？不是大逆不道是什么？而为这一部诗集写序言，并在序言中大加推崇的，就是沈德潜。

乾隆从来就是文字狱的高手，案子递到他那儿，随手一翻，正好看到“明朝期振翮，一举去清都。”这一句，乾隆很干脆地一锤定音，这是一桩逆案。九泉之下的沈德潜自然而然地就牵扯进去了。于是刻在墓碑上的御赐碑铭磨毁了，沈德潜写在沧浪亭里的句子也铲除了，苏州人说，这皇帝老儿怎么说翻脸就翻脸呢。其中的原因，除了《一柱楼集》的序言，还是与诗歌有关。

乾隆写诗与他写书法一样跃跃欲试并且高产，他一生写的诗竟有十万余首之多，这么多的诗作中，有沈德潜修改润色的句子，更有沈德潜作刀代笔的成品，沈德潜去世后，他的门生的后人编了一部他的诗集，竟然把他替乾隆做的诗作也编了进去，这使得乾隆很失面子又不好发作，而《一柱楼集》案件，正好给了乾隆一个借题发挥的机会。

很多年之后，木渎人重新修复沈德潜故居，一个诗人，在一座崇尚文化的古镇，总有他一席之地的。

沈德潜之后，严家花园的主人是木渎诗人钱端溪，后来又传到冯桂芬和叶昌炽的手上，冯桂芬是清朝末年著名的政论思想家，也是林则徐的学生，晚年在严家花园编撰了50余卷的《苏州府志》，但他更著名的住处是木渎下塘的榜眼府弟。叶昌炽也是很知名的学者，住在严家花的叶昌炽比较详尽和认真地编撰了考古名著《语石》上下卷。

木渎还有一家很有名的饭店，那就是石家饭店，其招牌菜就是声名远扬的“鲃肺汤”。在石家饭店，除了“鲃肺汤”，还有就是酱方和三虾豆腐。三虾豆腐是指虾脑、虾籽和虾仁，因为豆腐的滋味很有特色，虾的趣味也得到挥。酱方据说是用松枝慢工出细活地煨出来的，木渎石家饭店的酱方的确非同一般。

光　福

光福是东太湖间的一些零零碎碎的半岛和岛屿，水和水把他们分开，树和树又把他们连在一起了。《光福志》上说，“光福镇古虎奚谷地，相传吴王养虎处，萧梁时建光福寺于龟峰，遂以寺名镇。”从前以来的文人墨客说，光福到处都是“湖光山色”到处都是“洞天福地”，光福这个名字，分明就是从这两个成语中简化而来的。这个说法是有点一厢情愿和民间传说的，如果换成了“林风湖月”这个成语，我们还是不会把光福镇说成是“风月镇”的吧。

拆散开了看，光福是一片江山千幅画，闲闲散散地四下里走走，上哪儿都是风景，避得开的是张三李四，避不开的就是山高水长。汇拢起来看，光福就是一寺一庙香雪海了。一寺是光福寺，一庙是司徒庙，香雪海指的是冬去春来满山遍野化也化不开的梅花。

光福寺是顾野王的产业，说起来也有一千多年的历史，这事儿还是和梁武帝萧衍推广佛教有关。

萧衍身先士卒地舍身入寺，这使得那一班大臣有点手足无措了，他们拼拼凑凑汇集了不少钱财，赶到寺院去，将皇帝赎出来。可是没多久，萧衍又舍身了，大臣们再一次不惜血本地用银钱去打点，这样的情况，总共发生了三回，一来二去发了横财的，却是寺院。

皇帝这样热心于宗教事业，大家也都上行下效地不悠闲了，于是全国上下，大兴土木，建寺造庙，同里许多大臣将自己的别业舍为佛寺，比如兴建光福寺的顾野王。

光福寺中最为著名的，是古铜观音像，这是几百年之后的事情了，几百年之后的唐朝，皇帝比较爱好道教，对佛教不感兴趣，光福寺人走茶凉没几年就成了一派废墟，具有标志意义的古铜观音像也一时不知了去向。

几十年过后，古铜观音像神奇地在一片破砖残瓦中出现了，但没多久，又莫名其妙地被人偷走了。一直到了十四年之后，当时是天下大旱，田里的庄稼村里的人，做梦都想着天下降下雨来，大家也花了很多心思用了许多方法，偏偏雨就是下不来，并且连下雨的意思也没有。这个时候正好有村里人再一次找到了古铜观音像，大家立马沉下心思来烧香磕头，祈盼着救苦救难的观世音菩萨能够帮助大家脱离苦海转危为安。

比较神奇的是当天夜晚竟然是真的天降大雨，淋在雨水中的光福有点半梦半醒的感觉，但从此后对待古铜观音像，是实实在在地敬若神明了。

几年之后是苏州连绵阴雨，天总是晴好不起来，大家全是愁眉不展，地方政府听说了古铜观音的事情，来到光福寺，请来古铜观音像到苏州，然后烧香磕头，按部就班地做了法事。比较神奇的

是，当日晚些时候，雨竟然是悄悄小下来了，到第五天就停住了，下午起已经有点晴空万里的意思了。大家说，光福寺的古铜观音像，其实就是救苦救难的观音菩萨，千百年来，就是她化险为夷呼风唤雨保佑了大家平安。1833年，巡抚林则徐打报告奏请重建古铜观音寺，因为有古铜观音的故事，恢复从前的香火也自然而然地顺理成章了。

和光福寺一样名声在外的，还有就是司徒庙了。《光福志》上说，“司徒庙，今为邓尉山神，俗呼土地堂，相传祀汉邓禹。”

司徒庙供奉的就是东汉名人邓禹。邓禹是东汉王朝创始人刘秀的左臂右膀，在那个动荡的年代里，干了不少建功立业的大事，也创下不俗的功名，历史书上还说他有一十三个子女，各使守一艺，修整闺门，调教后代，“皆可为后世法”，意思就是后代人上行下效的榜样。

司徒庙里有四株古柏，是邓禹当年种下的，乾隆皇帝下江南，说了四个字来形容古柏，即“清、奇、古、怪”。

有关司徒庙的书籍上，对于清、奇、古、怪是这样描写的。

“清”者，主干笔直，体态稳健，树叶苍翠，英姿飒爽，给人以挺拔、潇洒、富有朝气之感。

“奇”者，苍老遒劲，枝杆奇特犹如青峰，主干破裂而一空其腹，宛如剖开的刳瓜，其空间之大，可容人立，显示出一种生命欲尽而神威自若的气概。

“古”者，少皮秃顶，满身皱纹，仿佛百索绕躯，具有肃穆庄重、苍老古朴的神态。

“怪”者，曾遭雷击而劈成两片，一片远离母体后落地生根，呈卧地三曲弯如强弩的姿态，另一片是母体本身，则就地卧倒，呈

蛟龙昂首，势欲腾飞的姿态。

这样的说法是比较具体和客观的，“清奇古怪画难状，风火雷霆劫不磨。”清、奇、古、怪是对生命的一种孜孜不倦的热爱，是对存在的一种坚韧不拔的体会。

寺是光福寺，庙为司徒庙，香雪海是观梅的好去处，是生在野外土生土长的风景。香雪海这三个字的由来，和康熙年间的江苏巡抚宋荦有关，宋荦应该是一个很有闲情逸致的地方官，暮冬初春之际，天是时阴时雨的样子，借了一个巡查的名义，来到光福邓尉山，走一步是香里香外，看一眼是梅长梅短，真所谓是白梅似海，暗香浮动，天姿皎洁，冷艳如雪。这时候六十开外的宋荦有点情不自禁了，他挥毫写下了“香雪海”三个大字，觉得意犹未尽，又写下了《雨中元墓探梅》这一首七律。

探梅冒雨兴还生，石径铿然杖有声。云影花光乍吞吐，松涛岩溜互喧争。

韵宜禅榻闲中领，幽爱园扉破处行。望去茫茫香雪海，吾家山畔好题名。

这件事情之后，不少人传来传去，说“香雪海”这个名字，是康熙南巡时题下的，这位有几分文人气息的一国之君，不远千里从京城来到江南，见到光福梅花的风景，觉得应该有更书卷的名字，就写下了香雪海三个大字。

这个传说和东西山的碧螺春茶叶有异曲同工之妙，东西山的茶叶，最早叫“吓煞人香”，后来也是拿了皇帝说事，说皇帝觉得“吓煞人香”这个名字有点粗俗，就题下了“碧螺春”的名字。其实“吓煞人香”朴素实在，也是大俗大雅，碧螺春虽说是文人笔墨，却还是少了几分灵动和才华的。

香雪海也有点这样的意思，扛了皇帝的抬头，大家觉得师出有名，而且皇帝向来也是一字千金，一传十十传百的，香雪海的声名就更大了。

后来一些根牢固实的读书人，通过引经据典明确，香雪海这个名字，实在与康熙无关，一向就是宋荦的说法，经过几个回合的你来我往，大家一致认为，康熙是去过两回光福邓尉，也写了两首七绝，但“香雪海”这三个字，肯定就是宋荦落下的了。

从前的文人墨客踏雪寻梅是一种风雅，现在的老百姓到了梅花开放的季节去光福看梅也是一种抒情。沿着闻梅馆向上走，不多远就是梅花亭，最早的梅花亭早已经不在了，现在留下的，是1923年的时候，香山匠人姚承祖的作品。姚承祖是香山帮知名的手艺人，也爱梅花，将梅花亭造在这里，在梅花未开的时候，是一份守候，在梅花开放的时候，是一份光荣。

沙家浜

苏州到沙家浜不是经常熟走的。穿过蠡口穿过厢城，公路上的一面指示牌上写着：前面就是沙家浜。

一眼望去的湖光水色，使天地宽畅开阔。水上面绵延着的，是春天里青青翠翠的芦苇，青青翠翠的芦苇，谓之蒹葭，“蒹葭苍苍，白露为霜”。只是一闪而过，此时此地，这样的抒情，有一点儿不合时宜。心底里挥之不去的，是一句“朝霞映在阳澄湖上”。

前面就是沙家浜，这是现代京剧《沙家浜》中的一句台词，用在这里，让人在恍惚之中觉得，戏曲与生活，历史与现实已然浑为一体了。

芦苇景区。

首先是东进桥。

桥长 39 米，新四军六团 1939 年东进抗日，桥宽 7.7 米，这是纪念“七七”卢沟桥事变。桥栏杆中间有 34 块石刻，当年在这里养伤的36名新四军战士中，有34人是闽东地区的老红军，而这一支工农红军的队伍，也是1934年建立的。天上的白云、水里的芦苇、芦苇间的小舟、岸边上的茶馆……这石刻因山清水秀而借景抒情，因抗日军民而可歌可泣，因正义之歌而天长地久。

走过东进桥就是瞻仰广场。

主体雕塑“军民鱼水情”高8米，重60吨，由当年创作毛泽东纪念堂毛主席座像的著名雕塑家叶毓山设计制作。

“祖国的好山河寸土不让”。就在郭建光一声昂扬的歌唱中，当年的军民迎风站立着，凝固成雕塑。

这是革命传统教育区的主体工程，大台、中台、小台，两旁18根形态各异的自然石，象征着18个新四军伤病员。

另一边，正在建设中的，是沙家浜革命传统教育馆的新馆。

这一个教育馆，始建于1988年，建馆以来，已经接待了30余万来自全国各地的参观者。

漫步在沙家浜，两岸是芦苇荡。

“阳澄湖畔，虞山之麓，三九年的寒冬，三十六个伤兵病员，高举共产党的旗帜，在暗影笼罩的鱼米之乡，流着血啊流着汗，辛苦地耕耘着……”

这一首抗日歌曲的名字叫《你是游击兵团》。当年在阳澄湖养伤的36个伤病员，已经发展壮大为解放军一七五团。《你是游击兵团》是这个团的团歌，也是《沙家浜》的源头。

1948年11月13日，作为解放军战地记者的崔左夫参加淮海战役的采访。华野一纵队刘飞司令员指着打扫战场归来的一支队伍对他说道：“这个团前身是新四军十八旅五十二团。最早的一批战斗骨干是留在阳澄湖畔芦苇荡里的（江抗）伤病员，他们的经历，以后你可以写一写。”

9 年以后，崔左夫深入苏州、无锡、常熟、太仓采访，并写出了纪实文学《血染的名字》。

也是这一年，时任上海警备区副司令员的刘飞，因病去疗养。在莫干山，完成了回忆录《火种》的写作，并将当年 36 个伤病员坚持敌后斗争和军民鱼水深情的有关章节，取名为《阳澄湖畔》公开发表。

然后，上海人民沪剧团编导文牧就是在这样的基础上执笔创作了革命现代戏《芦荡火种》。然后《芦荡火种》的本子交到了汪曾祺手上，由汪曾祺负责，将其移植成现代京剧。

汪曾祺在改编时既吸收了原来剧本中塑造人物的长处，又进行了大量的发展和提高，从而使剧中人物性格进一步丰富、多侧面起来。与此同时，汪曾祺还注意吸收传统折子戏的长处，尽可能把每场戏写得集中、紧凑。

从一首歌到一台戏，半个多世纪的起起落落风风雨雨已是尘埃落定。

现在面对着芦苇荡，又一次说起《沙家浜》这个话题，又一次哼起《沙家浜》的旋律。当年抗日军民使《沙家浜》有血有肉真情灵动，《沙家浜》又使这一方山水绘声绘色神韵飞扬。

这是在 1939 年冬天的一个日子，天寒地冻，大雪飘了一夜。

阳澄湖畔的小村子里，清早起来拨开门闩的黄大爷，一眼看见雪地里齐刷刷地坐着一群士兵，雪人般的士兵。

“你们……你们是新四军。”

“老大爷。打扰你们了。”一位战士从雪地里立起身来说道。

黄大爷将战士们让进屋里。战士们身上和背包上的雪开始融化，黄大爷的眼睛湿润了。

“是的，你们是我们穷人自己的队伍。”

黄大爷是远近闻名的编草鞋的高手，战士们就跟着他学编草鞋。夏天是草拖鞋，冬天是芦花鞋，春秋天又是一个样子。战争岁月冬天里的一个没有枪声的日子，江南水乡的一个小村子，竟是这样的祥和与快乐。

这是新四军“江抗”部队初到阳澄湖的情形。从这一天起，这里的乡亲多了一份牵挂，这里的土地上，也多了一些故事。

60年以后，1998年的夏天。

“沙家浜部队”奉命在荆江抗洪抢险，扼守石首市调关镇的长江大堤。8月9日，大堤526段干堤中下部出现多处管涌险情，江水掺着泥沙向外喷射，18名抢险队员纵身扎入水中，找到管口，然后肩扛沙袋，手拉油布再次潜入4米多深的江水，用油布盖位管口，再压上沙袋。与此同时，全团官兵紧急运土，苦战三个多小时，重新筑起35米长、10米宽的外堤。

此时，远在千里之外的常熟，市委市政府正在召集双拥领导小组会议，商量有关事宜。然后带着捐赠的100万元人民币和价值200万元的赈灾物资，来到石首，慰问子弟兵。

1999年，在纪念新四军东进抗日60周年的日子里，沙家浜部队的指战员回到了沙家浜。面对着芦苇荡，集团军的领导深情地说道：“60年了，我们始终没有忘记常熟人民的养育之恩，一直高举着沙家浜的旗帜，日思夜想见亲人，今天终于圆了寻根探亲的梦。”

是的，没有一个名字比沙家浜更能体现军民鱼水情了。自从《芦荡火种》和《沙家浜》公演以来，有关谁是原型的探讨和评说接连不绝，其中阿庆嫂的原型就有七八位，其实要确实谁是真正的原型并不重要，重要的是，是这样好的人民，面对着侵略者，是他们将一个战士领回家去，而让自己的儿子迎向屠刀。是这样好的人民子弟兵，是他们挺起的脊梁，巩固了一个民族不朽的信念和永恒的希望。

走向新世纪，常熟市委市政府制定“游沙家浜，逛常熟城”开发旅游业的计划。旅游业是第三产业的支柱产业和国民经济新的增长点，怎样走好这一步，让我们再一次听一听《沙家浜》里郭建光的一个唱段。

“朝霞映在阳澄湖上，芦花放，稻谷香，岸柳成行。全凭着劳动人民一双手，画出了锦绣江南鱼米乡。”

先要让《沙家浜》里的那些栩栩如生的人物走下舞台，走进生活。《沙家浜》是一道背景、一份寄托和一种财富。另一点，是将沙家浜做成一个更大的舞台，这一个大舞台，就是入诗入画的芦苇荡，就是田园风光的鱼米乡。

入夜安排贺鼠婚，饼糕香烛米盈盆，相将熄火休惊动，绝早家家尽闭门。

这是海虞风俗的竹枝词。

传说元旦夜是老鼠做亲的日子，乡亲们是一派“善解鼠意”的姿态。这一幕是那样的美好，那样的生动和谐。

海蛳蚕豆麦豆黄，梅子樱桃酒酿浆，吃罢相争盘石磨，暑天食量胜平常。

大家想的是有机会一定要去尝一尝乡村手艺，有这么多姿多彩的小吃，谁都应该有一个让人称道的食量的。

水乡风光，农业生态，民俗文化，美食。

沙家浜有花灯、龙灯、荡湖船、请客串、宣卷、甩担会、社

戏、放风筝等乡村风俗和民间艺术，有鸭血糯、鸡头米、大闸蟹、酒酿饼、臭豆腐干、桂花栗子羹等名优特产和传统小吃。

沙家浜没有小桥水巷，沙家浜也不准备建造古色古香的亭台楼阁，沙家浜有的是纯朴纯的乡亲和浓浓的乡情。那焕发着江南气息的风土人情，焕发着田野情趣的时令特产，还有，就是青山绿水的自然风光。

沙家浜镇，位于常熟南隅，南挽阳澄湖，北枕昆承湖，其间水网密织，芦苇环绕。

震　泽

震泽人发生口角，即将进入冲突高潮的时候，总会说一句要不要和你一起到大桥头去讲讲？一般情况下，来不及到大桥头，二个人就开始说开了，将一些陈年老账翻出来，你一句我一句的样子，基本上将当初为什么争执起来的原因完全丢到一边去了。事情是不起眼的琐事，谁少说上一句，也轻描淡写地过去了，偏偏大家都不肯少说这一句，吵起来就顺理成章了。这在当时想想，真的有点不文明，过后了却觉得有点意思，这个意思，就是老镇风情，就是活生生的人间烟火啊。

为什么要到大桥头去讲讲呢，因为大桥头是震泽的政治、经济和文化中心，从前的震泽人比较清闲，他们有点无所事事地往大桥头去，看五花八门的店面买进卖出，听天南海北的人说三道四，大桥上下人挤着人，有点化不开的意思，按照震泽人的俗话说就是“推背脊”。

大桥其实名叫“底定”桥，是《书·禹贡》里面的出典，“三江既入，震泽底定。”大桥和镇东的禹迹桥以及斜桥河内的禹王庙，全是纪念大禹治水的历史性和标志性建筑。立在大桥上看一边的风景，水边陆上古色古香的房子，就是师俭堂。

初看之下，师俭这个名字是说以东汉清流领袖张俭为师，学习他的坦诚朴实高风亮节，细想起来，这位亦官亦商的主人，更多还是耕读传世勤俭持家的意思。

亦官，说的是不偏不倚地步入仕途，有一点正义感，存一点廉耻心，但也不能太张扬自己，更不能话不投机或者掏心掏肺地对待别人，亦商，说的是左右逢源地走入商海，要一点货真价实，要一点唯利是图，上半夜想想自己的事情，下半夜想想人家的处境。江南古镇上这样的人家，最初还是其貌不扬或者欲说还休，渐渐是红杏枝头或者初露端倪，接下来就是发扬光大或者枝繁叶茂了，比如震泽的师俭堂。

街中建宅，宅内含街，是师俭堂比较著名的特点，前前后后六进，2500多米147个房间包含了河埠、行栈、商铺、街道和住家。

第一进是河埠上的米行，从前的人家因地制宜地做各式各样的生意，但米市这一行却是有些大同小异的成分，做这个行当的实在不少，一来是民以食为天，一日三餐是最旱涝保收的买卖，二来若有一个兵荒马乱天灾人祸的事，大米是最直接最地道的收藏。

第二进是沿街的商铺，如果说行栈是一个按需分配的调拨环节和批发中心，商铺就是专门在镇上开设的零售点了，别处没有的东西这里有了，别处过剩的东西这里贱了，手笔不是很大，门类却是很多。

第三进与第二进是一个隔街相对的豁圈门，豁圈门是一种遥

相呼应，也是一种承上启下，豁圈门下，就是震泽古镇著名的宝塔街，宝塔街上密集的是买进卖出的商贸，热闹的是南来北往的进出。第三进门楼的门楣上，雕刻的是十分精巧细致图案和文字，三根月梁分别说的是“孔明迎主”“状元及第”和“福禄寿禧”。这都是比较通俗和泛泛而谈的吉祥话了。

刀功是精雕细刻的，格式也是气宇轩昂的，初一看勤俭持家似乎是一句空话和口号，实在他们倡导的是一种方向和志趣，这一种方向和志趣不是要你斤斤计较和省吃俭用，他要的是一种精神，有一点身体力行，更多要的是不忘乎所以。

接下来的结构就是一幢房屋一个天井，看起来这真是没有创意的草草了事，实在这样的形式是几经波折几番风雨之后的一种约定俗成，房子就是这样的房子，天井就是这样的天井，与众不同和别具一格全体现在房子的陈设和天井的布置上，雕花和花的寓意，构图和图的说法，这是标新立异的一砖一瓦，造亭和亭亭玉立，修廊和曲径通幽，这是超凡脱俗的一山一水。

师俭堂的第四进是正厅，人高马大，中气十足，是江南富商的游刃有余，也是殷实人家的正气凛然。接下来的五进六进是住着老爷公子太太小姐的楼房了，一家子人也许是有一点牙齿舌头，但大家都能开诚布公和各抒己见。沐浴着古老江南阳光雨露的日子，有一点慵倦有一点生机，因为师俭堂，平常的衣食住行，有了诗情画意。

有关师俭堂，如果只有这么一些一五一十，依照园子主人的作为，也不过说是江南一座貌不惊人的园子。只是在师俭堂的东侧有一个占地将近400平方米的花园，半座亭子，几堆假山，曲曲弯弯的小径和深深浅浅的花草。根据《汉书》“带经而锄”的故事，花

园取了一个“锄经园”的名字，和堂堂正正的师俭堂相比，锄经园是闲情逸致的一笔，这一笔有一点漫不经心，却十足是琴棋书画，有一点散散淡淡，却十足是风花雪月，应该就是这个缘故，师俭堂一下子成为江南水乡十分的风雅。

古镇震泽，有传统的丝绸蚕桑和地道的乡镇庙会，有历史名人和风味小吃，为了开发旅游资源，镇上面将原来居住在师俭堂里的十多户人家迁出来，整理修复了这一幢百年老宅，师俭堂修好了，因为这个所在，现在的古镇，最地道的，看来看去还是从前的人家。

白　茆

时间是2001年的夏天，白茆镇花了6万余元，请来有关方面的专家，开始医治那一株两人合抱的红豆树上的虫疾。那株红豆树是钱谦益的祖父栽植的，栽植的庄园就叫作红豆山庄，钱谦益和柳如是的故事就是从红豆山庄开始演绎的。

这是好多年前的事情，好多年之后，常熟白茆成为著名的民歌之乡，一些人从远处来，他们的心情，说不清是失落以后的获得，还是获得以后的失落。

白茆山歌馆，是简单而质朴的展览，广泛的乡村，广泛的民歌，和广泛的民歌手，千百年的民间记忆，人情冷暖，这样的穿越，叫人怦然心动。

文化站长向大家介绍老同志，就是当年到北京中南海怀仁堂为中央首长唱民歌的，这一些当年的年轻人，现在是民歌队伍的中坚力量，还有一些，是附近小学校里的小学生，民歌之乡的小学里也

教唱民歌。另外就是陆瑞英。

陆瑞英同志，是著名山歌手，中国民间文艺家协会会员，江苏省民间文艺家协会理事，她的名字已经载入《中国当代文学家名人录》，她是共产党员。

陆瑞英说，我今年六十六岁了，你们看不出来吧，我自己也感觉不到，我怎么就不觉得老呢，我开心呀，开心了就不老。

新社会，贫下中农翻身当家做了主人，怎么能不欢欣鼓舞，陆瑞英更是尽情地歌唱。也许是民歌的音质高亢，民歌手也没有学过练声发声的方法，陆瑞英的嗓子竟是唱倒掉了。陆瑞英是唱山歌出名的，但现在却不能唱了，她想，自己是国家的民间文艺工作者，不能因为嗓子倒了就歇下来呀，不能唱，还能说嘛。这一说，竟说出了一位讲故事的陆瑞英。陆瑞英走在路上，大家说。陆瑞英，你给我们讲个故事吧。陆瑞英就停下来讲个故事。陆瑞英去邮局买邮票寄信，营业员说，陆瑞英，你给我们讲个故事吧。陆瑞英就再讲故事。

大家说，陆瑞英，你也给我们讲个故事呀。

陆瑞英还是那样笑吟吟的，为大家讲了两个小故事。一是劝诫儿孙要孝敬老人，一是傻女婿。一家人家三个女儿，嫁了三个女婿，老丈人要大家说一些话露露才情，大女婿说房子笔直，什么什么，二女婿说箱子笔直，什么什么，傻女婿说丈母娘笔直，什么什么。

这样的简洁和单纯，以及由这样的简洁和单纯构筑而成的真诚、朴素和自然是乡村的风采和光荣。

接下来是演唱山歌，你一嗓我一嗓，真也是波澜壮阔。

民歌，真好。民歌的好是单纯。简单和纯正，没有一丝城府的

色彩，也就少了俗气。没有表演，也没有功利，轻轻意意，随随便便，叫我唱来我就唱。

民歌的好是朴素。实在而平常的见识和心思，就这么一唱，这个世界和这个世界里的一切，只在这刹那之间容光焕发。

这时候一位青年歌手，唱一曲情歌。大致的意思是，小姐妮在河边上洗衣服，偶一抬头，看到一个穿着白衣白袜，什么什么，长得英俊潇洒，什么什么的小伙子正在走上楼梯，小姐妮是“筋丝无力”晾衣服。

词本身没有特别的精彩，但唱出来的调子真美，“筋丝无力”这个词，让人拍案叫绝。

走访红豆山庄，是一种走马观花，参观民歌家乡，是一种蜻蜓点水，比较相同的是无论是柳如是还是白茆山歌，都能让人见到古老乡镇的艺术心灵和情怀，这是白茆的本质和原来。

黎　里

黎里的茶馆是和集市在一起的，所以黎里的集市是茶浓茶淡的集市，黎里的集市也是和茶馆连系在一起的，所以黎里的茶馆是小商小贩的茶馆。黎里人喝茶的时候，忘记不了手边的生意，黎里人做生意的时候，也不会顾不上身边的茶杯，这是黎里人比较特殊的生活方式，这一种生活方式已经变成了一种习俗，变成了一道属于黎里的风景。

才下了一阵小雨，蛋石街显得光亮和明净。

蛋石街中间高出来一些，两边低下去一点，远远地看去，仿佛是鲫鱼的鱼背。顾颉刚说，用小石子铺砌街道，即在下雨天，亦可不致湿脚，故有“雨天可穿红绣鞋”的说法。

这一些小石子价廉料多，铺陈起来也方便，因为它的形状像是鱼鳞或者禽蛋，大家就把铺着这一些石子的道路叫作蛋石街。

黎里铺陈的是 3、4 厘米长，2 厘米宽的蛋石，在这里一些淡颜

色的蛋石作为打底，再以深色蛋石按照事先的设计，排列成图案。

镇里面好几个个景点中，铺设的是“卵板石”，这样更整齐和美观，走在上面也轻松自在。

而更多的蛋石街，纵横于黎里的大街小巷。

蛋石街有一丝古意，溶入了黎里的人情风貌，很和谐。

建造在蛋石街上敞开的屋子，就是廊屋。

廊屋也叫廊棚或长廊。“行者不乘车，不着屐，以左右皆长廊也。”这是袁枚有关的记叙。这样的廊屋，现在黎里还能见到，而从前则是更多。

江南多的是下雨的日子，廊屋可以避一些风吹雨打。平常时候，古镇上的人家出了家门，就在廊屋里买进卖出走来回去。

因为廊屋的关系，从某种意义上讲，住在一个镇子上的，就是一家人。

这一些廊屋在老街上，夹在两条老街中间的，是流水。

在很高的地方俯瞰黎里，一半是水，另一半是岸，一些石阶从水上升起来，通到屋前宅后，黎里的生活和水紧密相连，黎里的生活就是水做的生活。因此在黎里，古桥就是水乡古镇的街头雕塑了。在这里水有多少，桥也有多少了。这一些古桥，仿佛古典的词牌，生在水上，是唐诗一样的凝练含蓄。是宋词一样的委婉细腻。是元曲一样的清澈悠扬，是话本一样的丰富生动。我们真的不能想象，没有了这些桥，黎里还会是个什么样子，我们只是感到了，就是这一些古桥，使古镇增添了无限的生动和绵延的韵味。

黎里的古桥上有浮雕，有花纹，还有对联，所以造桥是一门综合艺术，是一种艺术的劳动和创造，所以桥也不仅仅是桥了。

桥洞是船来船往的大门，对联就镂刻在桥洞的两侧，我们把镂刻在桥洞的两侧对联称为桥联。

用现在的眼光来看，桥联相当于一种特殊的户外广告。桥造好了，有关方面找到乡贤那里，请他捉笔，写一写桥联的句子。乡贤也就是当地的文化人，有人找上门来，请他做这样的工作，是很有面子的事情，诗情画意涌到心底，文化人就提起笔来写一些风土这么样，人情那么样，历史这么样，自然那么样等等，有时候文化人自己心里面正因了另外的事情也有一点起伏，就借景抒情，从另一个角度着手，开出一番崭新的意境。

和流水有关，除了古桥和古桥上桥联，应该就是船缆石了。

上桥下桥，船来船往就是黎里的日常生活。一些东西要送到镇里来，装船，一些东西要运到镇外去，还是装船。一些人要往镇外去，上船，另一些人回到镇上来，下船。黎里人家的一部分就是船，而船的一部分，就是黎里人的家了。

很久以前了，船和船就在黎里的河里面去去回回，船上是鲜鱼活虾，四季果蔬，这是从乡下来镇上买卖的农民，他们的叫卖声，是甜津津脆生生的。于是沿河的人家打开窗子探出头来，叫住了他们。

要买与不卖，讨价和还价，然后船上的人将船系在驳岸的船缆石上，一笔生意就这样做成了。

其实黎里的河上，就是一幅书法，水面是宣纸，船是写在纸上的行书，船缆石是压在上面的印章，两岸的石驳岸，就是这一幅书法的装裱了。

最初的时候，这一带的河流上，有近千枚这样的船缆石，现在只余下五十多枚了。从前的岁月正在远去，远去了的从前岁月落下一些踪迹，也渐渐地模糊了，船缆石，是一首似断似续的老歌。

一尺见方，上面是穿孔的石钉，造型是如意、寿桃、蝙蝠、定胜和民间传说中的人物，当时用于系船停泊，现在，这分明是雕塑小品。这一些小品，是水乡古镇的小挂件和装饰，它打扮了黎里，黎里打扮了大家心里遥远而温馨的梦。

以上这一些，应该是细细碎碎的黎里了，因为蛋石街、古桥和桥联、小船和船缆石，家长里短的黎里基本上是江南水乡的一户平常人家，但是因为柳亚子，这样的家长里短就有了书香门第的韵味，这样的平常人家就有了风花雪月的意思了。

《革命书生》是作家费振钟的新作，《革命书生》记叙了一些柳亚子的故事。

一百年前，满东南都是革命的暗潮，吴江黎里，虽不算交通发达之处，即使近在上海，假如乘船，风平浪静，亦须花费两三天时日，不过革命阻挡不了，上海的报纸一样把革命消息传达到这样的江南小镇。这就把柳亚子这样的少年热血鼓荡起来，由不得他不向往革命了。1903 年，柳亚子除了大读《新民丛报》，已读过翻译过来的法国卢梭的《民约论》，并且信服卢梭天赋人权的思想，把父母取的大名柳慰高弃而不用，自作主张改为柳人权，字亚卢，他一心想做亚洲的卢梭。这一年，柳亚子 17 岁，在黎里这样的蕞尔小镇，成立了中国教育会黎里支部，组织起了一个革命小团体，同年又去上海，进入爱国学社，一时间结识了众多革命人士，章太炎、邹容、蔡元培、吴稚晖，这干人都是一时革命精英，而柳亚子以少年英才为他们所赏识，更让他自己踌躇满志。

因为同道友人高天梅的建议，柳亚子 20 岁，正式叫柳亚子，不再称柳亚卢，这一次更名，淡去了效法西贤的痕迹，似乎越发像一个中国的士大夫文人。无论怎么说，柳亚子于更名次年，即与苏

沪两地文人发起建立南社，南社之起，不能不说余绪再兴。1907 年，经过二年筹划，南社在苏州虎丘正式成了。这在柳亚子一生无疑是最重大的事件，当时与会的人共有十九人，柳亚子年龄最小，却也奠定了他在社中的领袖地位，日后南社三大人物陈巢南、高天梅、柳亚子并称，要算柳亚子名头最响亮。

1949 年，柳亚子应邀北上，参与新中国的政治大计，四年前的期待终于有了结果，作为民主党派中重要人物，作为中国共产党的朋友，再加上与毛泽东的诗友关系，柳亚子实实在在处在一种政治蜜月之中，《北行日记》里所记甚详。但也就在这一段时期内出现了一点不愉快，已经搬入颐和园享受令人羡慕的待遇的柳亚子，忽然不如意了，写了一首诗给最高领袖毛泽东，其中有“分湖便是子陵滩”，一副要回老家的样子，毛泽东好言相劝说“莫道昆明池水浅，观鱼胜过富春江”，双方一个闹一个劝，各人的真实意思心里都明白，都不说穿，这样最后就化为一个十分风雅的现代故事。柳亚子依然安居京城，直到 1958 年病逝。

现在的黎里，保存着相对完好的柳亚子纪念馆，说起有关柳亚子的故事，大家也是津津乐道，讲到底他是一个充满诗人气质的革命者，他是一个满怀革命情操的诗人，而这样的人物，是古镇的光荣。

千　灯

地方志上说，千灯最早的名字，其实是叫千墩，墩是起起伏伏的山土，比较结实，也没有太多想象的余地，灯就有了照彻和光辉的意思，就比较灵动了，改过来这个名字的，不一定就是诗人，但至少是在心里面存一点诗歌的念头和想象的。

二千五百多年的历史，最初和最首先，还是老百姓的生活，还是老街区旧石板街上走过来的日子。旧石板街已经不太完整了，但基本上是保留着以前的样子。和广大的乡镇差不多，以前的样子是南来北往的人走在石板街上，有一些“叮咚”的声音，因为石板街铺设得比较整齐，却也不是天衣无缝，石板街下面是阴井和流水，下雨天的流水悄无声息地从石板街下经过，流向远方去了。

走在石板街上，能看到的风景是少卿山和秦峰塔，少卿山一向有“土建筑金字塔”的称呼，秦峰塔建于梁天监三年，是砖木结构，有 38.7 米高。正方形的平面，每一面都有门，边上是砖柱，

上承斗拱，腰檐平座，铁制的塔刹，7 米高，2000 余斤重，有承露盘，相轮四重，宝珠宝瓶，制作十分精巧。另外有 44 块浮雕砖刻佛像，镶嵌于各层四周，是不可多得的艺术珍品，因为风姿绰约，亭亭玉立，从前的人称秦峰塔是“美人塔”。

秦峰塔不是人间烟火的产物，但千灯人都能识出它的好来，这就是比较有凡心的慧眼了。

穿过石板街要去的人家，是顾坚的旧宅和顾炎武的故居。

顾坚是昆曲的创造者，历史书上说，元代后期，南戏流经江苏昆山一带，与当地语音和音乐相结合，经昆山音乐家顾坚的歌唱和改进，推动了它的发展，至明初遂有昆山腔之称。昆曲流传至今已有 600 多年的历史，明朝嘉靖年间，魏良辅集南北曲之长，对昆山腔进行革新，被称为“立昆之宗”。然后，这一原先只是“止于吴中”的地方曲种，很快沿运河走向北京，沿长江走向全国其他地方，成为当时影响最大的剧种。

演唱昆曲是厅堂里的事。地上铺一方红地毯，就算是剧中的境界，唱的时候，笛子是主要的乐器，声音当然不会怎么响，但是在一个厅堂里，也就各处听得见了。

昆曲的串演，歌舞并重。舞的部分就是身体的各种动作跟姿势，唱到哪个字，眼睛应该看哪里，手应该怎么样，脚应该怎么样，都有老师传授下来，世代遵守着。动作跟姿势大概重在对称，向左方做了这么一个舞态，接下来就向右方也做这么一个舞姿，意思是使台下的看客得到同等的观赏。

这是叶圣陶关于昆曲的文字。

昆曲是几百年前人家的流行歌曲，但现在懂的人不多了，唱的人就更少，因此被联合国教科文组织评定为世界口头文化遗产。

关于顾坚对昆曲的推广和贡献，已经很少有人了解或者提起，也只有走过千灯的人才会从这一段或那一段似断还续的曲牌中，追忆起曾经有过的歌唱，再回过头来走过顾坚走过的老街，走上顾坚走上的老桥。

另外一户人家，就是顾炎武故居。对于千灯人来说，顾炎武要更加熟悉和亲密一点，他们觉得顾炎武其实没有走去多远，或者顾炎武就是千灯几代人的一个乡亲。

“保天下者，匹夫之贱，与有责焉耳矣。”这话是顾炎武在《日知录》中说的，后来的人依照这个说法，比较概括地论说为“天下兴亡，匹夫有责”。“天下兴亡，匹夫有责”是热血沸腾的一句话，危难时刻的挺身而出和紧要关头的义不容辞与这一句格言的激励，都是有着脱不去有干系的。

最初的时候，顾炎武还是书香门第的一个少年，但已经是酷爱书本并且明显地显示出来不俗的聪明才智了。“读书目十行下”说他是一目十行，“平生精力绝人，自少至老，无一刻离书。”说他是手不释卷。

顾炎武是十四岁那年中的秀才，之后去参加乡试，却名落孙山，这时候他也看出了科举的不是，就关起门来读书写书，很忧国忧民地献计献策。南明覆亡的时候，有点猝不及防的顾炎武哭喊几声再写了几首诗，就积极地投身到抗击清兵的保卫战之中去了。昆山陷落之后，顾炎武的老母亲绝食求死，临终之前将顾炎武拉到一边，有点泣不成声地对他说道，我虽然是个女人，却也是一向受国家的照顾，现在国家没有了，我也不想活了。你要好好活着，但不要去做异国臣子，不要忘记了自己的国家，要忘记自己的祖宗，这样我死了口眼也闭了

这是感人肺腑的话语，声泪俱下的顾炎武料理完母亲的丧事，就一心一意地投身到反清复明的斗争中去了。无论是福州、绍兴还是太湖，哪里有反清复明的苗头，他就心急火燎地赶过去，积极投身其中，出谋划策发光发热。

“长得一寸身，衔木到终老。我愿平东海，身沉心不改。大海无平期，我心无绝时。”这是顾炎武写的《精卫》诗，说的是孜孜不倦的精卫填海，言下之意却是自己存在心底里的一个意思。

这期间顾炎武下过大狱，是仇家的穷凶极恶，经过归庄和钱谦益的营救，才得以转危为安。顾炎武的两个外甥在清政府当官，顾炎武也始终保持着不即不离的距离，清政府眯花眼笑地请老先生出山，顾炎武也是毫不犹豫地拒绝了。

北方是天宽地广的秋高气爽，意志坚定的有识之士也有不少，顾炎武就一次次地到北方去，也是为将来的革命熟悉地形，寻找一个合适的根据地，这样一来二往地好多年过去了，但存在顾炎武心里的志向却一直没有改变过。

千灯人敬佩顾炎武的，不是他做成了什么，千灯人敬佩他的，是他一直在做着什么，这是一种志气，这样的志气，也是千灯人一直以来的骄傲。

千灯在昆山东南角，苏虹机场路穿镇而过，交通十分便捷。古镇物华天宝，人文荟萃，素有“金千灯”之美称。

盛　泽

俗话说“北方的路，南方的河”，盛泽人的路是建造在水上的，是由船和橹铺出来的水路，船声橹声出门之后渐渐远去，没走多远就是目的地了，所以盛泽也从来不去太远的路，盛泽是一杆绿色的荷叶，盛泽的天地是水面上宽阔的绿色，天地之外就是水面下坚实的根了。

因为水的缘故，盛泽人的说话也有了一些独特的色彩，盛泽人说路长路短大凡全是以“九”为单位的，二九是十八里开外，五九就是四十五里左右，要出去到九九之外，那应该就是一生都要记取的大事了。

盛泽最早的民间故事依旧是和刘伯温有关，传说是朱元璋打下江山之后，四下勘察的刘伯温经过盛泽东白漾的时候，见到东白漾的四周连着五条河，这是通常所说的五龙取水之势，是出真龙天子的征兆，这一带风水非同一般，刘伯温就在湖北岸建造了一座寺

庙，是压住龙头的意思，免得节外生枝地生出事来，和朱家争天下。

这一个传说与锦溪的仿佛，其实江南好多古镇的从前旧事，也大多是这个意思，一来是这些地方的确人杰地灵，二来大家静下心来要拿他说些事情的时候，几乎是不太费力地就想到了刘伯温，这样江南古镇的非同小可刻画出来了，只是运筹帷幄神机妙算的刘伯温却成了东游西逛无所事事的样子，这真是有点委屈。

盛泽古镇比较著名的是弄堂和丝绸，流传在盛泽的一句俗语是这个地方总共有“七十二条半”弄堂，“七十二条半”其实是个约数，较真一点算起来，清朝末年盛泽有名有姓的弄堂就有一百余条，这一些弄堂更像是树上的枝丫，将古镇分割成四通八达，而一个四通八达的古镇，也因为这一些枝丫，成为一个完全的整体了。

闾巷短长七十三，市井郑里又新参。门千户万疑无路，机杼声声入耳酣。

这一首写于八、九十年前的《盛泽竹枝词》，后面还有一段附言，附言中说：“镇中公私大小弄共七十三条，长庆坊又新添茂林里，俗呼新开弄，邮政局在焉。”七十二条半或者七十三条之外的一条应该是长庆坊里新开设出来的茂林里，或者说茂林里是七十三条之外的年青的新开弄。

新开弄的主人公是清末民初的地方乡绅郑式如，最初的经历或许有点坎坷，从前感受到的生活也有太多的冷暖，而正是因为过早经历的波折，使郑式如明白了很多的道理，正因为这一些道理，使郑式如在江南古镇走出来了别样的人生。

有关的书籍中记载道：“郑式如先生名慈谷，字二贻，式如是他的号。先生二岁丧父，少而好学，弱冠补诸生，及长，爱国爱民，急公好义。戊戌维新后，兴学劝商之风大盛，先生于光绪二十七年辟居宅，出私财，聘贤能，在自家大厅世渌堂创办了盛泽第一所新式学校——郑氏小学。两年后又参与创建盛湖公学。光绪三十二年先生与张庆镛等发起成立盛泽商会，任坐办。辛亥革命后，吴江光复，众推先生为盛泽司令部长，又被选举为省议员。先生二子咏春、桐荪皆高等学府教授，女佩宜为柳亚子夫人。”

这一段与郑式如相关的简历中，没有提到新开弄的事情，盛泽人也不多说起茂林里，大家都称之为新开弄，这是对郑式如的一种纪念。

东西走向的河流将古镇分成南北两截，北边的大街就是长庆街，长庆街上是窄窄的石板街，两边却排满了密密麻麻的店铺。这一天是农历二月二十二日，依照从前的习俗是出马灯的传统节日，大家借着这样的一个由头欢天喜地一番，天还没有完全擦黑，四乡八邻的乡亲们就早早吃好夜饭，前脚后脚地往长庆街上去了。

夜色之中主要的节目就是看灯，让灯火通明来衬托古镇的心情灿烂，也许是乐极生悲吧，人山人海的长庆街上突然燃起了大火，大火先是从协康祥布店生出来的，然后就一发不可收拾了，连篇累牍地一家一家烧开来，大家左冲右突地乱成一团。这时候家在长庆街上的郑式如出现了，依旧是按照有关书籍上的记载："郑先生毅然开户接纳逃人，使许多人得以脱险。灾后，先生又主动让出自家宅基，辟为茂林里，从此繁华的长庆坊又多了一条宽敞的通道，大大方便了镇上的居民。茂林里前通大街，后接小巷，那宽宽的弹石路面在盛泽的弄堂家族中可以说是别具一格。"

一方面郑式如的名字一直被大家记着，另一方面也可以说茂林里或者新开弄在盛泽是一条比较独特的弄堂，因为盛泽是“丝绸之乡”，是“日出万匹，衣被天下”，所以盛泽弄堂的名字基本上是和绫罗绸缎有关，梭子弄、筘店弄、染坊弄庄面弄等等，他们应该是盛泽的本质和原来吧。

先蚕祠门楼在盛泽镇东菱叶渡畔，这一座俗称“庄面”精美位居江南之首的建筑，与济东会馆内《重修济东会馆牌记》一起，是盛泽百余年丝绸沧桑的一个历程，也是盛泽“晴翻千尺浪，风送万机声，”的一个见证。

或者是花园脚下，或者是目澜洲，盛泽的风景是故事里的风景，盛泽的故事是风景里的故事。

就是在盛泽，一些故事从这里走出去，走向枝繁叶茂的遍地风流，一些故事从外面走过来，走向别开生面的美轮美奂。

沙 溪

沙溪是一种品德品行，沙溪是一种风格风气。

通常人们是将历史上有着“东乡十八镇，沙溪第一镇”的沙溪与周庄比较的，因为老街、古桥和旧宅，人们称之为“第二周庄”，他们的相同之处是两地的地理位置相差不大，都是临近上海这一巨大的客源地，有河流沟通全境；不同点在于周庄四面临水，水乡气息更浓，便于开展一些水上旅游项目，古时却一度成为其向外交通倚赖于水的重要原因，无意中为古镇的保存起了天然屏障的作用。

有关书籍上记载：“沙溪七浦两岸的古老民居错落有效、鳞次栉比，绵延 1.5 公里，民居宅有 600 多家 4200 多间，总面积达 5 万多平方米。”有的在驳岸上直接起造，有的则用石梁悬挑，更有以柏木石条支起的“吊脚”楼。差不多有小一半伸出在河面上，上面形成了凌空的“水阁”，下面用石柱支着，河埠、船坞就设在水阁的下面，可谓“人家尽枕河”。院落建筑的基本特征是崇脊挑檐，楼层出挑，墙高而厚实，院落深邃，厢廊环峙，内外宅以塞门界断，豪门大户在每进院落又设腰门。旁设陪弄；内宅多为走马楼，正厢之间以格窗长门分隔，格窗亦形致各异。龚氏雕花厅雕花精致，为其中的典范。镇上也不乏西式建筑，如新舞蹈艺术拓者吴晓邦故居；民国年间建造的欧式双层建筑有十二间房。乐荫园为元末隐士瞿孝帧隐居读书处，八十年代初由人民政府原地重建，水波荡漾，花木学群。楼宇廊树掩映其中。

只是走过江南古镇的人们认为沙溪与周庄最大的不同，还是时间，时间将周庄推向江南古镇游的潮头，使周庄起起落落如沐春风，时间也将沙溪留在岁月的船头，由他坐看云起谈笑风生。

镇外，寺院里的暮鼓晨钟，几千年往事就在钟声敲响时开始，镇里，戏台上的才子佳人，很多的乡贤绅士就在大幕拉开时登场。

现在，我们走过沙溪，因为走马观花，也就有了好多遗漏，一些遗憾，如影随形，使我们在今后漫长的岁月里一次次慢慢地忆起沙溪。

我们走过沙溪，一丝惆怅泛上心头，因为，对于沙溪，我们不是知道得太多，我们的了解，似乎还没开始，沙溪已经隐约地隐进历史长河，在其间闪烁其词，我们难以寻觅她清晰的面容。我们所能看见的仅是她的背影，即使背影，也是丰姿绰约的样子，丰姿绰约的背影已经让我们惊喜不已，感慨万千。

和名胜古宅相提并论，沙溪的民居少了几分浪漫和华贵，多了一点平白和朴实，少了几分洗练和超拔，多了一点散淡和随和，少了几分灿烂辉煌，多了一点人间烟火。

在沙溪的那些天里，更多的时候，就是在老街上巷子里走走停停，如果说名人故居是一口古井，民居，就是一条河流了。日常生

活是一个又一个活生生的正在进行的故事，这一些故事，应该是古镇从前以来的根源和因果，也是动人的最初和永恒。

这是怎样的春花和秋月，怎样的日出和日落啊。

正月，最大的主题就是过年了。腊月二十四送灶拉开了春节的序幕，掸灰尘、祭神祭祖、吃年夜饭、贴春联，放鞭炮、封门、守岁。

年夜饭是这一项主题活动的高潮，这时候黄头芽叫“如意菜”，青菜是“安乐菜”，蛋饺叫作“元宝”，肉圆就是“团圆”。

初一的大早，吃一点年糕和汤团，这是高高兴兴和团团圆圆的象征，然后，要去河里担一担水回来，这是因了一个勤俭的传说而生发出来的习俗，初五接财神，十五闹元宵。这一些日子是喜气洋洋和热热闹闹的，古镇上的人们，怀着对生活感激的心思，走亲访友，问寒问暖。

二月，二月二是“龙抬头”，大人们督促着家里的男孩上理发店去剃头，这一天也是剃头师傅的节日。

几天以后，一条彩船停在古桥畔，船上是绸缎、茶叶、刺绣、糖果、蜜饯等等。前来定亲的人家是男方，男方是苏州城里的小学老师，最初来提亲的时候，女方提出了一个要求，按镇上的规矩办。

定亲的女孩是镇上出了名好姑娘，聪明勤快又是长得好看。镇上人有时候说起，不知道那一家婆婆有这样的福气啊。二月里，谜底揭开了。

三月，如期而至的春天缤纷灿烂，三月三是游春的日子，一般的人家，就到附近的亲戚家去走一遭，也算是出过门了，勤劳的人们，对于春天的时日，更是不愿意轻而易举地放过。

四月，先是寒食节，老街上的人家前一日就办好了糕点麦粥之类的东西，寒食节是禁火的，这是纪念介子推“守志焚身”的一个形式。老街上的人不说介子推，他们只是说，从前就是这样的，从前传下来就是这样的。

然后是清明，古镇上的人带着青团子之类去扫墓并追忆祖先。头上戴着柳条圈了孩子，笑指着光秃着脑袋的孩子说“清明不戴柳，死了变黄狗。”孩子的家长说，原来是有的，戴上去没一会，就被这小捣蛋给拆散了。

五月，端午了，包粽子和赛龙舟。

鲜肉粽、火腿粽、赤豆粽、枣子粽、白水粽，大致是这几样品种，古镇人家的粽子以小巧紧凑见长。

赛龙舟是在镇外的湖泊上，前来观看的女孩子，红着脸说起龙舟上最醒目的一个小伙子。后来，小伙子考取了浙江的一所大学，三年级的时候，同学们一起组织了去千岛湖玩，为了救一个落水的孕妇，小伙子献出了自己的生命。

六月，老街上一对夫妻八十大寿，镇上的人家，带着寿桃寿糕聚到了老人家里，老人生长在国外的孙子前来祝寿，孙子说，故乡，原来是这样的。

七月，纳凉的夜晚，小孙子蹲在祖父脚边，缠着他讲故事。祖父讲《白蛇传》。祖父说，这个标致的小娘子，是白蛇变的呀，她看见许仙眉清目秀、斯斯文文的样子，心里倒蛮看得中的。

住在隔壁的小学老师说，这是迷信，小孩子听了要中毒变坏的。

祖父说，听听故事听不坏的，上学了老师要教好倒是真的。

小学老师说，我是好心呀。

小学老师肯定是好心，祖父是因为讲到兴头上，被人活生生切断了，就不好声好气了。

歌舞团有一位同志前来体验生活，回去后写了一首《江南七月天》。

日落西，小河边，
棒槌声声敲打江南七月天，
小妹妹，老妈妈，
要洗衣服去河边，
棒槌声声响四面，
江南七月天。
黄昏后，星星亮闪闪，
讲故事，老爷爷，
芭蕉扇摇江南七月天。

八月，月到中秋分外明，老街上的人家，置一方供桌于月下，供桌上放的是月饼、鲜果、菱藕，这就是“斋月”，除了“斋月”，还有走月亮，新媳妇和姑娘们结伴而行，看着她们三五成群地在月下走着，民歌手这样唱道：“木樨球压鬓边霜，两两三三姐妹行，夜冷不嫌罗袖薄，路遥翻恨绣裙长”。

九月，重阳节的时候，老街上的老人相约着前去登山，并且祈求幸福和健康，镇上来往的人们笑眯眯一指他们：看，这一群老小孩。

十月，镇上一个漂亮的姑娘要出嫁了，迎亲的队伍吹吹打打，一顶花轿从桥上过来。现在的轿子只是一种象征了，所谓压轿、锁

轿、照轿之类的过程也没有，但结婚的形式却依旧是不简单，新郎携着新娘，随在轿子后面，这一座桥走完了，再上那一座桥，新郎和新娘全是耐心细致的样子，因为他们知道，这一天的分分秒秒都有顺理成章和意料之外的内容在等在那里呢，这样的时光意韵悠长。

十一月，全国几十家电视台汇集沙溪，拍摄有关古镇的专题节目，街头巷尾的话题是参加这里或那里拍摄的心得体会。

十二月，“冬至大如年”，冬至夜全家聚在一起吃团圆饭，喝自己酿造的米酒。这一年的日子说过就过去了，天增岁月人增寿，古镇上的人们，走过老街，觉得是依旧从前的老街，古镇上的人们走上桥头，他们看到的是，小船缓缓而来，流水悠悠而去。

其实山水就是因为故事和传说而成为风景的，而因为风景，过眼烟云的故事才得以永恒，沙溪尤其能说明这个道理。有时候我们在想起从前旧事时，会一时间忘记了眼前的沙溪，但我们从往事中回过神来的时候，眼前却只有沙溪了。

从前的文人墨客，走过沙溪，绘声绘色的短歌长吟，唱了沙溪，春去秋来的沙溪顺流而下，柴米油盐和风花雪月就是两岸的风景。